GLI INSUPERABILI

20

Titolo originale: *Samt al-farashat,*

By arrangement with
Thésis Contents S.r.l., Firenze-Milano

Traduzione dall'arabo di Valentina Colombo
Prima edizione in questa collana: agosto 2012

Roma, Casella postale 6214

ISBN 978-88-541-4167-4

www.newtoncompton.com

Stampato su carta prodotta con cellulose senza cloro gas provenienti da foreste
controllate e certificate, nel rispetto delle normative ecologiche vigenti

Laila al-Uthman

Il messaggio segreto delle farfalle

Newton Compton editori

A tutte le farfalle in silenzio, rinchiuse
come parole tra parentesi

All'amica del cuore
Huda Barakat
Nessuno come lei merita il silenzio e i colori delle farfalle

1

Fui colta alla sprovvista dalla sentenza del medico: «Devi essere operata».

Ero come paralizzata mentre, con voce rotta e impaurita, gli domandavo: «Ma dopo recupererò la mia voce naturale?».

Il medico, non volendo deludermi, rispose: «Non del tutto… per lo meno per i primi mesi, poi migliorerà».

Tacqui.

Aspettava la mia decisione. Vedendo protrarsi il mio mesto silenzio mi chiese: «Allora… che cosa hai deciso?».

Scossi il capo, misi le mani sulla laringe, ovvero sulla sorgente della mia voce, mentre il medico continuava a darmi delucidazioni: «Se non ti operi, la situazione peggiorerà e… che Dio ci protegga!».

«Tumore?!», esclamai.

Le sue labbra s'irrigidirono, sgranò gli occhi, colpì la scrivania con la punta della penna e rispose: «Possibile… ad alcuni abbiamo dovuto asportare parte della laringe».

Sospirai e mi accarezzai nuovamente il collo: «Ci rifletterò, dottore».

«Non tardare a prendere una decisione», mi ammonì.

Sorrise dolcemente e cercò di tranquillizzarmi: «È un'operazione semplice. Dura qualche minuto. Ma prima devi rispettare delle regole ben precise».

Poi, anticipando la domanda che avevo sulla punta della lingua, aggiunse: «Ti è severamente vietato fumare, non devi sforzare la voce... sarebbe bene che abbandonassi per un po' l'insegnamento».

Drizzai il busto e mi allungai sulla scrivania. Trasmettendogli tutta la mia tristezza gli chiesi: «Sei sicuro che recupererò del tutto la voce, che tornerà quella di un tempo?».

Tentando di incoraggiarmi, rispose: «Certamente... ma ricorda che l'operazione richiede che tu rispetti alcune regole».

Scoppiai a ridere e anticipai la prima regola: «Lo so... devo smettere di fumare!».

Rise a sua volta ed esclamò: «Maledetta! Lo sai bene che il fumo è il motivo principale della tua malattia...».

Impaziente e impaurita al contempo gli domandai: «E quali sono le altre regole?».

Con un tono di voce tranquillizzante, mi rispose: «Innanzitutto dovrai stare rigorosamente in silenzio per due settimane».

«Di nuovo in silenzio?!», esclamai in preda alla disperazione.

Sbigottito, s'informò: «Hai già fatto questa operazione in passato?»

«No... però ho sperimentato un altro tipo di silenzio», commentai con un sorriso.

«Bene. Allora dovrai fare una nuova esperienza».

«E poi, dottore?»

«Poi, cara, dovrai fare degli esercizi di riabilitazione della voce per riprendere gradualmente a parlare. Ci sarà una logopedista che si prenderà cura di te».

«Si protrarrà molto la convalescenza?»

«Dipende da te e dalla tua capacità di astenerti dal fumo e soprattutto dalla tua capacità di stare in silenzio».

Avrei voluto scoppiare a piangere. Era come se un'enorme

mano avesse raggiunto e afferrato il mio collo nel tentativo di impedirmi ancora una volta di parlare. Mi vennero in mente gli anni della mia giovinezza nel palazzo del vecchio, nel luogo in cui era iniziato il mio silenzio. Quello era stato un silenzio imposto. Il nuovo silenzio invece era diverso perché me lo sarei imposta io e lo avrei osservato per riuscire a recuperare totalmente la voce. Entrambi i silenzi erano difficili e avevano un sapore amaro, ma avrebbero avuto un risultato diverso. Il primo silenzio mi aveva derubata degli anni più belli della mia vita e mi aveva lasciato in eredità del denaro. Il secondo silenzio mi avrebbe privata di due settimane di voce, ma mi avrebbe lasciato in eredità la salute e il benessere fisico. Un'enorme differenza, ma, in ogni caso, un'imposizione ancora una volta.

Uscii dall'ambulatorio. Scesi le scale dal terzo piano al pianterreno come al solito a rotta di collo. Avevo la mente confusa. Pervasa dalla paura, mi domandavo:

"Devo credere alle parole del medico? Sarà esperto in questo genere di operazioni? E se gli tremasse la mano e mi recidesse le corde vocali? C'è la possibilità che io perda la voce definitivamente?".

Raggiunsi l'auto. Non appena richiusi lo sportello scoppiai in un pianto torrenziale. Il caldo rovente dell'abitacolo mi fece quasi svenire. Il frastuono della strada affollata mi assaliva e si mescolava al frastuono delle paure che si accalcavano dentro di me. Cercai di farmi forza e di non lasciarmi andare. Misi in moto e partii alla volta del piccolo appartamento che era diventato il mio mondo, il mio nido, da quando avevo varcato la soglia del palazzo del tiranno verso la libertà.

2

Mi impartì una lezione già la prima notte che trascorsi a palazzo.

Ero sprofondata nel morbido divano della sontuosa camera da letto. Si srotolò il copricapo che gli ricadde sulle spalle, scoprendo la testa calva che brillava come se fosse fatta di acciaio inossidabile. Si voltò verso di me e, con tono severo, m'intimò: «Ascolta, da questo istante devi osservare il silenzio. I segreti del palazzo non possono trapelare all'esterno... per nessuna ragione».

Non riuscivo a cogliere il significato di quell'ordine che sembrava però una velata minaccia. Fui sul punto di chiedergli quali fossero i segreti che tanto temeva potessero diventare di dominio comune, ma mi trattenni pensando al modo in cui ci si doveva rivolgere a un uomo del suo calibro e della sua posizione, quindi rimasi in silenzio.

Ero ancora fasciata nell'abito da sposa che pesava più di una tonnellata. Centinaia e centinaia di perle e strass cuciti su una base di satin Duchesse. Lo strascico era lungo cinque metri, anch'esso costellato di pietre preziose, bordato da rose con petali di organza, arricchiti con perline d'argento. Anche sulla mia testa gravava una coroncina di diamanti, che scintillavano come le Pleiadi. Mi sembrava di indossare una corona di spine che diffondeva il suo bagliore sul pavimento e sulle pareti rivestite di carta da parati. Nemmeno il mio corpo era stato risparmiato dai pesi: collier, bracciali, orologio, orecchini e anelli a baguette. Tutti oggetti che non avrei mai pensato di indossare in vita mia. Per mia madre era un sogno diventato realtà. Io invece avevo sempre sognato un modesto anello di fidanzamento, una piccola casa e un cuore più grande di tutti i palazzi del mondo.

Si diresse lentamente verso di me. La schiena ingobbita faceva sì che il mento quasi arrivasse a toccargli il torace. Iniziai a provare un senso di ansia e a sentirmi come una vespa rinchiusa in una scatola che, desiderando scappare, salta cercando di perforare le pareti con il pungiglione. Avrei voluto fuggire dal mio cuore che batteva all'impazzata, come un tamburo africano il cui ritmo diventava sempre più frenetico man mano che lui si avvicinava. Eccolo infine in piedi davanti a me. Tenevo gli occhi chiusi per paura di incrociare il suo sguardo. Mosse la mano per prendermi il mento e sollevarlo verso di sé. I nostri visi si trovarono uno di fronte all'altro. Con tono imperioso, mi ordinò: «Guardami!».

Sentivo le palpebre terribilmente pesanti, tuttavia feci quanto mi aveva comandato e lo guardai. Il tremore che mi percorreva il corpo aumentò quando osservai il suo volto: un ammasso molle che si appoggiava sulle ossa, le tempie simili a due buchi, un naso che sembrava un tubo molle e informe, due occhi piccoli e infossati le cui pupille galleggiavano in un mare azzurro, labbra cascanti che quando sorrideva si aprivano lasciando intravedere la dentiera. Cercando di mostrarsi un po' più gentile, mi domandò: «Che dici, potrei piacerti?».

Richiusi gli occhi. Cercai di percorrere in un batter di ciglia la distanza che separava la primavera dei miei diciassette anni dall'autunno dei suoi sessanta per essere in grado di richiamare in me una sola parola che potesse compiacerlo, ovviamente mentendo. Tuttavia la mia lingua era come bloccata. Dentro di me divampava un fuoco le cui fiamme avrei voluto raggiungessero i miei genitori colpevoli di avermi data in pasto a un cadavere vivente, che però continuava ad avere scatti d'ira e istinti sessuali, e dal quale avrei ereditato ricchezze, ma anche malattie!

Lui continuava a fissare il mio viso, pallido come la luna, abitato da occhi spenti e imperscrutabili. Immaginavo che si sarebbe chinato per baciarmi la fronte, come fa sempre lo sposo nei film egiziani che io adoro, per poi sorvolare con le labbra il mio viso, simile a un giardino in fiore, e giungere infine alla sorgente del piacere che avrebbe coronato la nostra prima notte di nozze. Invece mosse solo il pollice, che mi passò sulle labbra con un gesto rozzo. Pensai che volesse togliermi il rossetto per scoprirne il colore originale. Ma ogni mia aspettativa venne delusa, quando gridò: «Belle le tue labbra... ricorda che se pronuncerai una sola parola, queste labbra smetteranno di esistere!».

Tremavo, le budella mi si contorcevano, avevo la necessità di andare in bagno per liberarmi dalla paura che mi attanagliava. Avrei voluto alzarmi, ma lui mi afferrò per le spalle e mi bloccò con forza sul divano.

«Nessuno conoscerà i segreti della notte. Impara a mantenere il silenzio!», sentenziò.

Mi domandai se il silenzio possedesse una lingua che si poteva imparare e un colore cui ci si poteva abituare.

Annuii con un cenno rapido del capo per confermargli che avevo capito e che avrei obbedito. Sorrise trionfante. Voltò le spalle e si diresse verso la porta della stanza che aprì, ma prima di uscire m'intimò: «Spogliati e preparati per andare a letto. Tornerò!».

Il suo ordine mi trafisse come una lancia affilata, mentre lui se ne stava sulla soglia in attesa di un mio cenno atto a intendere che avevo recepito il concetto. Paura e tristezza impedivano alla mia voce di uscire. Riuscii solo a sussurrare: «Obbedisco».

Uscì e chiuse la porta a chiave.

Aveva minacciato di ritornare, come se temesse che una volta rimasta sola mi sarei trasformata in una farfalla per poi fuggire dal palazzo. Guardai la porta. Sperai che si bloccasse per non riaprirsi più. Osservai la finestra chiusa e le tende oscuranti che mi separavano dal mondo esterno. Come un verme in agonia perché è stato schiacciato, rimasi paralizzata, incollata al divano. Tutto nell'immensa stanza mi circondava e mi soffocava, avevo la sensazione che un silenzio sospetto stesse calando dal soffitto simile a vecchie ceneri di un camino che si diffondevano rapidamente per velare le luci incapaci di contrastare l'oscurità che inondava la mia anima e trasudava dalla mia pelle. Avrei voluto che la mia voce potesse evadere, tornare libera per emettere un solo grido che devastasse il palazzo permettendomi finalmente di tornare a vagare senza meta. Purtroppo la gola non mi venne in aiuto. La lingua era impotente. Sembrava che il vecchio me l'avesse mozzata prima di uscire dalla stanza. Le sue parole risuonavano ancora nelle mie orecchie: «Devi imparare a mantenere il silenzio!».

Tutti mi ordinavano di tacere. Mia madre quando non era d'accordo con me, anche se si trattava di qualcosa che non mi riguardava direttamente, appoggiava l'indice sulle sue labbra e mi diceva: «Taci e ascoltami!».

Mio padre aveva il suo modo particolare di impartirmi quell'ordine. Non appena intuiva dall'espressione del mio viso la possibilità di un'obiezione, batteva le mani, e io capivo immediatamente di dovermi morsicare la lingua e tacere.

Mio fratello non era da meno. Quando lo vedevo litigare con la moglie cercavo, per l'amore che portavo a entrambi, di mettere una buona parola per rappacificarli prima che la situazione potesse degenerare. Alla fine lui trasferiva tutta la sua rabbia da lei a me e urlava a squarciagola: «Taci, non t'immischiare!».

Dopodiché, nonostante le mie buone intenzioni, non osavo più intromettermi nelle loro diatribe.

Persino l'insegnante, che avrebbe dovuto essere paziente e gentile, perdeva le staffe quando mi ostinavo a contestare. Mi aveva punita in vari modi, insegnandomi quindi a stare in silenzio in sua presenza. Odiavo stare zitta. Avevo rispettato la regola del silenzio fino a quando mio padre mi aveva comunicato la sua decisione di darmi in sposa a un vecchio ricco. Una volta superato lo sgomento innanzi a quell'atroce notizia, avevo raccolto tutto il coraggio possibile e avevo reagito: «Non mi sposerò. Andrò all'università».

«Non andrai all'università. Ti sposerai».

«Con quel vecchio?», avevo esclamato travolta dal dolore.

«Tuo padre vuole solo il tuo bene», aveva precisato mia madre. Aveva osato troppo e non ero riuscita a trattenermi: «Teme che io rifiuti perché ha bisogno dei suoi soldi, mi sta vendendo e tu sei sua complice!».

Mio padre era andato su tutte le furie. Mi aveva strattonata e assalita riempiendomi di botte. Avevo supplicato mia madre di intervenire, ma l'istinto materno non aveva vibrato in lei. Avevo esaurito le forze. Mio padre mi aveva afferrato il viso e lo aveva sollevato verso di sé. Mi aveva tappato la bocca con la mano sfregandomela sulle labbra, facendomi tremare nel profondo dell'anima, e mi aveva minacciata: «Ti taglierò le labbra e la lingua se pronuncerai anche solo una parola da questo momento al giorno del tuo matrimonio».

La sua decisione era piombata su di me come un macigno, togliendomi la forza di oppormi e conducendomi infine a palazzo.

* * *

Mi tolsi a fatica l'abito da sposa. Dovetti lottare anche per districare la corona dai capelli. Gettai nell'armadio tutto ciò che indossavo per mettermi gli indumenti che mia madre aveva preparato per la prima notte di nozze. Quasi volesse stuzzicarmi, mi aveva consigliato: «Mettiti la biancheria intima rossa perché i colori intensi eccitano gli uomini come lui!».

Mi sedetti sul divano custodendo il mio silenzio. Avevo le labbra tanto secche da non riuscire né a lamentarmi né a pregare per la mia sorte dopo essere caduta nella trappola di un vecchio con il consenso di mia madre! Avevo la sensazione che la vita mi stesse sfuggendo di mano e che tutto avesse perso valore e significato. Sentivo le ossa sul punto di spezzarsi e il corpo prossimo a cedere. Di fatto speravo di frantumarmi a terra per salvarmi dal destino che mi attendeva.

La maniglia della porta si abbassò con una brutalità che mi fece sussultare. Lui entrò come se fosse uno spiritello che aveva attraversato una vecchia parete. Lasciò la porta socchiusa e si avvicinò. Sobbalzai in attesa dell'ignoto. Mi guardò sfregandosi le mani come chi cerca di allontanare un improvviso brivido di freddo e di controllare il tremore che ha pervaso anche la sua voce.

«Stenditi sul letto!», mi ordinò.

Mi mossi svogliatamente. Ci sarebbero volute migliaia di mani per strapparmi da quel divano e trascinarmi al letto che mi attendeva inesorabile e freddo.

«Mi hai sentito?!», mi domandò stizzito.

Non attese la mia risposta, si avvicinò e m'infilò le braccia sotto le ascelle per sollevarmi. Mi trascinò sino al letto. Non sentivo più le gambe muoversi sul pavimento. Era forse in grado di soffiare su di me tanto da farmi volare oppure ero diventata una piuma che volteggiava nell'aria?

Mi scaraventò sul letto come una vittima sacrificale pronta a essere addentata e afferrata con la forza dalle sue braccia. Mi coprii con il lenzuolo fino al collo, lanciai un'occhiata al soffitto sperando che mi crollasse addosso oppure che si aprisse un varco dal quale potesse entrare un'aquila gigante per rapirmi e portarmi via con sé.

Il mio corpo venne percorso dai brividi. Ero sempre più angosciata. Le lacrime, scendendo, mi consumavano gli zigomi, ma non mi curai di detergerle. Pensai che se le avesse viste forse avrebbe provato compassione nei miei confronti, sarebbe stato più cauto, non avrebbe sfiorato i petali di una rosa tremante e mi avrebbe consentito di abituarmi alla situazione e a lui. Ma io ero la preda e lui il predatore.

Si avvicinò al letto e a me, cercai di sfuggire il suo sguardo, ma nel frattempo lui mi rifilò un sonoro schiaffo. Lo osservai: aveva gli occhi simili a quelli di un leone decrepito e ferito al cospetto di una giovane preda.

Avanzò verso la spalliera del letto e all'improvviso si avventò sulle mie braccia. Le afferrò e le rigirò all'indietro in modo da immobilizzarmi. Ero paralizzata dallo sbigottimento. Che cosa voleva da me? Cercai di urlare, ma con tono perentorio mi ordinò: «Taci!».

Avvicinò il viso al mio e rimase così fino a quando fu certo che avevo inghiottito la voce e che non avrei replicato. Poi si girò verso la porta e gridò: «Entra...».

Sebbene avessi paura, la curiosità ebbe la meglio, così alzai il capo e vidi la persona che era stata invitata a entrare nella stanza in una notte che avrebbe dovuto essere solo per me e per lui. Mi colpì la presenza di un servo con una corporatura tale da ingombrare la stanza. Si avvicinò al letto e... iniziò a spogliarsi! L'innocenza non mi aiutò comprendere quel che stava accadendo. Il terrore aumentò a dismisura nel momento in cui vidi il servo davanti a me con il corpo totalmente nudo e madido di sudore. Non avevo mai visto il corpo nudo di un uomo prima di allora. Avevo intravisto, di sfuggita, solo il corpo del mio fratellino quando mia madre una volta alla settimana ci gettava nella vasca da bagno per lavarci. Si assicurava sempre che un panno avvolgesse le mie parti intime, mentre mio fratello nuotava libero e senza nulla che lo coprisse. Mia madre iniziava sempre lavando lui e, non appena terminava, ne avvolgeva il corpo in un asciugamano e gli ordinava di uscire e aspettarla seduto sul letto fino a quando non avesse finito con me. Subito dopo mi ordinava di togliermi il panno e iniziava a strofinarmi con una morbida spugna *loofah*. Quando il viso di mio fratello era ricoperto di sapone e lui chiudeva gli occhi, iniziavo a osservare il suo corpo, ma non riuscivo a trovare differenza alcuna tra il suo e il mio, a eccezione di quella parte che mamma gli lasciava scoperta. Un giorno, mentre mi copriva le parti intime, protestai e lei, andando su tutte le furie, mi disse che le avrebbe potute vedere solo mio marito.

Il vecchio si rivolse al servo e gli ordinò: «Inizia!».

Il servo si avvicinò, e io iniziai a urlare. Il vecchio raccolse tutte le sue forze, mi bloccò le braccia mentre mi tappava la bocca con la mano rinsecchita per impedire alla mia voce di fuoriuscire. I miei occhi atterriti non riuscivano a chiudersi. Fissavo il viso del servo sul quale spuntavano due orbite iniettate di bile. Si avvicinò ulteriormente e scostò il lenzuolo di seta. Iniziò a spogliarmi, mentre io agitavo i piedi per impedire che si avvicinasse, tuttavia era talmente forte che riuscì a impossessarsi di tutto il mio corpo cogliendomi alla sprovvista con uno spiedo incandescente, che mi penetrò sino alla gola dalla quale iniziò a sgorgare tutta la mia amarezza.

Il mio grido riuscì inspiegabilmente a riverberare, era come se avessi trattenuto migliaia di grida che si liberarono in un colpo solo. Il vecchio mi premeva il braccio sul viso. Mi sembrava di soffocare e di essere sul punto di morire. La voce ansimante del servo mi giungeva da lontano e disse: «Ecco fatto!».

Il vecchio mi liberò dal suo peso e dal suo fetore, mi alzai e con gli occhi iniziai a seguire affannosamente ogni mossa del servo che si inchinò davanti al suo padrone e, dopo avergli preparato il banchetto, raccolse gli abiti e se ne andò via nudo.

Perché mai mia madre mi aveva detto che solo mio marito avrebbe avuto il diritto di vedere la mia nudità? Mi aveva mentito. Iniziai a provare un profondo senso di rancore nei suoi confronti. Avrei voluto averla davanti a me per conficcarle le unghie in gola fino a fare sgorgare il sangue e poi tagliarle la lingua. Avrei voluto urlarle con tutto il fiato che avevo: "Ma tu, hai mostrato la tua nudità solo a mio padre?".

Mi piegai sulla mia ferita, raccolsi le gambe lungo le quali scorreva un rivolo di sangue e le strinsi al ventre, dolorante e sofferente, desiderando addormentarmi con tutta me stessa, per poter dimenticare quel che avevo appena vissuto, per poter vivere un sogno oppure migrare in un luogo dove nessuno mi avrebbe tappato la bocca e avrei potuto gridare... grida... gri...

Immaginavo che quel sonno sarebbe stato eterno; non mi era certo passato per la mente che invece sarei andata in pasto anche al vecchio, che aveva atteso gli venissero aperte le porte della cittadella fortificata. Si avvicinò e iniziò a spogliarsi come aveva fatto il servo. Vidi un corpo orripilante, la cui pelle flaccida sembrava appoggiata sullo scheletro, decomposto dagli anni, simile a un vecchio straccio umido. Sollevai il busto per balzare giù dal letto, ma, complice la mia estrema debolezza, lui riuscì a bloccarmi e a impedirmi ogni movimento. Si gettò sul mio corpo. Mi trovai innanzi il suo viso scuro. Gli sguardi mi sfidavano e, come una tigre famelica, lui iniziò a colpire e sbranare la sua preda e a leccarne il sangue. Chiusi gli occhi per non vederlo. Serrai le labbra affinché non venissero penetrate dal liquido purulento della sua bocca e mi accartocciai su me stessa come una foglia secca per non essere intrisa dal suo odore. Ero come in ebollizione. Sentivo le sue ossa scricchiolare, mentre arava il cadavere la cui tomba era già stata aperta dal suo satanico servo. Si agitò molto per ottenere il risultato agognato e nel momento in cui raggiunse l'apice del piacere ragliò come un asino mentre io mi spegnevo come una luna spappolata.

Affondai il viso nel cuscino di seta, ma non riuscii a trattenere né singhiozzi né gemiti. Lui si avvicinò una seconda volta, mi afferrò per i capelli che tirò e strappò, poi chinò il corpo verso di me. Mi fissò con gli occhi rotondi e, con la voce che sgorgava dal fondo della gola, gridò: «Smettila... odio le donne che piangono!».

Non obbedii al suo ordine. Come una nuvola carica di elettricità tuonai: «Sono io che ti odio!».

Sollevò la mano per poi farmela precipitare con violenza e rabbia sulla tempia. Nubi color pece mi velarono la vista.

«Da questa notte dovrai mangiarti la lingua e le lacrime. Dovrai startene in assoluto silenzio!», esclamò incollerito.

* * *

Trangugiai la mia voce, la mia amarezza, le mie lacrime, la mia afflizione, mentre lui si nutriva a suo piacimento della mia seta così come un verme si nutre del corpo di un defunto. Sentivo di essere in decomposizione, satolla di dolore, con i polmoni anestetizzati dall'odore del palazzo nel quale non respiravano nemmeno le pareti e nel quale le bocche immobili delle statue sbadigliavano stillando ruggine accumulata nel corso dei secoli. Non entrò nessuno a portarmi un leggero soffio vitale. Nessun uccello picchiettò con il becco alle finestre chiuse dalle inferriate. Era impossibile che s'instaurasse un qualsiasi rapporto tra me e qualcos'altro, comprese le domestiche che mi sembravano carnefici pronte a scagliarsi contro di me in qualsiasi momento qualora fosse stato loro ordinato.

Tutto intorno taceva ed era immobile. Non sentivo più nemmeno il calore del sole, né l'affetto della luna nelle notti in cui la noia e l'agitazione mi tenevano compagnia. Nemmeno il giardino rigoglioso che circondava il palazzo regalava alcun sollievo alla mia anima. Quando mi sedevo, la sua verde e tenera erba mi sembrava un fascio di spine che perforava la mia pelle. Quando sfioravo i fiori, di ogni genere e colore, avevo la sensazione che fossero incolori e inodori, proprio come me. Provavo pace e sollievo solo quando mi avvicinavo ai cactus che costeggiavano l'alto muro del giardino. Lì ricordavo le parole che mi aveva sussurrato mio padre quando si era accorto delle mie difficili condizioni di vita, durante una delle sue visite mensili: «Sii paziente!».

Se quel vecchio di mio marito non si fosse avvicinato a noi, avrei ribattuto con tutto l'odio e la rabbia che avevo in corpo: "Allora vuoi che diventi come un cactus che patisce la fame e la sete?".

Avevo fame e sete, ma tutto mi era vietato. Ero come una gazzella orfana che ha bisogno dell'abbraccio materno, di una voce umana che le parli, di qualcuno che le tenga compagnia e che le accarezzi la schiena.

Tutte le comodità del palazzo – la ricchezza, i begli abiti, i gioielli – non avevano senso perché non mi aiutavano a realizzare il mio unico sogno, che era quello di infrangere e spezzare le sbarre che mi separavano dalla libertà, e non mi erano di alcun aiuto nel raggiungimento della vita vera, gentile, piacevole e armoniosa. Sognavo di tornare nella nostra casa semplice, gremita di gente che andava e veniva, rallegrata dalle risate dei figli di mio fratello che saltellavano intorno a me e che si trastullavano con gli oggetti a me più cari, scarabocchiando i miei fogli e i miei libri di scuola, usando il mio cuscino come corpo contundente, indossando le mie scarpe dal tacco alto. Mio marito purtroppo mi vietava di frequentare la mia casa e la mia famiglia. Consentiva loro di farmi visita solo una volta al mese e in quell'occasione potevamo incontrarci e intrattenerci solo in sua presenza. Non potevo fiatare e non riuscivo quindi a gridare a mio padre: "Mi avevi promesso la vita, ma mi sono ritrovata sottomessa e oppressa!".

Dentro di me cresceva a dismisura il desiderio di ribellarmi ai miei genitori, era come se una montagna di fuoco gravasse sul mio petto al punto da farlo ardere sempre più. Dovevo assolutamente cercare di distogliere il vecchio dalla voglia di possedere il mio corpo. Una notte lo implorai: «Mi manca la mia casa… ti prego… lascia che vada dalla mia famiglia…».

Fu come se avessi gettato benzina sul fuoco. Andò su tutte le furie. La sua rabbia divampò, appiccando la sua follia: «A voi ragazze del volgo il benessere non piace, vorreste sempre restare prigioniere della povertà!».

«È la mia famiglia… guai a te se mi allontanerai da loro!».

«Ti taglierò la lingua se mi farai questa richiesta un'altra volta».

Mi chinai sulla sua mano… mi asciugai le lacrime e cercai di usare un tono conciliante mentre gli ripetevo: «Non parlerò mai della nostra vita…».

Mi afferrò i capelli così forte che quasi ne staccò una ciocca. Sibilando come un serpente, mi disse: «Che cosa c'è che non va nella nostra vita?! Vivi come una principessa».

«Ti prego… abbi pietà di me… non tormentarmi!».

Mi diede una spinta e urlò: «Taci!».

La sua mano si abbatté sul mio viso e allo schiaffo fece seguito uno sputo maleodorante. Si affrettò verso la porta e chiamò a squarciagola una domestica che si precipitò da lui. Le ordinò di convocare il servo. In un battibaleno anche lui accorse. Per la seconda volta invase la nostra stanza. La prima volta aveva invaso anche il mio corpo. Adesso che cosa avrebbe fatto? Gli avrebbe ordinato di punirmi per la richiesta che aveva ritenuto eccessiva e azzardata? La mia curiosità venne ben presto appagata, poiché gli ordinò... di portare la frusta!

Il servo, con la rapidità di un vento freddo e sibilante, andò a prendere... la frusta... Dio mio! Era la stessa frusta che gli avevo visto alzare e abbassare con forza sul dorso del bestiame? Ora avrebbe colpito la mia pelle morbida come la seta per lacerarla? Agii d'istinto e mi prostrai ai suoi piedi come una gallina che sta per essere sgozzata. Lo supplicai di avere pietà di me, di perdonarmi, ma nonostante tutto lui iniziò a prendermi a calci e a gridare con tutta la voce che aveva: «Adesso vedrai cosa significa essere malvagi!».

Quando spinse la porta, il servo entrò agitando la frusta davanti a sé. Lo fissai, implorando pietà, nella speranza che si risvegliasse in lui qualche sentimento umano, che si ribellasse quindi al suo padrone e si alleasse con me contro il tiranno. Sul suo viso era presente un velo di tristezza e dispiacere, tuttavia si affrettò verso di me. Mi resi conto che nulla dentro di lui si muoveva a mio favore perché il cane obbedisce sempre ciecamente al padrone. Fuggii verso la finestra e mi aggrappai alle inferriate, ma lui si dimostrò più forte di me. Mi trascinò, mi scaraventò sul pavimento con brutalità e iniziò a eseguire gli ordini del suo maledetto padrone. La frusta oscillava colpendo il mio corpo. Era come se si stesse vendicando di qualcosa a me ignoto. Ogni frustata annientava la mia umanità e distruggeva la mia anima. Continuò così a lungo che credetti avesse addirittura raggiunto la mia memoria lacerandone tutti i contenuti. Non ricordavo più chi fossi e perché mi trovassi lì! L'unica cosa che riuscivo a fare era gridare come una cagna ferita che chiede pietà, perdono, remissione, tuttavia a un certo punto le mie corde vocali si spezzarono a causa delle percosse del servo e del cuore arido del vecchio. Ero stremata e la voce mi si era affievolita sino a scomparire.

Non ricordo il momento in cui il servo mi liberò dalla sua

frusta, lasciando il mio cadavere privo di linfa riverso sul pavimento della stanza. Il mio corpo era cosparso di ferite, il viso solcato da lacrime cocenti, l'anima lacerata dal dolore e percorsa da una sensazione di umiliazione e rancore. I miei gemiti silenziosi si diffondevano in ogni anfratto del mio corpo ricamato dai segni della frusta. Mi addormentai con il battito del cuore sempre più debole e la lingua costretta al silenzio.

* * *

Dopo quella notte, il cui ricordo mi tormenta ancora, trascorsero due mesi durante i quali il vecchio non solo non mi si avvicinò, ma non comparve neppure al mio cospetto. Questo fatto mi regalò un po' di sollievo nonostante le cicatrici, che mi dolevano ed erano affidate alle cure delle domestiche preposte a detergerle con acqua tiepida e cospargerle di creme varie. Mi trattavano come una bambina da coccolare e un corpo da baciare. Esaminavano le ferite, ascoltavano i miei gemiti e le elucubrazioni non pronunciate della mia lingua. Di tanto in tanto s'intrattenevano con me rimproverando la mia caparbietà e consigliandomi di avere pazienza e di sottomettermi docilmente al mio triste destino. Purtroppo non riuscivo più a trangugiare quell'amaro boccone. Mi mancava la mia famiglia alla quale era vietato farmi visita. Il mio cuore palpitava in attesa che sorgesse il loro sole per illuminarmi, riscaldarmi e allontanare l'oscurità che mi avvolgeva. Avevo bisogno di toccare le mani dei miei familiari, anche se erano mani lordate dal denaro che avevano ottenuto vendendomi a caro prezzo. Desideravo ardentemente aprire la cassaforte del mio cuore, chiusa a chiave, dare libero sfogo alla voce ormai inaridita per poter rivelare loro gli oltraggi che avevo subìto nel corpo e che avevano distrutto la mia umanità, per supplicarli di tirarmi fuori dalla voragine di quel dolore e dagli abissi della mia solitudine. Ero comunque sicura che non mi avrebbero lanciato una fune per trarmi in salvo perché anche loro come me erano attanagliati dalla paura di lui. L'unico modo che avevo per assaporare la libertà era attraverso la fantasia che mi conduceva nel mondo dorato dei sogni. Così facendo riuscivo a evadere prima che la mia vita fosse nuovamente avvolta dalle tenebre della morte e la luce del mio cuore si estinguesse. Perché mai dovevo lasciare che un uomo presuntuoso avesse il monopolio della mia vita e mi rinchiudesse nel suo palazzo distruggendomi l'anima e minacciando di rovinare gli anni più belli della mia gioventù?

Il tempo in-ce-de-va e io continuavo a essere ostaggio delle tenebre dei giorni e delle notti, costretta ad avere pazienza e a mantenere il silenzio più totale. Volteggiavo nel firmamento dei miei sogni che vagavano sulle nuvole. Questo mi spingeva a cercare di escogitare un modo per scappare. Ma tutte le vie erano sbarrate, ogni mio tentativo di fuga falliva regolarmente, tanto da farmi assomigliare a un agnello rinchiuso nel recinto. La mia vita schiacciata sussurrava solo implorazioni segrete affinché potesse avvenire un miracolo che ponesse fine al mio mutismo, che accendesse la mia voce, che mi sottraesse a quella tomba, che mi allontanasse dall'angelo della morte che con un semplice gesto ordinava di rapire la mia anima. Dovevo assolutamente stimolare la mia mente, farmi coraggio e infondere forza alla mia anima repressa e oberata dai problemi e dalle difficoltà in modo da essere in grado di farmi venire un'idea che non si concludesse in un fallimento.

L'ostacolo principale era il servo malvagio per antonomasia, che con lucchetti di ferro si affrettava a bloccare subito la porta – la porta della misericordia! – non appena usciva il suo padrone, per riaprirli solo quando la tromba suonava a indicarne il rientro.

Iniziai a tessere la mia tela, iniziai a uscire in giardino, a passeggiare nelle mattine soleggiate di primavera, a dedicarmi al giardinaggio mentre lui era intento a piantare fiori di ogni genere. Un giorno m'imbattei nel servo mentre potava le siepi gettandone i rami a terra. Ebbi la sensazione che stesse tagliando le mie ali. Cercai di impedirgli di proseguire, ma lui sorrise e disse: «Sono rami malati e secchi che se restassero dove sono impedirebbero la crescita della pianta».

«Ma non c'è un modo per guarirli?».

Continuò a tagliare, e il rumore delle cesoie mi rimbombava nelle orecchie, al pari della sua voce: «Bisogna potarli... nasceranno rami nuovi!».

Mi cinsi il petto con le braccia. Poi mi accarezzai le spalle, quasi a cullare il mio sogno e a proteggere i miei rami.

Un'altra mattina venni svegliata da un rumore proveniente dal giardino. Balzai giù dal letto, scostai la tenda, e fissai lo sguardo sull'attrezzo che il giardiniere stava utilizzando per tagliare l'erba. Non aveva mai attratto la mia attenzione in precedenza. Tuttavia il desiderio che volevo realizzare mi rendeva simile allo strumento che recideva la mia esistenza, mozzando la testa ai sogni pieni di luce per poi accatastarli privi di vita. Continuai a osservare quel che accadeva in giardino. Mi ritornarono alla memoria gli anni della libertà nella casa paterna e a scuola, anni che ormai erano tanto lontani.

Mi diressi in giardino, inspirai a pieni polmoni l'odore dell'erba tagliata e mi avvicinai a un piccolo cumulo. M'inginocchiai e colsi una manciata d'erba per avvicinarla al naso. Annusai e ne assaporai il profumo. Mormorai tra me e me: «Già, voi troverete presto la vostra via verso la libertà, lontano da queste mura. E io? Ingiallirò, seccherò e verrò dimenticata. Quale mano potrà mai estirparmi da questa terra?».

Mi rattristai e mi disperai per la mia sorte. Avrei lasciato che il mio sogno svanisse nel nulla? La voce del giardiniere, davanti a me con la sua pancia cascante, risuonò: «Chiedo scusa, signora... rimuoverò subito questi cumuli d'erba dal prato».

Mi sedetti sotto il pergolato che si ergeva al centro del giardino, mentre la mia mente veniva inondata da centinaia di pensieri e da decine di sotterfugi che avrebbero potuto liberarmi dalla mia prigione. Era sempre più forte in me il desiderio di fuggire, ma avrei dovuto tenere i nervi ben saldi altrimenti non l'avrei mai realizzato e sarei rimasta incatenata per chissà quanto tempo ancora!

Ogni volta che ne avevo la possibilità, passeggiavo e mi intrattenevo a chiacchierare con il giardiniere al quale chiedevo informazioni sulle varie specie di fiori, quanto vivevano, quando sbocciavano, di quanta acqua avevano bisogno. Gli domandavo di insegnarmi a raccoglierli, e quando mi punsi con una spina di rosa damascena, lui mi si avvicinò per insegnarmi come raccoglierla evitando di farmi male.

«Deve perfezionare la tecnica... così».

Senza esitare afferrò con le dita il gambo del fiore... e ne tagliò la parte inferiore. La mia mano invece era macchiata di sangue. Ciononostante mi ostinai a volerci riprovare. Avevo imparato la lezione del giardiniere e ci riuscii. L'interessamento per il giardino e le sue piante aveva infuso in me una certa serenità d'animo e iniziai, come una farfalla che prova nostalgia del profumo, a prendere confidenza con i fiori, mentre in precedenza mi ero fidata solo del cactus.

Non mi restava che riuscire a conquistare l'amicizia del servo. Nelle sue mani risiedeva la mia liberazione e quella della mia anima. L'impresa sembrava davvero ardua. Costui viveva nella cieca obbedienza al proprio padrone, quindi avrei dovuto esercitare un immenso sforzo per convincerlo a credermi e a obbedirmi una sola volta per "aprire la porta". Lo osservavo aggirarsi intorno alle mura. Alle sue occhiate colme di ansia rispondevo con dolci sorrisi e sguardi ammiccanti. Dovevo mettermi al lavoro, usare tutta la mia astuzia per convincerlo che non sopportavo più la prigione del suo padrone e illuderlo che invece desideravo lui.

Un giorno mi avvicinai e gli augurai una buona giornata. Lui rispose, stupito del fatto che fosse la sua padrona a salutarlo. Mi avvicinai ulteriormente e, giocherellando con i rami, con tutta la dolcezza di cui ero capace, gli chiesi: «Da quanto tempo lavori al servizio del tuo padrone?».

Sul suo volto si disegnò un sorriso che celava un misto di avvilimento e tristezza.

«Da quand'ero nel ventre di mia madre».

La voce penetrò le mie orecchie come un'onda assonnata, un suono melodioso, ricco di dolci vibrazioni che non aveva nulla a che vedere con la voce acuta di mio padre né con quella roca del vecchio. La sua risposta mi stupì e stimolò la mia curiosità: «Stai scherzando?».

Aggrottò la fronte.

«No».

«Fammi capire».

«Mio padre e mia madre erano servi del padrone. Li fece sposare. Per questo motivo ero al suo servizio già nel ventre di mia madre».

«Ah... ho capito... ma...».

Inghiottii la domanda e lo guardai in viso osservandone i lineamenti. Aveva occhi grandi, leggermente sporgenti, un naso schiacciato, labbra spesse ma per nulla cadenti, che contribuivano alla sua bellezza, la carnagione olivastra, conferma del fatto che era un servo ricevuto in eredità, tendeva al giallo sulle guance e sulla punta del mento. Aveva un bel viso nonostante la carnagione scura, e io non riuscivo a fare a meno di guardarlo mentre gli parlavo. Sentivo che il mio cuore provava pietà nei suoi confronti. Tuttavia, quando lo fissavo, lui girava la testa, oppure abbassava gli occhi e le ciglia sembravano ancora più lunghe e folte. Stavo per dimenticare la missione che dovevo portare a termine, ma, quando ritornai con i piedi per terra, mi precedette chiedendomi: «Padrona, devo fare qualcosa per lei?».

Feci cenno di no. Mi lanciò un'occhiata incuriosita. Continuai il mio gioco: «Sei felice della tua vita?»

«Mi manca forse qualcosa?».

La sua risposta m'infastidì. Era davvero convinto che non gli mancasse nulla? O magari sentiva di trovarsi in una posizione d'inferiorità e quindi di non poter esprimere quel che veramente pensava? Gli domandai: «Non ti manca la libertà?».

Scoppiò in una strana risata.

«Sono forse rinchiuso in una gabbia?».

Avevo la sensazione che si stesse prendendo gioco di me. Stavo forse cercando di risvegliare dal torpore un'anima perduta? Forse non percepiva di essere un uomo che viveva ai margini della vita, un uomo senza valore ereditato dal suo padrone così come si eredita un terreno o del denaro? Era in soggezione davanti a me oppure davvero non si sentiva in prigione poiché ormai si era abituato e arreso a quella vita?

Gli posi un'ennesima domanda: «Vuoi bene al tuo padrone?».

Sul suo viso si disegnò lo stupore.

«Perché non dovrei volergli bene?».

Provavo rancore nei suoi confronti. Era proprio tutto così naturale per lui? Era forse naturale un sentimento d'affetto tra padrone e servo? Non si rendeva conto che il mondo era cambiato e che lui aveva il sacrosanto diritto di essere libero? Perché mai era così stupido? Forse i rami continuano a rinnovarsi all'infinito se l'albero rimane al proprio posto sino alla morte? Le mie domande non sarebbero servite a nulla perché non riuscivano a ottenere risposte precise, bensì solo commenti evasivi, forse perché lui accettava ormai la propria condizione e si era rassegnato al proprio destino. I suoi sogni erano dominati da un padrone che abitava in un palazzo, che si nutriva della sua carne e... che gli aveva donato il corpo della moglie durante la prima notte di nozze! Il mio era forse stato il primo corpo che aveva toccato? Ero stata il suo primo orgasmo? Non si era mai reso conto di avere dei diritti? Dove faceva esplodere le sue energie represse?

Non avevo più voglia di pormi altri poco dignitosi interrogativi, quindi mi allontanai mentre la mia anima vagava nel suo universo fatto di incertezza e la mia pietà nei suoi confronti iniziava a scemare. Era un prigioniero come me che non sapeva che cosa fare. Perché mai ero turbata dalla sua arrendevolezza e cercavo di smuovere le acque della sua quiete? Se non percepiva il significato universale del termine "libertà", come avrebbe potuto comprendere la mia brama? Avevo la sensazione di avere perso la prima battaglia, ma decisi di non perdere la speranza.

Di notte, avvolta dall'atroce silenzio del palazzo, mi veniva in mente il servo del quale non conoscevo ancora il nome. Iniziavo a pensare e a elencarne vari: Marjan... Antar... Misbah... Farhan... Qualche giorno dopo, durante il nostro secondo incontro ravvicinato, sarei rimasta stupita all'udire il suo vero nome: «Atiyya!».

«Perché mai ti chiami Atiyya, "dono"?».

Sorrise.

«Mia madre per anni non era riuscita a rimanere incinta, quindi quando sono nato decise che ero un dono di Dio e mi chiamò Atiyya».

«Ti piace il tuo nome?»

«Perché mai non dovrebbe piacermi?».

Un'altra idiozia. Ero colpita dal fatto che si arrendesse sempre a tutto. Avrei voluto scuoterlo.

«Intendo dire... non avresti preferito chiamarti Muhammad... Shahin... oppure Hasan?».

Ed ecco di nuovo l'idiozia.

«Che differenza c'è? Un nome è un nome… e basta!».

Non sapevo più che pesci prendere! Quell'Atiyya non mi avrebbe mai capita né avrebbe mai cercato di farlo. Avrebbe continuato a restare indifferente ai miei desideri.

Dopo quella volta mi limitai a brevi e vaghe conversazioni con lui; provai una sensazione di sollievo nel notare in Atiyya un certo compiacimento ogni volta in cui gli rivolgevo la parola oppure chiacchieravamo. C'era qualcosa che mi spingeva ad ascoltare la sua voce. Assomigliava a un motivo che avevo udito in un vecchio sogno. Con il passare dei giorni la voce diventò sempre più dolce e distesa. Iniziò a pormi domande che provenivano dal profondo del cuore, sembrava maggiormente interessato alla mia presenza. Iniziò a parlarmi dei suoi genitori e ogni volta in cui lo faceva gli occhi gli si colmavano di lacrime. Osai chiedergli: «Ti mancano?»

«Molto… ma grazie a Dio sono morti».

«Che dici? Ti auguravi forse la loro morte?».

Scosse il capo.

«Per lo meno riposano in pace e non hanno preoccupazioni».

«Quali preoccupazioni?»

«Il mio padrone li frustava davanti ai miei occhi… li vedevo soffrire quando lui colpiva a sangue i loro corpi!».

Mi tornò alla mente il momento in cui mi aveva frustato su ordine del padrone, lo aveva fatto con tanta violenza da farmi sanguinare. Alzai il tono ed esclamai: «Ma tu stesso hai fatto a me quello che non volevi fosse fatto ai tuoi genitori!».

Lui sussultò, s'inchinò, mi prese le mani che strinse a sé, e con voce strozzata disse: «Ti chiedo perdono, mia padrona».

Approfittai dell'occasione per alimentare la sua ostilità nei confronti del padrone.

«Come hai potuto accettare un simile comportamento da parte del tuo padrone? Non ti è venuta in mente tua madre e la frusta che l'aveva colpita?».

Scoppiò in lacrime e si sfogò: «Padrona mia, noi siamo servitori... Il servo non può contraddire mai il proprio padrone!».

Mi ritrovai ad accarezzargli il braccio. Lo sentii tranquillizzarsi e rasserenarsi. Volevo sfruttare quell'attimo di rara serenità e gli domandai: «Riesci a immaginare quanto mi manchino i miei genitori?».

Rispose solo annuendo con il capo. Ero felice. Tuttavia la mia gioia svanì all'improvviso quando commentò: «Devi obbedire a tuo marito».

«Ma è un tiranno... un tiranno, capisci?», esclamai.

«Lo capisco, mia padrona. Ma non c'è via d'uscita».

Sentivo profumo di vittoria. Mi avvicinai a lui e addolcii il tono della voce: «Tu però potresti aiutarmi».

Fece un enorme balzo all'indietro. Attesi che si calmasse, dopodiché proseguii: «Sì, Atiyya, tu potresti aiutarmi».

«Come?».

Quella domanda sembrava indicare disponibilità da parte sua.

«Quando il tuo padrone è assente, fammi uscire per andare a far visita alla mia famiglia».

Mi guardò fisso in viso, era incredulo, terrorizzato, spalancò la bocca senza proferire parola, dallo sguardo trapelava agitazione. Prese a osservare gli alberi come se temesse che gli uccelli potessero udire i nostri discorsi. Abbassò la voce e mi sussurrò: «Padrona mia... che dici? Sgozzerà me e te».

Volevo facilitargli il compito, lo rassicurai: «Non lo saprà, Atiyya... uscirò senza fare rumore... starò fuori un'ora e poi tornerò».

Agitò nervosamente la mano e rispose: «No... no... non si può».

Si allontanò scuotendo il capo da una parte all'altra come un pendolo.

Avevo perso anche la seconda battaglia? Ero destinata a restare rinchiusa in un mondo fatto di foglie, bastoni e sete?

Quel rifiuto categorico infranse parzialmente il mio sogno. Temevo fosse attanagliato dal rimorso per non potermi aiutare a realizzare la mia idea, poiché per il resto della giornata evitò di incontrarmi e di parlarmi. Non si sentiva più a suo agio con me e non traeva più felicità alcuna dal fatto che fossi scesa dal piedistallo e non fossi più la sua padrona.

Quella notte intorno a me rimbombò il suono del silenzio. Sentivo gemiti simili a porte che si aprivano e chiudevano. Il vecchio che russava era per me una sorta di minaccia continua. Era come se avesse scoperto il mio piano segreto. Ero preoccupata e angosciata, e trascorsi la notte preda di infiniti sospetti e del terrore più totale. Nell'orrendo spazio vuoto della mia stanza, vedevo solo il viso di Atiyya e il suo capo che continuava a dirmi di no. Rimasi sveglia in impaziente attesa che si facesse giorno, per accertarmi che Atiyya non avesse cambiato atteggiamento nei miei confronti e non fosse stato assalito dalla morsa della paura, vanificando quindi il primo passo verso la realizzazione del mio sogno.

* * *

"Buongiorno uccellino…".

«*Cip… cip… cip…*», mi rispose l'uccellino come faceva ogni mattina.

Fischiai e lui saltellò dentro la gabbia, rispondendomi con il suo affettuoso cinguettio. Il rapporto tra me e l'uccellino si era rafforzato e rinsaldato da quando aveva iniziato a riconoscere la mia voce e quindi non aveva più paura. Me l'aveva regalato la moglie di mio fratello in occasione della prima visita della mia famiglia. Consegnandomelo mi aveva detto: «Ha una voce meravigliosa, ti terrà compagnia con i suoi dolci gorgheggi».

Tuttavia l'uccellino non aveva cantato, era rimasto in silenzio nonostante i miei ripetuti tentativi di fargli emettere un suono. Quando mi avvicinavo, si rintanava in un angolo. Battevo delicatamente la punta delle dita sulla gabbia e lui sollevava il corpicino, le piume percorse da un brivido, e balzava di qua e di là come un matto. Quando infilavo la mano nella gabbia per deporre i semi e l'acqua, si raggomitolava terrorizzato all'altra estremità. Riprendeva a muoversi solo quando mi allontanavo. Avevo atteso a lungo un suo cambiamento senza preoccuparmi. Ero semplicemente impaziente di udire la sua meravigliosa voce, motivo per il quale mia cognata, commuovendomi, me l'aveva regalato. Continuai a cercare di conquistarne la fiducia, ma invano. Sino alla mattina in cui venni pervasa da un profondo senso di ripugnanza e dolore perché il vecchio all'alba mi aveva toccata. A causa del mio stato d'animo non mi avvicinai alla gabbia per deporre semi e acqua, non fischiai né picchiettai con le dita sul cancelletto. All'improvviso la quiete della stanza venne pervasa da un cinguettio che scosse la mia anima spenta e il mio corpo che stava per morire. Ebbi la sensazione che il mondo intero avesse spalancato le finestre e la mia stanza si fosse all'improvviso riempita di uccelli. Non riuscivo a capacitarmi del fatto che quella melodia provenisse da un'unica ugola. L'uccellino saltellava in modo diverso dal solito. Non aveva più paura. Era forse felice perché soffrivo? Oppure sentiva la mia mancanza e quella del mio viso?

"Devo avvicinarmi oppure è bene che continui a restare immobile nel mio punto di osservazione?", mi domandai.

Ero felice. Per la prima volta aveva emesso un suono, ma temevo che se mi fossi avvicinata l'avrei spaventato e si sarebbe ammutolito. Ogni mio movimento avrebbe potuto privarmi di quella musica straordinaria. Attendevo che si stancasse e smettesse spontaneamente di cantare per avvicinarmi. Tuttavia pensavo anche che, se avesse voluto farmi ascoltare la sua melodia, dopo l'eventuale spavento avrebbe ripreso a cantare, mentre se la sua felicità fosse dipesa dalla mia lontananza, sarebbe rimasto in silenzio. Dovevo assolutamente metterlo alla prova e capirne le intenzioni. Mi alzai lentamente e con circospezione. Mi avvicinai con passo felpato, mentre l'uccellino continuava a inondare la stanza con la sua musica. Lo raggiunsi. Strinsi con la mano le sbarre della gabbia. Continuò a cinguettare. Fischiai e lui fece parimenti. Ripetei il fischio e mi rispose di nuovo. Ero felice. Sentivo il piccone della gioia scavare canali nella mia anima e inebriare le mie vene. Da quel giorno l'aridità scomparve dalla mia vita per lasciare posto al giubilo. L'uccellino taceva solo quando si spegnevano tutte le luci della stanza. Eravamo diventati amici. Si era abituato alla mia mano che gli porgeva i semi e talvolta mi balzava sul palmo per beccare il cibo prima che lo deponessi nella piccola mangiatoia all'interno della gabbia. Lo accarezzavo e cercavo di afferrarlo per sentirne il calore e dissipare il freddo che mi attanagliava. Talvolta si lasciava toccare per poi saltellare sino al trespolo al centro della gabbia. Spesso mi sedevo davanti a lui per ascoltarlo cantare e cinguettare e mi domandavo incuriosita: "Perché cinguetta? Se le sue ali sono state create per volare e per la luce, come può amare il canto? Se è solo come me, senza compagnia, come può non provare tristezza e non chiudersi in un mutismo assoluto? Si è forse così abituato alla prigionia da esserne appagato oppure ha imparato l'arte della pazienza e a distrarsi in un modo nuovo? Forse il suo sogno di libertà è morto oppure, chissà, questo cinguettio e questa melodia sono frammenti dei suoi sogni infranti? Ha forse dimenticato le cime degli alberi e il tepore dei nidi? Forse quei cinguettii sono solo suppliche e indice di un ardente bisogno di uscire e volare via".

Ebbene, quella mattina la mia anima, che odiava la prigionia e la costrizione, mi spinse a metterlo in libertà. Spalancai tutte le finestre della stanza. C'era un tiepido sole, il cielo era di un azzurro terso, le folate di vento portavano con loro le fragranze del giardino. Quella mattina volevo realizzare in qualche modo il mio struggente desiderio di libertà. Aprii la gabbia, depositai i semi e l'acqua e lasciai il cancelletto aperto. Mi sedetti in attesa delle sue mosse perché ero fermamente convinta che sarebbe uscito dalla prigione per abbandonare il palazzo cantando felice. Tuttavia mi colse alla sprovvista e non fece nulla di quanto mi ero immaginata. Uscì dalla gabbia, svolazzò per la stanza, planando e riprendendo quota, cinguettando, posandosi sulla spalliera del letto per poi ricominciare a volare. Si posò sul divano per poi spiccare nuovamente il volo. Nei suoi volteggi sfiorava le finestre aperte, senza tuttavia uscire. Infine, come se fosse stanco di vagare, rientrò nella gabbia per riposarsi. L'uccellino, Atiyya e io eravamo tre anime prigioniere. Al primo avevo aperto le porte del mondo libero affinché uscisse, ma aveva come rifiutato la mia offerta ed era tornato in gabbia. Atiyya non voleva emanciparsi dal proprio padrone. Solo io odiavo la reclusione, sognavo porte e finestre spalancate, sognavo di poter avere ali più forti e resistenti di quelle di un'aquila.

* * *

Dopo essersi soffiato il naso due volte, si voltò verso di me. Mi accingevo ad accogliere una notte atroce come le precedenti in cui ero stata pervasa dalla sensazione che il mio corpo fosse sul punto di precipitare in un canale di scolo. Ero pronta a essere umiliata, a sentirmi come se dei vermi mi strisciassero in gola e scarafaggi affamati mi percorressero le gambe e il ventre. Ad abbandonarmi alle sue mani senza provare alcun moto di affetto né di amore, senza che una singola porzione della mia pelle provasse un brivido di piacere. A sentire il suo corpo irsuto come quello di un porcospino piombare su di me senza alcun preliminare, il suo sudore salato grondare mentre si sforzava e si agitava prima di vomitare dentro di me il suo sperma malato, urlando nel momento in cui raggiungeva l'orgasmo. A essere divorata e tormentata dal suo odore penetrante a tal punto da non riuscire a prendere sonno. Tuttavia quella notte, dopo che si fu voltato verso di me, mi sembrò che avesse altre intenzioni e che fosse in procinto di esternarle. Non proferì parola fino a quando non mi vide fissare lo sguardo sull'uccellino. Allora indicò la gabbia e disse: «Quell'uccello è fastidioso. Talvolta la sua voce giunge sino alla mia stanza e mi fa balzare sul letto rovinandomi il sonno!».

Non risposi. Il suo tono s'inasprì.

«Fallo volare via... di modo che non mi tormenti più!».

Volsi lo sguardo alla finestra aperta. Avrei voluto raccontargli ciò che era accaduto quando avevo aperto la gabbia e l'uccellino non aveva voluto uscire dalla stanza. Tuttavia decisi di non rivelargli la passione segreta che era nata tra me e quella creaturina poiché avrebbe potuto nuocere al mio amico: il vecchio ci avrebbe tormentati entrambi. Poiché il mio silenzio si protraeva e continuavo a guardare la finestra le cui tende svolazzavano felici, il vecchio mi afferrò per il braccio e mi ordinò: «Alzati... chiudi la finestra!».

Non opposi resistenza, mi alzai e feci quel che mi aveva ordinato. Non appena tornai ad appoggiare il capo sul cuscino, lui si gettò su di me, avvicinò il viso al mio e, con la sua voce simile a un ruggito, gridò: «Ultimamente stai uscendo troppo in giardino!».

Avevo un brutto presentimento, ma riuscii a mantenere la calma.

«Non mi hai mai ordinato di non uscire».

«Nulla vieta che tu ti distragga... ma...».

Si allontanò. Appoggiò la schiena alla spalliera e, palesemente alterato, continuò: «Non c'è motivo che ti trastulli con le piante e il mio servo».

"Ah, Atiyya, maledetto figlio di un cane! Non hai saputo mantenere il segreto con il tuo padrone".

Tale pensiero mi aveva ossessionato fin dal primo istante. Con l'intenzione di avere una conferma gli chiesi: «Come fai a saperlo?».

Evitò di rispondere e, con malizia, commentò: «Credi forse che io non sia al corrente di tutto quel che accade in casa mia?»

«Credi alle parole di Atiyya?»

«Il servo non mi ha detto nulla».

Tacque un istante, poi aggiunse: «Anche quando gliel'ho chiesto, ha giurato di averti vista solo una o due volte».

Non riuscivo a crederci! Venni travolta da uno stato di felicità assoluta che dissolse il mio intimo rancore nei confronti di Atiyya. Immaginai di averlo innanzi a me, di corrergli incontro, aggrapparmi al suo collo e dargli un lungo bacio in segno di ringraziamento. Aveva mentito al suo padrone per proteggermi dalla sua ira o forse semplicemente perché temeva che, se avesse ammesso di essersi intrattenuto con me più volte, il padrone mi avrebbe vietato di entrare in giardino privandolo quindi della mia presenza e degli strani ragionamenti che gli facevo. Atiyya provava pietà nei miei confronti oppure amava la mia compagnia, che di fatto era l'unico contatto umano che aveva tra le mura immobili e mute del palazzo? La riconoscenza che provavo nei suoi confronti fece sì che non chiedessi più informazioni circa la persona – forse una domestica – che aveva denunciato il mio comportamento. Il fatto più importante per me era che non fosse stato Atiyya, perché questa certezza aumentava la mia fiducia in lui, significava che si era addolcito nei miei riguardi e che mi avrebbe aiutata. La felicità, celata dentro di me, mi riscaldava e fece sì che concedessi il corpo al mio vecchio in modo meno arido e più affettuoso del solito. Raggiunse l'orgasmo rapidamente e non riuscì a celare la propria soddisfazione.

«Questa notte è stato speciale...».

Colsi l'occasione al volo e commentai: «L'aria e il sole mi trasformano in un bocciolo di rosa».

Scoppiò a ridere stupito, mi diede un colpetto sulle cosce e commentò: «Bene, bene... ogni giorno devi andare in giardino... sì, sì...».

Quando notò un'espressione di gioia sul mio viso, quasi si pentì delle proprie parole e mi ammonì: «Ma solo se non t'intratterrai né con il servo né con le piante».

In quell'istante non m'importavano... le minacce, perché in ogni caso mi aveva autorizzata a comparire in giardino. Quella notte non mi lasciò come le altre volte in preda ai conati di vomito e desiderosa solo di correre in bagno per lavarmi dal suo odore che mi era rimasto sulla pelle, divorata da un profondo senso di umiliazione. Quella notte fu diverso. Rimasi accovacciata, con le braccia e le gambe allargate in modo da ricoprire con il corpo tutta la superficie dell'immenso letto. Mi rigirai su me stessa come una puledra appena nata. Non mi alzai per lavarmi. Era come se il mio corpo non fosse stato sfiorato, quindi non si fosse sporcato né indebolito. Fu una notte diversa dalle altre, che avevo sperato si prolungassero il più possibile per poter continuare a dormire in modo che la mia prigionia sembrasse meno dolorosa. Quella notte desideravo si facesse giorno al più presto.

* * *

"Atiyya...".

Canticchiavo il suo nome mentre gli facevo cenno di raggiungermi. Accorse volando come un uccellino felice. Lo fissai negli occhi poiché era imbarazzato come se volesse dirmi qualcosa. Mi si avvicinò frettolosamente e mi confessò: «Ieri quando il padrone mi ha chiesto…».

Lo interruppi con un cenno della mano. Gli feci comprendere che non doveva agitarsi. Gli regalai un sorriso sincero, in segno di riconoscenza, e lo tranquillizzai: «Il padrone ti ha creduto… mi ha concesso di uscire in giardino ogni giorno».

I suoi lineamenti si distesero, scomparve l'imbarazzo e forse anche la paura. Si lasciò scappare una risatina.

«Sono felice per te».

Provai una sensazione di disagio.

«Solo per me?».

Se non fosse stato per la carnagione scura, sarebbe stato evidente il fatto che era arrossito per la timidezza oppure per la gioia. Fuggì dal mio cospetto quando notò che avevo percepito il suo imbarazzo. Lo chiamai: «Vieni qui…».

Si affrettò verso di me. Tremava e aveva gli occhi abbassati.

«Di' alla domestica di portarmi un tè».

Si allontanò mentre la sua gioia contagiava anche me. Molti altri catenacci avrebbero dovuto essere aperti prima che potessi portare a compimento il mio gioco, prima che lui riuscisse a vincere la sua paura per poi spalancare la porta del palazzo ponendo fine alla mia prigionia.

Mi accomodai. Sentivo il venticello primaverile raccogliere i profumi e le fragranze del giardino per sospingerli verso di me. Respiravo a pieni polmoni e venni pervasa dal desiderio di osservare tutto ciò che mi circondava: i cactus con le spesse foglie spinose, che costeggiavano il muro di cinta proteggendolo con il loro silenzio e la loro pazienza, paragonabile solo alla mia; le palme dall'alto fusto, le cui fronde cadevano come le trecce delle donne che nessuno osa toccare né tagliare. Il mio sguardo si posò infine su alcuni oleandri carichi di fiori bianchi e porpora. Adoravo il loro profumo, anche se mia madre, il giorno in cui li vide in un vaso nella mia stanza, li prese allarmata e li gettò dalla finestra esclamando: «Questi fiori si mettono solo sulle tombe!».

Il ricordo di quell'episodio mi fece distogliere lo sguardo dalle piante che avevano provocato tra me e mia madre un'ostilità che si era protratta nel tempo. Mi concentrai sulle bocche di leone, sui garofani e sulle viole del pensiero. Iniziai a osservare le infinite sfumature di colore e le eleganti farfalle dalle rilucenti ali che si posavano sui loro petali. Com'erano sottili e delicate! Si sarebbero potute spezzare a ogni battito d'ali! Ma le farfalle erano state create senza voce? Ero forse destinata a sperimentare in questo palazzo il silenzio delle farfalle?

Sentivo la rabbia, accumulata dentro di me, aumentare e ribollire. Non era rabbia nei confronti del vecchio Nayef, quella non era neppure paragonabile al furore che provavo verso i veri responsabili della mia amara condizione, ovvero i miei genitori. Ah, mamma! Chissà che cosa stava facendo in quell'istante. Di sicuro, come al solito, indossava un grembiule bianco, e probabilmente stava friggendo le zucchine e impastando le focacce con gli spinaci. Forse stava preparando le melanzane impanate che mio padre tanto amava. Una volta mio padre mi aveva detto: «Tua madre ha cambiato le mie abitudini… mi ha fatto dimenticare i cibi kuwaitiani a favore di quelli siriani!».

* * *

Non sapevo come i miei genitori si fossero sposati. Tuttavia una sera, mentre era intenta a chiacchierare e lavorare a maglia in compagnia della moglie di mio fratello e io ero sdraiata sul divano a leggere un romanzo di Maxim Gorky, avevo sentito mia madre sospirare e dire: «Aleppo mia…bei tempi!».

Mia cognata le aveva domandato: «Zia cara, hai nostalgia di quegli anni?».

Mia madre aveva tratto un altro sospiro e aveva risposto: «Figlia mia, nonostante la mia vita sia ora in Kuwait, la patria è pur sempre il luogo dei ricordi d'infanzia e di gioventù. Per questo occupa un posto particolare nel nostro cuore».

La moglie di mio fratello allora l'aveva provocata: «Avresti forse voluto sposare un uomo di Aleppo e restare in Siria?».

Mia madre, come chi vuole respingere un'accusa, aveva esclamato: «Perché mai dovrei pentirmi della mia scelta? Figlia mia, è normale che parte del tuo cuore resti nella tua patria!».

L'altra quindi aveva inferto la stoccata finale: «Come mai hai sposato lo zio?».

Mia madre era scoppiata in una risata simile a un cinguettio, come se i ricordi riaffiorati alla memoria le avessero fatto solletico, e aveva commentato: «Destino, figliola mia... destino!».

Ero ansiosa di conoscere la storia. Avevo richiuso il libro, mi ero messa seduta, appiccicata a mia madre, ed ero tutta orecchie pronta ad ascoltarla. Avevo osato dire: «Sembra che la tua sia una storia interessante!».

Mia cognata, la cui curiosità non era certo inferiore alla mia, mi era venuta in soccorso: «Dài zia... racconta!».

Mia madre sembrava vittima della nostra insistenza, ma al tempo stesso ansiosa di frugare nei meandri della propria memoria per disperderne i frammenti colorati. Non era stato necessario esercitare ulteriori pressioni su di lei, tuttavia mi aveva scostata, si era alzata in piedi per dirigersi in cucina e, come se stesse parlando tra sé e sé, aveva mormorato: «Devo abbassare la fiamma altrimenti il piatto preferito di tuo padre si brucerà».

Mia madre, nonostante l'amore che la legava a mio padre, lo temeva molto, gli obbediva sempre e concordava sempre con le sue scelte senza esitare né riflettere. Quel che lui diceva andava bene per lei, così come per noi, anche se di fatto si trattava di una forma di costrizione. I suoi ordini erano insindacabili e le sue richieste non ammettevano repliche. Ciononostante mia madre mi era sempre sembrata felice e soddisfatta. Non l'avevo mai sentita lamentarsi né l'avevo mai vista adirarsi. Non avevo mai sospettato che potesse soffrire. Era come se avesse accettato il proprio destino e avesse stabilito che quello era il rapporto matrimoniale migliore che potesse esistere. Quando mio padre talvolta urlava, sembrava che lei non udisse le sue grida. Non perdeva la calma e lo arginava con parole semplici che potessero calmarlo: «Tranquillo!» oppure «Cerca di stare calmo!».

Dentro di me covavo un rancore profondo nei confronti di mio padre. Avrei voluto rispondere al suo vociare con un grido più forte, purtroppo la mia paura non era inferiore a quella di mia madre. Una volta le dissi: «Perché consenti che ti maltratti così in nostra presenza?».

Lei si arrabbiò ed esclamò: «Tuo padre mi rispetta, non mi maltratta! E poi questi non sono affari tuoi».

Quella fu l'ultima volta in cui tormentai mia madre con domande sulla sua sottomissione a mio padre.

E ora eccoci lì, mia cognata e io, a turbare la quiete durata anni perché volevamo che ci aprisse i forzieri chiusi dei suoi ricordi. Ritornò dalla cucina con la felicità disegnata sul viso. Si sedette. Riprese in mano i suoi ferri da maglia e iniziò a raccontare.

Sopra la nostra abitazione c'era un appartamento arredato che veniva dato in affitto ogni estate. Quell'estate era stato preso dalla famiglia di Abu Muhsin, composta da lui, sua moglie, il figlio maggiore Muhsin, tre figlie, e infine il figlio minore Anqud. All'epoca avevo diciassette anni, avevo appena concluso la scuola superiore con il massimo dei voti e sognavo di iscrivermi all'università. Purtroppo mia madre sognava invece che io sposassi mio cugino ingegnere. Il giorno successivo all'arrivo della famiglia di Abu Muhsin, salii al piano di sopra per fare la loro conoscenza. Mia madre andò su tutte le furie e mi rimproverò: «Sono dei perfetti sconosciuti e hanno un figlio in casa che non gioca più a palla!».

Avevo già conosciuto sua sorella che era mia coetanea, quindi ribattei: «Le ragazze sono gentili. Quella più grande ha la mia età».

«E se… Se vogliono stare in tua compagnia che scendano a casa nostra. Tu hai due fratelli piccoli», rispose mia madre.

Le bambine vennero da noi e la nostra amicizia si rinsaldò. Iniziammo a uscire insieme. Feci loro conoscere i luoghi simbolo di Aleppo, passeggiammo per i mercati e ci fermammo nei vari caffè. In seguito anche le nostre madri diventarono amiche intime, e la madre di Muhsin era ogni giorno ospite della mia. Trascorrevano ore a chiacchierare e talvolta avvolgevano insieme le foglie di vite. Mia madre le svelò i segreti della cucina siriana, mentre lei le insegnò ricette kuwaitiane. La loro amicizia evolse a tal punto che Abu Muhsin e Muhsin iniziarono a scendere da noi per trascorrere le serate sull'ampia terrazza giocando a tric-trac, una specie di backgammon, e a discutere di vari argomenti. In quelle serate, Muhsin e io ci scambiavamo sguardi e sorrisi. L'amore tessé rapidamente la sua tela. Poco prima della fine dell'estate suo padre aveva chiesto a mio padre la mia mano. Mio padre acconsentì, mentre mia madre, nonostante l'affetto che provava per quella famiglia, si oppose esclamando: «Cosa?! Poi dovrà andarsene lontano…».

La osservavo dalla fessura della porta semiaperta, ero agitata perché temevo potesse influenzare mio padre facendogli cambiare idea e danneggiando così il mio futuro. L'amore aveva messo salde radici nel mio cuore adolescente. Temevo che qualcuno potesse infrangere il mio sogno con Muhsin, poiché non riuscivo a immaginare la mia vita senza di lui. Mi rasserenai solo quando udii mio padre, risoluto e deciso, confermare la propria decisione: «È brava gente. Stanno bene dal punto di vista finanziario e soprattutto vogliono bene a nostra figlia».

Mia madre non demorse e insisté: «Li conosciamo solo da due mesi. Forse quel che vediamo è solo apparenza!».

Mio padre le fece cenno di stare zitta.

«Smettila! Non cambierò idea. Ho dato la mia parola e non tornerò indietro. Zaynab si fidanzerà con Muhsin».

«Forse la ragazza preferisce suo cugino», ribatté mia madre.

Mio padre si morsicò nervosamente le labbra, infastidito dalla cocciutaggine della moglie.

«Possibile che non ti renda conto che tua figlia è innamorata di Muhsin?».

Mia madre, presa in contropiede, restò in silenzio un istante poi commentò: «Forse l'hai influenzata tu!».

Mio padre scoppiò a ridere.

«Chiediglielo tu così saprai la verità!».

Mamma era stata sconfitta. Il mio cuore esultava.

I preparativi per il matrimonio furono fatti rapidamente. Lasciai Aleppo. Le lacrime solcavano il viso di mia madre mentre mi affidava alla famiglia di Muhsin dalla quale si fece promettere che ogni estate sarebbero tornati a farle visita.

La storia di mia madre, che aveva sposato l'uomo che amava e si era trasferita in un altro Paese per vivere con lui nella buona e nella cattiva sorte, non mi abbandonò mai. Per questo, la notte in cui aveva spalleggiato mio padre nella sua decisione di darmi in sposa al vecchio, avevo chiesto di appartarmi con lei. Avevo pianto, supplicandola, e le avevo ricordato che anche lei aveva sposato l'uomo che desiderava.

«Era destino!», aveva esclamato.

«Perché allora non stai dalla mia parte?»

«Perché questo è il tuo destino!».

«Tu hai sposato un giovane e mi fai sposare un vecchio ripugnante?».

Ero stata colta di sorpresa da un bagliore strano nei suoi occhi, ma soprattutto fui stupita dalla sua risposta.

«È molto ricco e da domani vivrai come una principessa».

«Ma è un vecchio che ha già un piede nella fossa».

«Bene, quando morirà tu erediterai le sue ricchezze!».

Ero sconvolta. Non avrei mai pensato che mia madre fosse avida a tal punto da danneggiare il mio presente e calpestare i miei sogni. Alla fine, comunque, aveva ottenuto quel che desiderava: il mio matrimonio con il vecchio Nayef. Tuttavia non avevo alcuna intenzione di aspettare la sua morte per godermi l'eredità.

La domestica arrivò, appoggiò il vassoio, mise una zolletta di zucchero nella tazza e versò il tè fumante diffondendo vapore e facendone penetrare la fragranza nei miei polmoni. Sentii uno strano senso di calore che trasportava il mio sogno al portone di ferro chiuso a chiave. Un desiderio iniziò a gorgheggiare dentro di me: "Se solo avessi le ali potrei volarmene via...".

* * *

La mia unica aspirazione era quella di liberarmi del vecchio e del suo palazzo. Era la mia idea fissa, il mio tormento. Ma Atiyya si rifiutava di tradire il suo padrone. L'ultima volta che mi ero seduta con lui in giardino, avevo pianificato di sperimentare un nuovo gioco cercando di sfruttare la sua infelicità e il suo scontento nei confronti del padrone. Seduzione fisica! Non ero forse in grado di convincerlo a toccare il mio corpo?

Lo osservai mentre se ne stava seduto sull'erba accanto ai miei piedi, vigile, attento e protettivo. Gli offrii una fetta di morbida torta all'arancia.

Esitò. Insistetti, ma si vergognava. Prese il piatto con un evidente tremore delle mani. Iniziò a mangiarla pur non avendo fame. Con la voce più suadente di cui ero capace, gli domandai: «Ti piace?».

Lui deglutì rapidamente e rispose: «Grazie… è molto buona».

Diedi avvio al mio gioco.

«Nella vita, Atiyya, ci sono molte cose buone, alcune le vediamo e le assaporiamo, altre sono nascoste alla nostra vista».

Fissò il mio viso con uno sguardo idiota. Mi resi conto che non aveva afferrato il concetto.

«Sei solo, Atiyya… Non hai una donna… come fai?».

Non si aspettava certo quelle parole né tantomeno quella domanda indiscreta! La torta gli andò di traverso, iniziò a tossire in modo convulso e a sputare, mentre le lacrime gli solcavano il viso. Accorsi in suo aiuto e gli diedi delle pacche sulla schiena. Si calmò. Gli porsi un bicchiere d'acqua che bevve avidamente. Diede un forte colpo di tosse. Scoppiai a ridere. Ero felice che gli fosse passata ed ero commossa dal suo sguardo eccitato. Si voltò verso di me e disse: «Signora… stavo per morire».

«L'hai scampata… ma come hai fatto a strozzarti?».

Chinò il capo e corrugò la fronte.

«Padrona… i tuoi discorsi sono difficili da seguire e…».

Istintivamente lo provocai: «Il solo pensiero di una donna ti eccita a tal punto?»

«Padrona… ti prego… Sono solo un servo al quale non è consentito varcare certi limiti…».

Fingendomi adirata, sbottai: «Devi rispondere alla domanda!».

Abbassò la testa sino a nasconderla tra le gambe divaricate. Mi resi conto che era a pezzi e che non sapeva come uscire da quella situazione imbarazzante. Cercai di aiutarlo a parlare: «Non hanno mai chiesto al tuo padrone di sposarti?».

Dal profondo del cuore rispose: «Di tanto in tanto mi dà in sposo a sua discrezione…».

Mi sentii percorrere il corpo da un brivido. Quanti segreti celava Atiyya? Quante calamità taceva? Nonostante fossi travolta da un turbine di sentimenti, riuscii a mantenere una calma apparente. Osai fare un altro passo in avanti. Allungai la mano, gli afferrai i capelli ricci senza farmi intenerire dal suo tremore e gli sussurrai dolcemente: «Su, Atiyya... sfogati, confidami ciò che ti tormenta...».

Il racconto di Atiyya mi sembrò una favola. Non ero adirata tanto con il vecchio quanto con la mia ingenuità. Come avevo potuto non accorgermi di quanto spesso amava cambiare le domestiche? Come avevo potuto non chiedermi dove andasse nelle notti in cui non si avvicinava al mio letto e quindi non assaporava i miei frutti? Come avevo potuto non accorgermi di come cambiavano nel tempo le domestiche che arrivavano tristi, affrante, logorate perché appartenenti alla feccia del loro paese e all'improvviso diventavano farfalle dagli abiti variopinti tanto da essere irriconoscibili? Come avevo potuto non notare il mutamento del loro tono di voce, da calmo e sottomesso a insolente e sguaiato, la loro sfacciata allegria che trapelava quando uscivano di corsa dalla cucina oppure dalle loro stanze al primo piano? Come poteva essermi sfuggito quel suo debole per Georgette che sprizzava femminilità da tutti i pori, esibita giorno e notte? Indossava minigonne oppure pantaloncini corti e attillati che mettevano in risalto le sue curve. Le camicette dai colori intensi lasciavano scoperti il décolleté e le braccia. Come se tutto ciò non fosse sufficiente ricorreva ad altri accorgimenti per provocare chi le stava attorno: andatura sensuale, moine e sospiri. Non la sopportavo. Non ero gelosa, semplicemente avevo iniziato a odiarla il giorno in cui l'avevo rimproverata e, mentre di solito non si ribellava, era diventata un'aquila senza curarsi della presenza di mio marito. Avevo urlato per zittirla e lei, per tutta risposta, aveva spinto il tavolino sul quale era appoggiato il vassoio con il tè e l'aveva ribaltato sul tappeto. Immaginavo che il vecchio si sarebbe alzato per schiaffeggiarla, che l'avrebbe costretta a scusarsi sotto minaccia di cacciarla dal palazzo. Invece non aveva battuto ciglio, aveva continuato a sfogliare le sue carte e a infilarle nella valigetta che non abbandonava mai. Volevo renderle la pariglia, quindi ero balzata in piedi per raggiungerla, con il fuoco che mi divampava nelle vene, l'avevo afferrata per i capelli e l'avevo schiaffeggiata. Solo in quell'istante mio marito si era ripreso dal suo intenzionale torpore per esclamare: «Basta! Che vuoi fare?».

Mi ero voltata verso di lui e, in preda alla disperazione, avevo gridato: «Domerò questa cagna!».

Era andato su tutte le furie.

«Fermati! Non hai alcun diritto su di lei... qui comando solo io!».

«Allora alzati... fammi vedere come la domi!».

«So io quando e come domarla, non aspetto certo che tu me lo ordini. Torna al tuo posto!».

Le sue parole si erano abbattute su di me come un macigno. Mi ero quindi prefissa di ristabilire la mia dignità calpestata. L'avrei fatto la notte seguente quando fosse aumentato il suo desiderio nei confronti del mio corpo; allora mi sarei negata. Sarebbe stato all'apice dell'eccitazione e non mi sarei lasciata sfuggire l'occasione.

Così avevo rifiutato di farmi toccare, ma lui non se n'era curato molto. Aveva solo esclamato: «Che ti prende?»

«Non mi toccherai fino a quando non mi rispetterai e non caccerai quella domestica!».

Solo allora aveva iniziato a perdere la pazienza.

«Sono io che decido. La domestica resterà. Magari tu fossi come lei!».

Era balzato giù dal letto dopo avermi offesa con quelle parole che mi avevano colta alla sprovvista perché mai avrei immaginato ciò che celavano. L'unica cosa che m'importava in quel momento era che se ne era andato via e mi aveva risparmiato quel suo modo di impossessarsi del mio corpo.

Ah… che illusa! Avevo scacciato dalla memoria il fatto che lui era sì gracile, ma era in grado di umiliarmi, disprezzarmi e distruggere la mia autostima. Ero convinta che avrei dormito tranquilla e non avrei mai pensato che quella sarebbe stata la notte più terribile e più strana della mia vita! Dopo qualche minuto, la porta della stanza si era aperta, ero balzata sul letto ed eccolo con Georgette che indossava il suo baby-doll rosso trasparente. Nonostante la sola vista di quella donna mi facesse ribrezzo, ero stata pervasa dalla felicità. Di sicuro l'aveva sottratta al suo letto, per portarla al mio cospetto affinché si scusasse. Ero felice. Avevo immaginato che almeno per una volta mi sarei meritata di vedere esaudito un mio desiderio, di vederlo accondiscendere a una mia richiesta. Mai e poi mai avrei pensato che quell'apparizione improvvisa si sarebbe rivelata un ennesimo mezzo per ribadire la sua tirannia e la sua malvagità! Sul suo viso era disegnato il più ampio dei sorrisi.

«Ecco… ti ho portato Georgette!».

Non vedevo l'ora che quella donna mi chiedesse scusa. Invece mio marito si era affrettato a infrangere la mia felicità, aggiungendo: «Così imparerai a essere una vera femmina!».

Non riuscivo a capire che cosa intendesse. Non immaginavo nulla di quanto sarebbe accaduto in seguito!

Si era avvicinato al letto. Mi aveva spostata spingendomi. Si era spogliato e le aveva ordinato: «Vieni!».

Lei si era avvicinata con sfacciata civetteria per distendersi al suo fianco e iniziare a fare mille moine. Indicando me, lui le aveva detto: «Insegnale a essere femmina».

Ero balzata giù dal letto come se mi avesse punta una zanzara e mi ero diretta verso il divano vicino alla finestra. Tremavo come un topo inseguito da centinaia di gatti selvatici. Avevo cercato di non guardare, tuttavia la violenza dello spettacolo che avevo innanzi agli occhi mi feriva come un amo agganciato alla mia carne che mi trascinava in un mare in tempesta. Che cosa mai gli aveva fatto quella svergognata? Come poteva godere in quel momento senza provare né esitazione né ribrezzo? La voce cavernosa del vecchio, travolto dall'eccitazione bestiale per il corpo di quella donna, mi aveva urlato: «Guarda... impara».

Aveva a tal punto perso il senno da immaginare che avrei potuto imitare quegli atteggiamenti sconci? Avrei forse potuto infangare la mia reputazione e il mio corpo come faceva quella poco di buono? Georgette sembrava una lupa affamata, mentre lui assomigliava a un lupo che ululava di piacere. Si erano calmati. Mentre il fuoco in me non si era estinto. Trasudavo umiliazione e il terrore mi attanagliava, ero pervasa dai brividi e dal senso di nausea. Ero perfettamente consapevole del fatto che mio marito avesse architettato tutto con l'intento di umiliarmi e ferire il mio orgoglio. Finalmente le aveva ordinato di uscire e la svergognata non si era lasciata sfuggire l'occasione per lanciarmi uno sguardo provocatorio. Mio marito, che si era alzato per rivestirsi, aveva sentenziato: «Ti neghi, ma per me non cambia nulla... a letto sei come una lastra di ghiaccio!».

Era uscito dalla stanza, sbattendo la porta e lasciandosi alle spalle una spessa coltre di silenzio.

Il silenzio aveva un'eco impercettibile, una tristezza impalpabile, un'oscurità disumana. Mi avvolgeva e divorava come un boccone amaro, indigesto e sgradevole. I miei polmoni erano come strizzati, privi d'aria, sembravano affogati in un fumo che arrivava a opprimere ogni nervo del mio corpo. Mi sentivo paralizzata, bloccata. Non riuscivo a staccarmi dal divano. Ero a pezzi nell'anima e nel corpo. Dal mio cuore sgorgava il sangue della mia dignità ferita e non vendicata. Avevo gli occhi sgranati perché non riuscivo a credere di avere assistito a quella scena aberrante. L'unica cosa che leniva la mia pena era che mi ero sempre concessa a mio marito solo come un pezzo di ghiaccio oppure come un sasso.

Da quel giorno mi tenni alla larga da Georgette. Non la chiamavo mai per nome se avevo bisogno di qualcosa, ma lei, dal canto suo, perdeva sempre tempo e tardava a rispondermi come a volermi provocare oppure innervosire. Continuavo comunque a chiamarla strillando altri nomi in segno di disprezzo. Ma lei scompariva dopo essere scoppiata in una risata volgare che indicava chiaramente le sue origini da prostituta oppure da ballerina di night club.

Quanto ero stupida… ero stata ingannata! Che differenza c'era tra me – la padrona – e le domestiche, considerato che condividevamo il padrone? Considerato che visitava sia i loro letti semplici sia il mio letto sontuoso? Quale sozzura mi consegnava dopo essere stato a letto con loro? Come era possibile che lui, impotente, potesse distribuire il suo corpo a destra e a manca tra le donne del palazzo? Il povero Atiyya aveva dovuto espugnare la cittadella del suo padrone. Con ciascuna di loro faceva quel che aveva fatto la prima notte con me.

E io…?

Credevo che Atiyya fosse tonto e che quindi non fosse in grado di provare piacere, quindi avevo cercato di provocarlo, perché era l'unica persona che avrebbe potuto aprirmi la porta della misericordia restituendo luce alla mia anima. Era lui che gestiva le entrate e le uscite da palazzo. Tutto questo gli bastava. Non sognava di avere una moglie o dei figli liberi che non sarebbero passati in eredità al padrone come era accaduto a lui. Provavo rancore nei suoi confronti ed ero pentita di averlo aiutato a non soffocarsi con la torta. Se l'avessi lasciato morire non avrei scoperto l'immondizia nella quale vivevo. Lo osservai. Un uomo insignificante seduto ai miei piedi, tremante perché aveva messo a nudo i segreti del palazzo. Non riusciva a controllarsi. Lasciò cadere il capo sulle mie ginocchia e iniziò a supplicarmi: «Padrona, ti prego… non riferire al padrone che ho detto queste cose».

Gli sollevai la testa dalle mie gambe come se stessi afferrando una viscida lumaca. Gli feci una promessa: «Tranquillo, non preoccuparti... non ti farò del male!».

Scomparve dalla mia vista. Il fuoco della rabbia divampava e bruciava il mio petto. Decisi di affrontare il vecchio e lo avrei fatto. Dovevo solo cercare un modo particolare e vincente per uscire da quel lerciume in cui ero sprofondata.

3

Avevo la possibilità di far fruttare le confessioni di Atiyya. Lo avevo minacciato dicendo che se non mi avesse aiutata a fuggire avrei rivelato al padrone tutto quel che mi aveva spifferato, anche se in realtà non l'avrei mai fatto. La mia anima era continuamente calpestata e tormentata da un tiranno, non avrei mai potuto trasformarmi in un tiranno a mia volta. Se il padrone fosse venuto a conoscenza di quel che aveva fatto non l'avrebbe certo risparmiato. Se fossi uscita da quell'inferno venendo meno alla mia promessa, lasciando che la sua anima prigioniera soffrisse, mi maledicesse lanciando strali contro di me, non avrei potuto godere a fondo della mia libertà. Atiyya non avrebbe agito in prima persona, sarebbe stato solo complice e spettatore. Avrei dovuto essergli riconoscente, anche se le sue rivelazioni mi avevano ferita, perché di fatto mi aveva spronata ancora di più a fuggire da quell'incubo.

Di notte iniziai a pensare. Sarei uscita dalla tomba nuda senza portare con me neanche un lenzuolo? Oppure mi sarei ricoperta di tutti i preziosi che il vecchio mi aveva generosamente regalato? Quella materialità senza valore era forse più preziosa della mia vita? Nonostante fossi convinta che la mia vita veniva prima di ogni altra cosa, decisi che me la sarei portata via.

Mi diressi all'armadio, estrassi un pesante baule che conteneva tutti i miei gioielli, lo aprii e venni abbagliata dal luccichio: oro, diamanti, granati, argento e cornalina. Venni assalita da un forte senso di nausea, perché tutto quello splendore non era mai riuscito né a scaldare né a rendere felice il mio cuore, e neppure a far sì che il mio corpo diventasse accondiscendente, gentile e disponibile verso il vecchio. A lui piaceva accumulare i gioielli nel mio armadio. Quando me li portava, apriva il cofanetto di velluto e insisteva affinché ne rimirassi il contenuto. Il tutto era accompagnato da parole pungenti come spilloni che mi facevano capire quanto quei doni fossero una sorta di elemosina nei miei confronti. Quando non mi vedeva né interessata né felice per i suoi regali, si incupiva, poi alzava il dito rinsecchito davanti al mio viso e mi redarguiva: «Sei nata povera… non conosci il valore delle cose!».

Godevo della sua rabbia, perché in quelle occasioni lo umiliavo e riscattavo la mia dignità. Gli facevo sentire che la ricchezza del mondo intero non mi scalfiva e non infondeva alcuna luce sulla mia vita. Infierivo ulteriormente nel momento in cui gettavo con indifferenza i gioielli nel baule per poi richiuderlo. Dentro di me provavo dispiacere perché li avevo rinchiusi nell'oscurità e costretti all'immobilità proprio come io ero rinchiusa e immobile nel palazzo.

Era la prima volta che li tiravo fuori; mi sentii sollevata nel vederli; anche se il loro valore riscattava solo in parte quello della mia preziosa vita, non appartenevano forse a quella ricchezza che mia madre sperava che io ereditassi e non erano forse il bottino che si meritavano i miei genitori per avermi data in pasto al tiranno? Sarei ritornata da loro nuda e senza un soldo? Li misi tutti in una borsa di pelle e mi preparai al tanto agognato momento della fuga.

Non dormii…

Sentivo un forte formicolio lungo tutto il corpo, come se fosse percorso da migliaia d'insetti: zanzare, cimici, cavallette, scarafaggi, formiche e vermi di ogni genere. Era come se, toccando quegli oggetti malati, avessi contratto una strana malattia contagiosa. Venni assalita dalla paura di stramazzare sul letto. Sarei riuscita a realizzare il mio piano oppure Atiyya avrebbe inseguito la scia del mio profumo, mi avrebbe raggiunta, avrebbe urlato e avrebbe comunicato al mondo intero il mio tentativo di fuga? Era la mia unica occasione e non dovevo sprecarla, perché altrimenti sarei precipitata nell'abisso e la mia anima non si sarebbe mai più messa in salvo.

Mi giunse alle orecchie il richiamo alla preghiera dell'alba, delicato e latore di luce e misericordia. Penetrò nel mio intimo, diffondendo dentro di me aloni di luce e pervadendo il mio essere e la mia anima di una misteriosa felicità. Mi affrettai alla finestra, scostai la tenda e rivolsi lo sguardo al cielo. Il crepuscolo era simile a una mantiglia argentea, splendevano ancora alcune stelle che non se ne erano andate. Mi ritrovai a sussurrare con tutto il cuore una lode al creatore del Cielo e della Terra: «Signore mio...». Vidi brillare una stella e ripetei: «Signore mio...». Una volta conclusosi il richiamo alla preghiera con la professione di fede islamica «Non esiste altro dio al di fuori di Allah», ebbi la sensazione di essere avvolta da fasci di luce.

Ritornai verso il letto. Non sentivo più la solita angoscia che mi opprimeva. Respiravo meglio, come se la mia cassa toracica si fosse ampliata. Come se l'aria malsana che affluiva nei miei polmoni avesse lasciato il posto ad aria pura. Sentivo di essere più forte dal punto di vista psicologico e più sana dal punto di vista fisico. Mi gettai sul letto, mi distesi serena e felice perché era tutto mio, perché ero sola e non avevo innanzi a me quel vecchio. Tuttavia una domanda mi assillava:

"Dove sarà ora? Con Zannuba? Con Georgette? Oppure con Sophie?".

Lentamente riuscii a cacciare dalla mente tutte le fantasie per lasciare il posto al mio piano di fuga. Ero convinta di poter gestire ogni minimo dettaglio, che sarei stata in grado di aggiustare eventuali falle e che tutto era sotto controllo. Continuavo a rivolgermi a Dio con tutta me stessa. Lo supplicavo di prendersi cura del mio destino e di aprirmi vie sicure verso la libertà.

Era la mia unica occasione…

Nelle settimane precedenti la fuga avevo osservato attentamente tutte le regole che governavano il portone del palazzo, avevo imparato a memoria gli orari in cui veniva aperto, quelli in cui veniva lasciato privo di sorveglianza prima che giungesse Atiyya a chiuderlo con le catene e un grande catenaccio. Si trattava di momenti fugaci, della durata di un batter d'occhio. Quando il vecchio arrivava, Atiyya accorreva, apriva il portone, l'auto entrava e lui la rincorreva, aspettava che il padrone scendesse e gli affidasse la cartella contenente le sue carte, per poi richiudere accuratamente la porta di accesso. Avevo pochissimo tempo a disposizione, ma anche pochissima distanza da percorrere. Tutto quello che dovevo fare era nascondermi nei pressi del portone, dietro i cactus, per scattare nel momento in cui Atiyya si fiondava dietro all'automobile del padrone prima di richiudere. E gli sguardi delle domestiche? Dovevo assolutamente distrarle. Nessuna di loro sarebbe dovuta uscire in giardino per nessun motivo. Dovevo distogliere la loro attenzione da me prima dell'arrivo del vecchio. La questione richiedeva grande precauzione. Nulla poteva essere lasciato al caso. La minima distrazione avrebbe rovinato tutto.

Nel giorno del miracolo scatenai il putiferio nell'enorme salone della cui pulizia non mi ero mai curata perché era un luogo che non m'interessava. Era una superficie fredda ricolma di mobili imponenti, cimeli e sontuosi tappeti. Misi da parte il mio odio nei confronti di quell'ambiente, lo ispezionai in ogni angolo e notai che era ricoperto da una spessa coltre di polvere. Convocai immediatamente le domestiche che accorsero. Passai il dito sulla polvere, finsi di andare su tutte le furie e iniziai a gettare per aria tutti gli oggetti in modo tale che ci sarebbero volute ore e ore per rimettere tutto a posto. Ordinai loro di abbandonare quel che stavano facendo per impegnarsi a ripulire e a riordinare il salone. Sui loro visi erano evidenti rabbia e irritazione, ciononostante obbedirono e si misero all'opera. Ero più tranquilla perché avevo più tempo a disposizione. Mi affrettai verso la camera, mi vestii rapidamente, presi la borsa di pelle e prima di lasciare la stanza corsi dal mio uccellino. Era pensieroso, triste come se avesse percepito che era giunto il momento di separarci. Allungai la mano dentro la gabbia, si lasciò toccare e quando gli avvicinai il viso al becco iniziò a cinguettare una triste melodia. Gli sussurrai: «Dobbiamo raggiungere la libertà insieme!».

Lo portai verso la finestra, la aprii e lui iniziò a sbattere le ali cercando di divincolarsi dalla mia presa per ritornare all'interno. Le lacrime iniziarono a scorrermi copiose sulle guance, avvicinai l'uccellino al viso e lo ricoprii di baci d'addio. Infine lo feci volare via. Era come se avessi perso un pezzo di cuore. Mi affrettai verso l'imponente portone sospinta dai venti del desiderio di libertà, sole e aria pura.

Atiyya, come suo solito a quell'ora, era intento nella preghiera del mezzogiorno. Mi nascosi, senza farmi notare, dietro i cactus. Le spine mi si conficcarono nella carne, ma non ci feci caso. Attendevo, trepidante e ansiosa, perché temevo che il mio nascondiglio venisse scoperto. Ero incredibilmente tesa, ma nulla e nessuno ormai avrebbe potuto intaccare la mia ostinazione e la mia ferma volontà di evadere da quella prigione. Il desiderio di libertà era più forte della paura che mi attanagliava. Mi sarebbe bastato un batter di ciglio per sgattaiolare all'esterno, come un verme che sbuca da un frutto maturo, e attendere che Atiyya richiudesse il portone e si allontanasse. La mia anima era tutta protesa verso la vita. Quegli istanti sembravano terribili e interminabili, ma era indispensabile che io restassi vigile fino a quando non fosse arrivato il momento decisivo.

Ce l'avevo fatta… avevo vinto… ero libera. Corsi più veloce del vento verso la litoranea. Sembravo una pazza scatenata, una fuori di senno. Le mie scarpe divorarono il terreno fino alla pensilina dell'autobus sotto la quale erano stipati lavoratori indiani e asiatici. Presi fiato e poi mi rimisi in movimento per raggiungere il lato opposto della strada. Uno dei lavoratori, in un arabo storpiato, esclamò: «Ecco, sta arrivando l'autobus!».

Autobus? Un autobus avrebbe fatto un lungo tragitto, perdendo tempo per raccogliere a ogni fermata una frotta di persone. Avevo bisogno di un missile… di un aereo che sfidasse il vento… di un'automobile che a velocità supersonica mi portasse da Fintas a Rumaithiya, dove abitava mio padre. Chissà come avrebbe giudicato il mio gesto. L'estate era cocente, il sole era micidiale e perle di sudore mi percorrevano il corpo come una cascata, ma non riuscivano a irrorare la mia gola secca.

Sopportai sete e calore mentre mi aiutavo con le braccia per raggiungere le automobili che sfrecciavano come inseguite dai demoni.

In cuor mio le insultavo mentre supplicavo Dio di fare in modo che qualcuno si fermasse, colto da pietà nei miei confronti, e mi traesse in salvo. Mi fiondai al centro della strada. Un'automobile guidata da una donna per poco non mi investì. Inchiodò facendo stridere i freni. Non le diedi tempo di lanciarsi in improperi. La colsi alla sprovvista salendo a bordo in un battibaleno e rivolgendole uno sguardo smarrito.

«Ti prego… Mi stanno inseguendo. Portami a casa», la supplicai.

Sul suo viso comparvero paura e indecisione, confermate poi dalle sue parole: «Ti porto dalla polizia».

«Non farlo… ti indicherò la mia casa», esclamai.

Obbedì al mio ordine, forse in preda alla paura perché immaginava che fossi armata. Era sbiancata in viso. Cercai di tranquillizzarla, così si sarebbe avviata verso la mia meta. Sentivo che era terribilmente incuriosita e che da un momento all'altro sarebbe potuta scoppiare ponendomi una raffica di domande. Tuttavia non le diedi modo di farlo. Mi concentrai sulla strada per darle le indicazioni.

«Da questa parte… questa strada… destra verso quella fermata.. ora a sinistra… qui vicino a quegli edifici… entra qui a destra… vedi quella casa gialla di pietra calcarea vicino agli alberi?».

Mancavano tre mesi per arrivare a quattro anni. Questo era il periodo di tempo in cui i miei occhi avevano visto solo la strada, gli edifici e il cielo che si scorgevano dalla finestra del palazzo.

Credevo di avere dimenticato le strade che conducevano alla casa della mia famiglia, tuttavia l'atmosfera dolce e leggera che mi aveva pervasa dal momento in cui ero fuggita dalla mia prigione aveva risvegliato tutti i segreti della mia memoria, aveva aperto tutte le mappe che avevo riposto, aveva risvegliato i vecchi tempi della mia infanzia e della mia adolescenza. Quando l'automobile si fermò sulla porta di casa, scesi e poi infilai la testa nel finestrino per ringraziare la signora in modo tale da rassicurarla e rasserenarla. L'unica cosa che le importava era conoscere il segreto di questa pazza nella quale si era imbattuta e che con la propria cocciutaggine l'aveva piegata al proprio volere. Con voce strozzata dal pianto le dissi: «Grazie… Dio ti ricompenserà. Sono fuggita dalla casa di mio marito. Questa è la dimora della mia famiglia. Mi hai salvato la vita».

Sul suo viso si disegnò lo stupore. Poi scoppiò in una risata e commentò: «Diavoletta! Dal tuo aspetto avevo capito che stavi fuggendo da una brutta situazione».

«Peggio… solo Dio lo sa… grazie!».

Tirai fuori la testa dall'abitacolo e corsi verso l'ingresso di casa.

4

Il profumo del mio appartamento era penetrante. Inspirai a pieni polmoni una brezza salutare che sapeva di solitudine, sicurezza e libertà. Mi gettai sul copriletto rosa, chiusi gli occhi e cominciai a ripensare a tutto quello che mi aveva detto il medico. Mi accarezzai il collo sotto il quale si celavano la gola e le corde vocali. Era forse troppo tardi? Il medico, dopo avermi visitata, mi aveva ribadito che non si trattava di un tumore maligno.

«Sembra un prolasso dei tessuti molli che però non sarebbe strettamente necessario togliere».

Due mesi prima, quando avevo sgridato una studentessa ribelle, avevo sentito calare bruscamente la potenza della mia voce, era diventata rauca e bassa come quella di un uomo. Terminata la lezione, mi ero diretta all'ospedale dove visitava quel medico. La sala d'attesa era stipata di donne che portavano il foulard e il velo integrale, di uomini barbuti che indossavano una corta tunica bianca. Ero l'unica donna degenere che indossava pantaloncini corti e una camicetta a mezze maniche. L'infermiere dalla lunga barba usciva di tanto in tanto e chiamava un nome. Gli avevo fatto un cenno con la mano, ma non mi aveva prestato attenzione, infine mi aveva lanciato un'occhiata piena d'odio e mi aveva detto: «Aspetta… sei venuta senza appuntamento».

Quando la stanza si fu svuotata, immaginavo che mi

avrebbe chiamata. Invece era uscito preceduto dal medico, anche lui con la lunga barba. Ero balzata in piedi, credendo stesse venendo da me, ma lui non mi aveva degnata di uno sguardo. L'avevo quindi rincorso e con il filo di voce che mi era rimasto gli avevo detto: «Dottore… la prego».

Mi aveva allontanata con la mano e aveva esclamato: «Va' da un altro medico… il mio orario di visita è finito!».

Mi aveva lasciata in preda al panico ed era scomparso.

Ero andata alla reception dove mi ero messa a scrutare i visi delle impiegate alla ricerca di un'espressione gentile e rasserenante. Una volta individuata avevo detto: «Scusi… avrei bisogno di un medico».

La donna aveva mostrato tutto il suo stupore.

«Sei qui da due ore e ti avevamo detto di rivolgerti al dottor Abd al-Rahman…».

«Mi ha fatto aspettare e poi si è rifiutato di visitarmi».

«Già è "un po' fanatico"… non gli piacciono le donne che non indossano il velo».

«Ma lui è un medico ed è suo dovere…».

Mi interruppe.

«Sorella mia, lui è così… e l'infermiere è come lui».

Mi fissò e poi continuò: «Non sei stata fortunata… hanno lo stesso carattere».

«E adesso?... Ti prego!».

«Non ti preoccupare, ti manderò da un medico egiziano bravo e gentile».

Il medico mi aveva visitato la gola con molta meticolosità e mi aveva comunicato di avere riscontrato un rigonfiamento sulle corde vocali, ma poi mi aveva subito tranquillizzata: «Non è necessario che ti operi subito. La tua cura consiste nello smettere di fumare».

Ma io non avevo smesso di fumare. Dopo qualche mese le condizioni della mia gola erano peggiorate ed ero stata costretta a rivolgermi a uno specialista per un consulto. L'unica soluzione che mi era rimasta era tornare dal dottor Abd al-Rahman.

Come sarei potuta tornare da lui, visto che non voleva ricevere le donne che non indossavano il velo come me? Esitai, ma avevo assolutamente bisogno di lui. Lo contattai e la sua risposta mi stupì: «Ho lasciato l'ospedale… ora ho uno studio privato».

Mi diressi immediatamente nel suo ambulatorio a Salmiya, un enorme edificio le cui pareti esterne erano rivestite di targhe rosse con i nomi dei medici.

Entrai e camminai sul pavimento di marmo lucente. Alla mia destra c'era un'immensa farmacia. Attesi a lungo che arrivasse l'ascensore. Vidi una persona che scendeva le scale. Mi guardò e mi disse che l'ascensore era guasto. Mi diressi verso la scala per raggiungere il terzo piano. Studio numero 8. Entrai.

L'impiegata alla reception era velata.

«Buongiorno», dissi.

«Su di te la pace, la misericordia e la benedizione di Dio».

Non mi stupì il modo "religioso" in cui aveva risposto al mio saluto.

«Ho un appuntamento con il dottore».

«Un istante… preparo la cartella».

«No… mi scusi prima di prepararmi la cartella vorrei vedere il medico».

Era stupita.

«Non sei venuta per curarti?».

Mi costrinse a mentire.

«Sì, ma è una questione privata».

Scosse il capo. Si alzò. Uscì dalla porta laterale e si diresse nello studio del medico, dopo avermi fatto cenno di accomodarmi in sala d'attesa.

«Per cortesia, aspetta qui».

Aspettai mentre mille dubbi mi assalivano. Dopo aver saputo dall'impiegata come ero vestita, mi avrebbe voluta ancora ricevere?

La donna ritornò e con un sorriso che mi colse alla sprovvista mi disse: «Prego, accomodati».

Tremavo ancora perché, anche se non aveva rifiutato di visitarmi, mi chiedevo se mi avrebbe curata. Mi avrebbe concesso questa cortesia?

Bussai alla porta ed entrai. Lo trovai in piedi. Mi parlò con un tono di voce stranamente gentile.

«Benvenuta... si accomodi».

E m'indicò la sedia davanti a me.

Lo guardai incredula. Era sempre lui, alto, con la barba che cadeva nascondendogli il collo. Mi salutò e mi invitò nuovamente ad accomodarmi. La vecchia immagine che avevo di lui stava lentamente sbiadendo per lasciare il posto a quella nuova che avevo davanti agli occhi. Si ricordava di me? Ritenevo di no. Quando ci eravamo incontrati la prima volta non mi aveva degnata nemmeno di uno sguardo. Che cosa era cambiato? Se in ospedale era un medico, anche qui nel suo studio era pur sempre un medico! Non ebbi bisogno di spremermi le meningi. Tutto era chiaro. In ospedale era un medico statale con uno stipendio fisso e quindi si sentiva in diritto di ricevere una paziente oppure di rifiutarla, qui invece era il proprietario, un imprenditore. Il suo era uno studio privato che traeva profitto dalle malattie altrui, quindi lui doveva essere pronto a ricevere anche persone come me che non volevano coprirsi né il capo né il corpo. Le cose che più mi disorientarono furono il saluto, il sorriso e la conversazione che seguì. Era gentile. Mi visitò attentamente e con delicatezza. Lo osservai concentrandomi soprattutto sui lineamenti del suo viso: due begli occhi grandi, ciglia folte e lunghe, naso sottile e leggermente lungo, ma con la punta all'insù, labbra carnose, anche la barba mi sembrava piacevole, diversa da quella da cui ero fuggita la prima volta. Mi sentivo a mio agio e acconsentii a riflettere sulla possibilità di operarmi.

Prima di andarmene, rattristata per la sorte della mia voce, mi venne l'istinto di ricordargli quel giorno lontano, ma mi trattenni. Temevo si offendesse e mi rifiutasse come sua paziente, anche se la parcella e le spese relative all'operazione sarebbero state molto elevate.

Iniziai a esaminare la questione. Ero assalita dai dubbi. Operarmi o fuggire? Era vero quel che mi aveva detto, ovvero che se non mi fossi operata avrei fatto una brutta fine? Non sarei fuggita dal mio destino. Mi aveva assicurato che si trattava di un intervento semplice quindi non dovevo fuggire. Non era paragonabile alla fuga indispensabile e necessaria dal palazzo del vecchio. Quella avrei dovuto tentarla sin dai primi mesi. Non sapevo come avevo potuto resistere per ben quattro anni! Se solo fossi stata in grado di prevedere il mio – luminoso – futuro dopo la fuga, l'avrei fatto prima. La fuga mi aveva liberata non solo dalla vita del palazzo, ma anche dal sudiciume del vecchio.

5

Iniziai a bussare con folle insistenza. Quando mia madre aprì, gridò incredula. Avevo sempre desiderato e sognato il momento in cui avrebbe allargato le braccia per accogliere una passerotta sfinita come me che aveva bisogno di ricevere amore e protezione. Ma non fece nulla di tutto ciò. Corse alla porta che dava sulla strada convinta che il vecchio fosse al mio seguito. Quando vide la strada deserta sbatté violentemente la porta e urlò a squarciagola: «Sei impazzita? Che cosa hai combinato?».

Ero indignata e, gridando quanto lei, risposi: «Sono fuggita... sono fuggita».

Iniziò a darsi pugni sulla testa.

«Che sciagura per la nostra famiglia! Dovevi proprio crearci tutti questi problemi?».

Alzò il tono e chiamò il marito: «Vieni a vedere che cosa ha fatto quella disgraziata di tua figlia!».

Mio padre uscì in mutande e canottiera. La notizia della mia fuga gli pervenne mentre stava percorrendo il tratto che separava la camera da letto dal luogo in cui me ne stavo in piedi con la borsa di pelle in mano.

Si scagliò su di me. Mi afferrò per i capelli intrisi di sudore, mi strinse forte e mi gettò sul divano urlando con voce stentorea: «Hai perso la testa? Come hai osato? Che cosa ci farà quell'uomo?».

Rivolgendosi a mia madre le ordinò: «Prendi la mia tunica e il mio copricapo. La riporterò subito indietro, altrimenti penserà che siamo suoi complici».

Lei si affrettò a eseguire l'ordine, condividendo la sua opinione.

«Non ritornerò là... piuttosto mi ucciderò, ma non ritornerò», esclamai.

Mia madre consegnò gli abiti a mio padre che continuava a riversare su di me ogni genere d'improperi, mentre io lo supplicavo: «Ti prego... ti prego... ascoltami... prima consentimi di raccontare i tormenti che ho vissuto e le ingiustizie che ho subìto, poi decidi il mio destino».

Iniziò a sbraitare: «Non voglio sentire nulla. Ritornerai da tuo marito con il capo cosparso di cenere».

Mi diressi verso mia madre, cercai protezione dietro la sua schiena, le baciai le spalle e la supplicai: «Ti prego, mamma, digli di calmarsi e di ascoltarmi. Non crederete alle vostre orecchie».

Sul viso di mio padre si dipinse la rabbia. Mia madre gli si avvicinò: «Ascoltiamola e poi decideremo il da farsi».

Si sedettero in silenzio e io vuotai il sacco sugli ultimi quattro anni senza tralasciare nemmeno una virgola. Rivelai i segreti dei giorni e delle notti a partire da quella in cui Atiyya aveva espugnato la mia fortezza, tutte le forme di umiliazione e oppressione che avevo dovuto subire, la mia flagellazione e la scena della domestica nel mio letto, le rivelazioni di Atiyya circa tutto ciò che mi era stato nascosto. Mentre narravo, sembravo una vittima sacrificale appesa a uno spiedo che ruotava lambendo le fiamme che la ustionavano. Guardai mio padre e, con una voce colma di dolore, dissi: «Mi hai venduta, papà, e mi hai punita».

Lui chinò il capo, mentre mia madre cercava di trattenere le lacrime che le sgorgavano dal profondo del cuore e gli sussurrava: «Dio mio, quanto ha sofferto...».

Poi alzò la voce, sollevando la mano davanti a mio padre, e disse: «Che animale! Dio mio, non tornerà da lui!».

In quel momento compresi che mia madre era dalla mia parte. Colsi l'occasione al volo, andai a prendere la borsa, la aprii e ne riversai il contenuto sul tappeto. Sparpagliai i gioielli come se fossi felice di disfarmene. Mia madre era travolta dallo stupore. Era rapita da tutto quel luccichio, si alzò dal divano e andò a inginocchiarsi per frugare e curiosare come se fosse sulla spiaggia di un'isola incantata sotto la cui sabbia si celava un tesoro nascosto dalle streghe. Sospirava e gridava dalla meraviglia: «Dio mio!... Che cos'è questo?».

La voce di mio padre mi risuonò nei timpani: «Perché mai ti sei portata dietro tutta questa mercanzia?».

Mia madre non era d'accordo con il marito, sollevò una manciata del tesoro e gliela mise sotto il naso: «Mercanzia? Sai quanto vale?».

La mia voce si affievolì: «Questa roba è mia... è il valore di quattro anni della mia vita. Ebbene, prendetela, ma restituitemi la mia libertà».

Mio padre, profondamente colpito, recuperò la calma e rivolgendosi a mia madre disse: «Rimetti tutto dentro la borsa... siediti e pensiamo a come risolvere questa disgrazia».

Mentre pronunciava queste parole non m'indicò, quindi non ero io la disgrazia cui si riferiva. La disgrazia doveva ancora arrivare, e sarebbe stata la reazione del vecchio quando avrebbe scoperto la mia fuga e sarebbe venuto a reclamare le nostre teste.

Con la mano destra, mio padre iniziò colpirsi con forza ed evidente nervosismo la gamba, mentre con l'altra mano si picchiettava la tempia come se volesse aprirsi un varco nel cervello dal quale far uscire una soluzione che lo liberasse dalla malvagità del vecchio. Mia madre era preoccupata per le condizioni di salute di mio padre. Si alzò e si diresse verso di lui, si sedette sul bordo del divano, gli circondò le spalle con il braccio e cercò di tranquillizzarlo: «Prega il Profeta, marito mio… risolverà ogni problema».

«Questo non è un problema da risolvere… è un immenso tizzone ardente!», esclamò lui.

«Tesoro mio, la salute innanzitutto… calmati altrimenti ti salirà la glicemia!».

Lui si colpì ancora più forte la gamba.

«Quale glicemia? La glicemia non è nulla. Il boccone invece è amaro e indigesto. Ci possiamo anche rimettere la gola».

«Calmati… saprai affrontarlo. Tu sei più forte di lui».

«Papà… ti prego…», m'intromisi.

M'interruppe gridando: «Zitta! Non voglio sentire la tua voce».

La sua reazione mi sconvolse e mi fulminò. Non potevo sopportare l'idea di tacere. Mi allontanai immediatamente. Temevo che mi afferrasse e mi picchiasse. Con tutta la forza che avevo urlai: «A partire da questo momento non tacerò mai più… basta tacere!».

Le mie grida lo lasciarono esterrefatto. Ma, prima che potesse dare libero sfogo ai propri pensieri, aggiunsi: «Dio mio, se pensavi di riportarmi da lui, sappi che mi ucciderò riservandoti una disgrazia peggiore».

Lui si rivolse a mia madre in preda alla rabbia: «Hai visto tua figlia? Un'impunita. Adesso mi minaccia».

Allarmata per la mia sorte, mia madre venne in mio soccorso.

«Che cosa c'è? La ragazza ha sofferto, non può ritornare da lui. Devi aiutarla».

La rabbia di mio padre iniziò lentamente a smorzarsi per lasciare posto alla confusione: «Come farò ad aiutarla? Devo ammazzare quel vegliardo per liberarla?»

«Nessuno ti ha chiesto di ucciderlo. Chiedigli semplicemente di ripudiare la ragazza», replicò mia madre indispettita.

«Credi che vorrà farlo? Lo manderà in rovina».

Mia madre, che nel frattempo era tornata al suo posto di fronte a lui, iniziò a schiacciarsi la mano come se stesse spremendo una testa d'aglio: «Lo farà suo malgrado altrimenti ci penserà un tribunale».

Sembravo un animale braccato e circondato. Mentre i miei genitori sembravano i cacciatori che cercavano di estrarlo dalla trappola senza che li ferisse o si ribellasse. La mia mente volò al palazzo. Iniziai a immaginare l'effetto del mio gesto sul vecchio, su Atiyya, e le maledizioni che mi stavano lanciando. Poi tornai a osservare i miei titubanti genitori che non sapevano se accettare di venirmi incontro oppure decidere di buttarmi di nuovo tra le grinfie del vecchio. Il mio cuore rinfrancato continuava a supplicare Dio affinché infondesse pietà in mio padre, lo intenerisse e facesse in modo che mi aiutasse. Pregavo Dio affinché lo perdonasse per qualsiasi peccato avrebbe potuto commettere in nome mio.

Il tempo trascorreva inesorabile e prometteva tempesta, anche se eravamo in una fase di quiete momentanea. Mio padre continuava a sbuffare, ripetendo: «Non c'è potenza né forza se non in Dio. Che Dio si prenda cura di me... che mi protegga da ogni disgrazia... Che ne sarà della mia vita? Non mi poteva succedere nulla di peggio. Questa disgrazia che mi è capitata tra capo e collo...».

Mamma cercava ancora di rassicurarlo: «Calmati, marito mio... Dio ti verrà in aiuto. Abbi misericordia di questa ragazza sfortunata e abbi misericordia di te. Che cosa mai potrà capitare? Ci mozzerà la testa? Dio mozzerà la sua. È un vigliacco, non ha spina dorsale. Dovrà ripudiarla, non potrà fare altrimenti. Devi solo essere forte. Non avere paura. Sai che devi fare? Minaccialo di portarlo in tribunale. Uno come lui non gradisce certo la pubblicità negativa».

I miei genitori rimuginavano mentre a me continuava a girare la testa. Speravo solo che un miracolo ci facesse uscire da questo maremoto. Me ne stavo in disparte, ma potevo vedere il viso pallido di mio padre, avvertivo che era arrabbiato, lo sentivo ansimare mentre, con la coda dell'occhio, guardava il mio volto cupo, indeciso se averne pietà oppure odiarlo. Si stava sforzando di trovare una via d'uscita. Io ero invece divorata dai dubbi: avrebbe avuto la meglio l'istinto paterno che lo avrebbe spinto a liberarmi sebbene sapesse che il vecchio l'avrebbe tormentato? Oppure avrebbe prevalso il suo egoismo e mi avrebbe restituita pur di salvaguardare il proprio onore? Provavo sempre più pietà nei suoi confronti nonostante fosse stato lui la causa della mia rovina e della condizione disperata in cui si trovava in quel momento la mia famiglia. Dentro di me sentivo che avrebbe voluto aiutarmi, ma non m'illudevo perché non volevo andare incontro a un'amara delusione. Dopo un austero silenzio, emise la sua sentenza con una voce che sembrava provenire dagli abissi. Si rivolse a mia madre e disse: «È bene che io vada da lui. Cercherò di trovare un accordo mantenendo la calma».

Mia madre si mostrò d'accordo poiché questa soluzione le sembrava l'unica àncora di salvezza: «Bene... che Dio ti aiuti... la questione non è semplice».

Prima che mio padre avesse modo di muovere un passo, il campanello di casa iniziò a suonare ininterrottamente accompagnato da colpi violenti, come se dietro la porta ci fosse qualcuno che voleva risolvere una questione importante e urgente. Tutti e tre balzammo in piedi come se avessimo preso una scossa elettrica. Sapevamo bene che era il vecchio imbufalito per il mio gesto. Mio padre era come paralizzato. Mia madre, mentre cercava di mantenere la calma, gli fece cenno di aprire la porta. Provavo sempre più compassione per lui. Che cosa lo aspettava? Mia madre, spingendomi, mi disse con voce tremante: «Va' nella tua stanza... tuo padre troverà un accordo con lui».

Uno come il vecchio non sapeva nemmeno che cosa significasse la parola "accordo". Era irascibile e violento. Non avrei mai dimenticato la violenza della sua frusta in mano ad Atiyya, né le percosse e i maltrattamenti. La collera nei confronti di mio padre si sarebbe limitata agli improperi oppure sarebbe arrivato alle mani? Di sicuro mio padre non avrebbe mai fatto ricorso a una spada per difendere la propria dignità! Povero papà, per colpa mia sarebbe stato umiliato e forse avrebbe perso il lavoro.

La sala fu scossa dalla voce del vecchio: «Dov'è quella cagna figlia di un cane?».

Mia madre vinse la paura e gli intimò: «Bada a come parli... altrimenti ti taglierò la lingua!».

Mio padre cercò di placarlo: «Calmati, Nayef... cerchiamo di trovare un accordo».

Il vecchio, con tutta la sua arroganza, sbottò: «Chi sei tu per trovare un accordo con me?! Tira fuori la cagna!».

Io osservavo di soppiatto, da una fessura della porta della camera da letto, l'inferno che si stava scatenando in sala, ascoltavo i discorsi vibranti che si mescolavano e confondevano, che salivano e scendevano di tono. Cercavo di mantenere il sangue freddo nella speranza che tutto finisse. Il mio corpo agitato anelava alla libertà. Atiyya, che accompagnava il padrone, lo sorreggeva per paura che cadesse, tuttavia in quel momento la forza del vecchio, generata dalla rabbia cocente, era infinita. Si scatenò come un uragano e lanciò minacce perentorie e atroci.

«Se non la sgozzerò e non berrò il suo sangue non sarò più degno di essere definito uomo!».

«Con tutto quello che le hai fatto passare!», esclamò mia madre.

«Tua figlia viveva una vita meravigliosa e voi vivevate della mia ricchezza!», infierì il vecchio.

Mia madre, accecata dalla rabbia, sbottò: «Che cosa? Che

razza di vita le hai dato? Una ragazza bella come il chiaro di luna rinchiusa in un recinto come una pecora, poi picchiata e umiliata».

Poi si scagliò contro Atiyya. Lo prese per il bavero e gli disse: «E tu, servo ignobile, come hai potuto frustare mia figlia?».

Il vecchio abbassò il viso perché aveva capito che avevo rivelato le atrocità che accadevano a palazzo e tutto quel che mi aveva fatto subire. Mia madre continuava a percuotere Atiyya, sul viso, sul torace, mentre lui, triste e tremolante, non opponeva resistenza. Mio padre la incoraggiava, ma quando il braccio di Atiyya che sorreggeva il vecchio si abbassò, quest'ultimo ebbe modo di scappare e si diresse verso la porta dietro la quale mi nascondevo come se mi avesse vista. L'espressione del suo viso non lasciava presagire nulla di buono. Si avvicinò e gridò: «Vieni fuori, cagna!».

Prima che mi trovasse, uscii fuori dal mio nascondiglio, risoluta e carica, decisa a fargli pagare tutti i miei tormenti degli ultimi quattro anni. Urlai con tutto il fiato che avevo in gola: «Dài, inseguimi... Dio mio, ti ucciderò!».

Il vecchio si spaventò, mia madre accorse verso di me e si fermò in mezzo a noi due terrorizzata senza proferire parola per non provocarlo ulteriormente. Mio padre fece cenno ad Atiyya di afferrare il suo padrone. Ma il vecchio diede una spinta a mia madre e mi prese il braccio torcendolo. Non esitai un solo istante. Afferrai a mia volta il braccio che aveva libero e glielo torsi, minacciandolo: «Te lo spezzerò... molla il mio braccio!».

Lui emise un grido di dolore. Mio padre accorse, ci separò e mi assalì dicendo: «Sei impazzita?».

Il vecchio colse l'occasione al volo e disse: «Allora lo sai che è una pazza scatenata?».

Mia madre rispose al posto mio: «E chi l'ha fatta impazzire? Tu, lurido maiale, con i tuoi misfatti! Le hai addirittura portato la domestica a letto».

Il vecchio era ormai sul piede di guerra. Si avventò su di me un'altra volta come un lupo che ha affilato gli artigli per divorarmi. Mi feci coraggio; sprezzante della morte decisi di affrontarlo, allungai il braccio e lo allontanai da me con un spinta. Volò via da me come se fosse leggero come una piuma, cadde sul pavimento, sbatté il braccio contro il divano, urlò e Atiyya si precipitò da lui per farlo rialzare, mentre con voce strozzata dal pianto, diceva: «Padrone, padrone... che Dio ti guardi».

I miei genitori erano paralizzati dalla paura. Il vecchio tremava, si lamentava e stava per perdere conoscenza. Atiyya ci supplicò: «Portate dell'acqua!».

Mio padre gli porse immediatamente la bottiglia, Atiyya irrorò il viso del padrone e simulò nei miei confronti uno sguardo di rimprovero. Il vecchio si riprese, balbettò minacce insignificanti verso di me e mio padre. Atiyya lo aiutò a rialzarsi, mettendoselo quasi in spalla. Il vecchio, colmo d'astio, esclamò verso mio padre: «Che Dio se la tenga per il resto della sua vita... non mi vedrete più!».

«Nayef, che Dio ti conceda la donna che desideri... ripudiala!».

Lo guardò con disprezzo e ribatté: «Mai e poi mai... non la ripudierò!».

Non riuscii a trattenermi e sbottai: «Volente o nolente mi dovrai ripudiare. Esistono i tribunali. Ti disonorerò pubblicamente!».

Si voltò per andarsene e, nel frattempo, rispose: «Vedremo chi la vincerà... io oppure tu e la tua famiglia».

Sbatté la porta. Il silenzio piombò sulla casa. Mio padre stramazzò sul divano sbuffando. Mia madre al suo fianco sussurrava: «Che Dio ci protegga e abbia cura di te. Quel depravato, distruggerà la nostra casa...».

Mi accomodai di fronte a lei, con le lacrime che mi solcavano il viso, non riuscivo a smettere di singhiozzare. Cercai di commuovere mio padre e convincerlo: «Papà, ti prego... liberami di lui!».

Mia madre mi appoggiò e, dandogli una leggera pacca sulle spalle, gli disse: «Domani trova un avvocato scaltro e fagli causa».

Mio padre sospirò profondamente. Con un filo di voce, ferito dalla tristezza, rispose: «Abbiate pietà di me... sono stanco, non ho più forze per pensare».

Si alzò e si diresse verso la camera da letto. Prima di spingere la porta, si rivolse a mia madre: «Scusami, voglio dormire. Resta con tua figlia. Non disturbatemi».

Quando chiuse la porta, ebbi la sensazione che fosse entrato in un labirinto di tenebre. Ero rattristata per lui. Mi liberai improvvisamente di tutti i sentimenti di rancore che gli avevo riservato in passato. Qualcosa dentro di me mi rassicurava sul fatto che si era appartato perché dispiaciuto dell'amaro destino che mi aveva procurato dandomi in pasto al vecchio. Avrebbe preso la decisione giusta e mi avrebbe salvata dal baratro in cui mi aveva gettata.

Era la prima notte che trascorrevo a casa mia dopo anni. Mi distesi sul letto che non aveva nulla di sontuoso, che non aveva lenzuola di seta, né cuscini di broccato che mi accarezzavano. Mi sembrava che il letto fosse un giardino immenso dai mille colori e profumi. Un silenzio trasparente avvolgeva la stanza simile a un vetro che mostra ciò che vi sta dietro, e mi cullava nella mia prima notte di libertà dopo anni di pesante amarezza.

Iniziai a ripercorrere i particolari di quel periodo, soprattutto i momenti in cui lui si scagliava su di me, simile a un vento selvaggio che ululava e travolgeva, quando mi sembrava di essere in una tomba soffocata da terra e pietre, quando vedevo solo il viso spento di quel vecchio, quando sentivo solo le sue ruvide mani strisciare sul mio corpo, quando sentivo solo i suoi denti e le sue ossa scricchiolare nel momento in cui ansimava prima di raggiungere l'orgasmo. Nel ricordare quel momento, balzai sul letto. Venni colta da una sete improvvisa e strana. Andai in cucina, bevvi avidamente tre bicchieri d'acqua, come se non avessi bevuto per mesi. Ritornai a letto. Mi rintanai tra le lenzuola come una farfalla che si era liberata dall'oppressione e dal silenzio. Mi appoggiai sul cuscino come se fosse il petto di mia madre e iniziai a pregare Dio di salvare me e mio padre da quel pasticcio che avevo combinato. Piansi per poi calmarmi, avviandomi verso un sonno che speravo fosse dolce e profondo.

* * *

Talvolta accadono disgrazie belle, anche se il tempo dei miracoli è finito. Il mattino seguente fece capolino e mi sorprese con un nuovo miracolo come se le mie preghiere avessero raggiunto il settimo cielo in un battibaleno e Dio mi avesse concesso il suo amore e la sua misericordia. Mia madre mi spaventò quando mi scosse gridando: «Alzati… Atiyya è in sala!».

Il suo viso era stravolto dalla felicità, che però stava cercando di reprimere.

«Dio ti ha salvata… e ci ha salvati».

Quale notizia eccitava mia madre a tal punto? Che cosa significava che Dio ci aveva salvati? Avrei dovuto attendere ancora un po' prima di soddisfare la mia curiosità. Mi precipitai giù dal letto, trepidante e stupita. Mi vestii il più rapidamente possibile e andai in sala. Mio padre era seduto con la testa tra le mani, mentre Atiyya davanti a lui piangeva a dirotto. Ansiosa di sapere che cosa fosse accaduto, gli domandai: «Che cosa è successo, Atiyya?».

Alzò il viso bagnato dalle lacrime e, con gli occhi gonfi e le labbra tremanti come la sua voce, rispose: «Il mio padrone… è morto».

Precipitai sul divano come un sasso! Non so di preciso perché. Sorpresa? Gioia? Ero come inebriata. Non riuscivo a crederci. Come era potuta accadere una disgrazia così bella?

«Com'è successo, Atiyya?».

Atiyya non aveva la forza di parlare. Mio padre si allontanò da lui.

«Quando siamo arrivati a palazzo era stanco. Abbiamo chiamato un medico che ha deciso di ricoverarlo. Due ore dopo ha avuto un arresto cardiaco».

Ero incredula e godevo malignamente.

«Eh... voleva uccidermi ed è morto lui».

Mio padre, rimproverandomi con lo sguardo, mi ordinò: «Comportati bene... non si può godere della morte».

Poi si rivolse a mia madre: «Chiama Faysal, la sepoltura avverrà prima della preghiera di mezzogiorno. Dobbiamo andare al funerale».

Me lo immaginai seppellito nella tomba. Era la tomba in cui lui mi aveva sepolta e nella quale voleva addomesticarmi oppure era la tomba che sarebbe stata aperta ora per seppellire lui? Il mio godimento aveva raggiunto un livello tale che mi sentivo sul punto di esplodere. Non mi sfiorava nemmeno l'ombra del dispiacere, non spuntava nemmeno una lacrima sospinta dalla pietà, non riuscivo nemmeno a fingere di piangere. Era felicità allo stato puro quella che colmava il baratro tra un passato logorante e il mio presente. Una sorta di magia mi alienava da tutto ciò che mi circondava, ero come una farfalla che danzava e strepitava in una girandola di colori lanciando strali di fuoco, illuminando e vestendo a festa l'universo intero. Non provavo pena nemmeno per Atiyya. Non riuscivo a pensare al destino che lo attendeva e non provavo alcun desiderio di rivolgergli una sola parola di cordoglio. Non mi ero resa conto che, nonostante la sua tristezza fosse reale e sincera, anche lui, servo ricevuto in eredità, poteva sentirsi sollevato dal fardello del proprio padrone. Quando si alzò per andarsene, mi alzai a mia volta. Mentre si dirigeva verso l'uscita lo seguii. Sulla soglia i nostri sguardi s'incrociarono. Aveva gli occhi colmi di lacrime che emanavano uno strano bagliore, quasi a indicare un desiderio represso e un punto interrogativo sul proprio futuro. Si fece coraggio, e con quella voce che risuonava dentro di me come una melodia mi disse: «Ora ti sei liberata di lui... puoi stare tranquilla... Quanto hai sofferto...».

Le sue parole mi rallegrarono. Osai sussurrargli: «Sono felice, Atiyya... non mi biasimare».

Scosse il capo.

«Non ti biasimo... tu sai che...».

«So quanto lo amavi. Ma non lo meritava», lo interruppi.

«Mi faceva compagnia!».

Soffriva. Avrei voluto alleviare il suo dolore. Gli ricordai: «Una compagnia fatta di umiliazione e sottomissione. Ora sei come me. Sarai libero».

Trasse un profondo sospiro. Mio padre gli si avvicinò, lo abbracciò per consolarlo e gli disse: «Prega il Profeta, Atiyya. Sappiamo quanto lo amavi!».

Atiyya, con la voce vibrante per il pianto, commentò: «Non credevo che mi amasse a tal punto».

Mi opposi adirata: «Ti amava? Hai forse dimenticato l'umiliazione e le percosse?».

Tra le lacrime scroscianti sgorgarono anche le parole: «Padrona mia, mi ha ricompensato... per questo ho capito quanto mi amasse».

Accese la mia curiosità.

«Come? Con che cosa ti ha ricompensato?»

«Quando ha iniziato a sentirsi male e ha capito che stava per morire, mi ha ordinato di aprire il forziere. Gliel'ho portato, lui l'ha aperto e mi ha consegnato un foglio dicendomi che era il certificato che mi rendeva libero e che in banca c'era un'ingente somma di denaro a nome mio».

In quell'istante parte del mio astio nei confronti del vecchio svanì. Nonostante tutto il male che aveva compiuto, nonostante la sua prepotenza verso Atiyya, aveva pensato al suo servo fedele e aveva voluto affrancarlo e aiutarlo. E io? Avrei ereditato tutto, proprio come sognava mia madre. Per fortuna era morto subito, altrimenti mi avrebbe diseredata perché ero fuggita! Solo in quell'istante mi accorsi che mia madre mi stava osservando a distanza.

Atiyya se ne andò mentre io volteggiavo nell'aria dalla felicità. Mio padre mi chiamò, con la tristezza disegnata in viso, sospirò e mi disse: «Ascoltami, Nadia! Io e tua madre siamo stati la causa del tuo triste destino… perdonaci».

Dentro di me si accese una scintilla di compassione nei suoi confronti. La gioia che percorreva ogni millimetro del mio cuore aveva eliminato qualunque traccia di astio e rabbia verso di loro. Ero libera. Chiusa alle mie spalle la porta dell'oppressione, davanti a me si apriva quella della libertà e della ricchezza. Con tutto l'amore che avevo, sussurrai a mio padre: «Ho dimenticato tutto, papà».

Strinse il mio viso tra le mani, mi guardò con gli occhi colmi di lacrime e riprese a parlare: «Vorrei che tu fossi certa che non si è trattato né di un "contratto" né di brama di denaro».

Ah, papà. Non aveva dimenticato le cose che gli avevo detto in passato. Sembrava che le mie parole crudeli avessero continuato a solcare il suo cuore e non lo avessero più fatto dormire dal momento in cui avevo lasciato la serenità della sua casa per trasferirmi nell'inferno del palazzo del vecchio. Abbassai lo sguardo per la vergogna. Lui mi sollevò il viso e ribadì: «Ero costretto a obbedirgli… perdonami!».

Scoppiai a piangere, mi gettai tra le sue braccia e lo supplicai: «Ti prego, papà, non mi tormentare… sapevo che eri costretto a farlo, ma ho pagato io il prezzo della tua sottomissione alla sua volontà».

Mi accarezzò sulla schiena e mi rassicurò: «Ti ripagheremo di tutte le sofferenze».

Entrò mia madre. Era impensierita e allarmata per via dei miei singhiozzi. Mio padre la tranquillizzò, le chiese di sedersi e mi ordinò gentilmente di asciugarmi le lacrime e di ascoltare quel che aveva da dirmi. Assunse un tono serio e disse: «Ascoltami, Nadia. Ora sei una vedova. Devi tornare alla casa di tuo marito per trascorrervi i mesi di lutto».

La mia reazione fu immediata: «Papà... che dici? Quale lutto?».

Mia madre s'intromise per spiegare meglio le parole di mio padre: «Il lutto di una vedova dura quattro mesi e dieci giorni».

«Significa che sono fuggita dal palazzo per poi ritornarci?», ribattei.

Mia madre insisté: «Certo, ci ritornerai... altrimenti i suoi figli s'impossesseranno del palazzo!».

Mio padre, adirato, la rimproverò: «Ma che idee ti passano per la testa? È la legge che lo prevede... la vedova durante il lutto deve restare a casa».

Mia madre fu perentoria e subito ribadì la presenza di altri eredi. Ben tredici eredi oltre a me. Sette da parte della prima moglie che aveva ripudiato, sei da parte della seconda moglie che era morta. Una notte mi aveva brevemente parlato di lei, di quanto l'aveva amata, del fatto che aveva vissuto con lei diciassette anni felici e quando era morta si era preso cura dei figli sino a quando avevano raggiunto l'età adulta e si erano sposati.

Allora aveva deciso di acquistare il palazzo e di viverci da solo. Non aveva mai pensato di sposarsi un'altra volta. Sciaguratamente mio padre amministrava le sue compagnie. Una volta lo aveva invitato a casa nostra e quando lui aveva posato lo sguardo sulla mia giovinezza in fiore si era immaginato di rianimare con me il suo corpo putrefatto, di risvegliarsi dal torpore dovuto all'età avanzata, e aveva voluto subito stipulare il contratto di matrimonio.

Iniziai a immaginarmi gli altri eredi che non avevo mai incontrato e che erano più grandi di me di qualche anno oppure miei coetanei. Che cosa avrebbero fatto di me? Che cosa mi aspettava? Mia madre alzò la voce per scuotermi: «Ti aspettano molti problemi. Devi restare lì, altrimenti domani ti divoreranno».

Mio padre mi tranquillizzò: «Non avere paura. Io e tua madre staremo con te fino al termine del lutto».

Era come se un oggetto affilato mi avesse trafitto il cuore. E pensare che il giorno prima avevo dormito profondamente per risvegliarmi nel più assoluto bagliore. Immaginavo che il giorno che sanciva la mia libertà avrebbe sollevato la polvere che rivestiva la mia esistenza per lasciare il posto alla luce. Invece mi trovavo a dover ritornare nella tomba che mi avrebbe ingabbiata per i prossimi mesi. Quel vecchio si meritava forse il mio lutto? Mi resi conto che noi donne abbiamo sempre le ali tarpate.

Piansi per la mia libertà morta sul nascere. Mia madre cercò di consolarmi: «Figlia mia, hai sopportato tante cose... sopporta ancora qualche mese».

Prima che io potessi pronunciare una sola parola, bussarono alla porta. Mia madre andò ad aprire e i tre figli di mio fratello si diressero verso di me. Mi abbracciarono felici e mi chiamarono con l'appellativo che tanto mi era mancato in quegli anni: «Zietta mia... zietta mia».

Mio fratello Faysal li allontanò per abbracciarmi con tutto l'affetto di cui era capace, mi accarezzò le spalle, mi sollevò il viso tenendolo tra le mani. Lo guardai intensamente. Non notai alcun dispiacere per la morte del vecchio. Pronunciò una breve frase che riassumeva la sua gioia per la mia libertà: «Devi solo provare pietà per lui. Ora non c'è più».

Sua moglie Iman mi strappò a lui e mi tirò verso di sé. Mi

strinse forte. Le nostre lacrime si mescolarono. Per paura che qualcuno la udisse, mi sussurrò all'orecchio: «Congratulazioni!».

La notte del mio matrimonio con Nayef, Iman non aveva pronunciato quella frase. Era triste come se lo considerasse l'anticamera della morte della mia gioventù. Oggi invece gioiva con me. Sapeva bene che in quell'istante ero davvero felice e che quindi bisognava festeggiare.

Quando mio padre e mio fratello uscirono per andare al funerale, mia madre iniziò a preparare le valigie, i bambini la seguirono e finalmente io e Iman restammo da sole. Le raccontai, in breve, le mie sofferenze degli ultimi quattro anni. Era incredula. Pianse calde lacrime per le amarezze che avevo subìto. Era stupita dalla mia capacità di sopportazione. Negli intervalli alzava le mani al cielo e ripeteva: «Sia ringraziato Dio... sia ringraziato Dio che ti ha liberata».

Rattristata, commentai: «Immagina... adesso che sono riuscita a fuggire, vogliono che ritorni al palazzo e a vedere Georgette».

«La prima cosa che devi fare è cacciarla dal palazzo. Ora sei tu la padrona», disse infervorata.

Poi, come se avesse dimenticato un dettaglio, aggiunse: «E Atiyya? Che ne farai di lui?».

Scoppiò a ridere e continuò: «Lo erediterai a tua volta?».

Di fatto pensavo solo a me stessa, ma mi ritrovai a sussurrare: «Povero Atiyya e... quanto a me... Dio sì che mi ama!».

«Dio ti proteggerà per i mesi a venire e una volta trascorsi...».

«Inizierà la vita, Iman. La prima cosa che farò sarà terminare gli studi».

La felicità si diffuse sul suo volto: «Ottima decisione. Ma...».

Percepii la sua paura.

«Non temere. Ora sono più forte. Ho i soldi...».

Mi strinse la mano, stupita dalle mie parole. In quell'istante entrò mia madre e batté le mani: «Sbrigati... se arriveranno prima di noi al palazzo avremo dei problemi...».

Non si dava pace. La sua unica preoccupazione era il palazzo. Corrugai la fronte e le dissi: «Non è necessario affrettarsi... non è forse loro diritto trascorrere il periodo di lutto nel palazzo del padre?».

Mia madre era preoccupata perché aveva scoperto che non provavo nei loro riguardi né odio né rancore.

«Non devi favorirli in alcun modo... possono trattenersi tre giorni, poi devono andarsene».

«Zia, non anticipare gli eventi. Forse non hanno le intenzioni che temi».

Mia madre, con il cuore che le batteva in gola come se stesse ballando, precisò: «No... A pensare male non si fa bene, ma spesso ci si indovina... Se lo faranno non bisogna tacere».

«Mamma, per favore... non voglio avere problemi con loro».

«Non sarò certo io a iniziare... ma se iniziano loro...».

La interruppi: «Mio padre e mio fratello gestiranno la situazione».

Mentre se ne andava, rassegnata, sussurrò: «Bene... staremo a vedere. Domani ci siederemo sulla riva e aspetteremo...».

Mi sentivo forte. A mia madre interessava che il palazzo restasse a me e a lei. La sua paura dei figli di mio marito mi avrebbe dato ancora più forza. Avrei usato a mio favore le sue debolezze. Si era finalmente realizzato il suo sogno ovvero «un domani morirà e tu erediterai». Ora toccava a me rafforzare e plasmare i miei sogni come desideravo. Erano finiti i tempi del silenzio e della sottomissione, se avessi ceduto anche di poco, avrei sotterrato nuovamente la mia gioventù, la mia libertà e i miei sogni, che rivelai a Iman. Lei mi incoraggiò dicendomi: «Tuo fratello Faysal sarà sempre dalla tua parte. Sai bene che non era d'accordo sul tuo matrimonio. Negli ultimi quattro anni ha continuato a maledire i tuoi genitori sostenendo che erano loro i tuoi tiranni».

Provai una sensazione di sollievo e speravo di trovare, prima o poi, un uomo su cui fare affidamento.

* * *

Sulla porta del palazzo, ci accolse Atiyya, affranto e ben diverso dall'Atiyya forte che conoscevo. Nel cortile erano parcheggiate molte automobili. Mia madre mi assalì: «Te l'avevo detto! Vedi sono arrivati prima di noi».

Fui colta da una leggera paura. Mi avvicinai ad Atiyya e gli domandai: «Che cosa sono tutte queste automobili?»

«I suoi figli... con i rispettivi mariti e mogli. Sono tutti qui».

Prima di quel momento non mi ero mai preoccupata della modalità con cui bisognava ricevere estranei che erano però anche parenti. Nel frattempo il viso di mia madre si era ammantato di timore e rabbia. Atiyya si rivolse a mio padre: «Gli uomini sono tutti riuniti nella *Dewaniya*».

Mi diressi con mia madre e Iman verso l'ingresso, mentre venivo assalita da una sensazione di nausea ricordando la prima volta in cui ero entrata nel palazzo. Decisi che se ne sarebbe occupata mia madre. Entrammo nell'immenso salone e mi trovai di fronte al nero degli abiti delle donne. L'odore del vecchio aleggiava ancora, mi soffocava. Sarei svenuta se tutte le donne non fossero venute da me per porgermi le condoglianze per la morte del padre o del suocero. Mi sedetti. Sentivo di essere la padrona del palazzo nonostante odiassi profondamente quel luogo. Per iniziare a rimarcare il mio nuovo ruolo, chiamai a squarciagola la domestica: «Zannuba! Porta il caffè e il tè agli uomini».

Si levò la voce di una delle donne sedute davanti a me (non sapevo se si trattava di una figlia o di una nuora) che disse: «Solo acqua… è un funerale!».

Mia madre, cercando di celare la stizza, precisò: «Solo per le persone che vengono a porgere le condoglianze!».

Calò una spessa coltre di silenzio nella sala. Pian piano si diffuse la coltre delle sere buie, le donne avvolte negli abiti neri sembravano farfalle ricoperte dalla fuliggine di vecchie caldaie. Silenziose come il silenzio delle tombe. Solo gli sguardi si muovevano e mi scrutavano, con intenzioni recondite che solo Dio sapeva se fossero innocenti o colpevoli. Una di loro infranse il silenzio, si avvicinò a me e con un tono di voce che non lasciava trapelare alcun sentimento mi disse: «Te le presenterò tutte».

I nomi iniziarono a susseguirsi. I miei occhi inseguivano i visi, la maggior parte dei quali non erano né tristi né solcati dalle lacrime, alcuni mostravano un finto cordoglio, altri avevano espressioni di stupore per la mia giovane età e la mia bellezza. Ero una perfetta sconosciuta che vedevano per la prima volta. Non notai ostilità nei loro occhi, perché l'ostilità si materializza solo con la frequentazione. Provai un certo sollievo e un po' di riconoscenza verso il defunto che mi aveva relegata nel palazzo. Mi aveva evitato la sventura che avrebbe potuto colpirmi qualora avessi stretto un rapporto di amicizia con loro. Osservavo i volti e mi chiedevo: se il male non poteva venire da loro, sarebbe forse giunto dai figli maschi o dai generi?

Non avevo paura, confidavo nella forza di mia madre. La osservavo, osservavo i suoi sguardi vigili sui volti delle altre donne; si muoveva in ogni dove per far capire loro che quel posto era di sua figlia, la padrona di casa. Provavo compassione per lei per via dei suoi vecchi sogni, perché aveva sempre desiderato quel che io non avevo mai né pensato né progettato.

Mia madre si destreggiava nel palazzo come se fosse lei la

proprietaria. Non aspettò il mio consenso neppure per cacciare Georgette. Si precipitò da lei in cucina e le ordinò di raccogliere le sue cose e di andarsene: «Non ti voglio più vedere qui!».

Quando lei provò ad aprire bocca, mia madre gliela tappò ribadendo: «Non devi fiatare! Vattene e scompari dalla nostra vista».

Questo gesto spaventò le altre domestiche: si resero conto che i tempi delle moine e della corruzione erano finiti. Compresero che il pastore che raccoglieva le pecorelle per portarle ai piani superiori se n'era andato. Con la sua scomparsa erano cambiate le cose, ora comandavamo io e mia madre. La sua voce acuta le minacciava: «Se non vi piace come stanno le cose, ve ne potete anche andare!».

Quando notavo la disperazione nei loro sguardi, m'inorgoglivo e mi rafforzavo. Rizzavo la testa e rincaravo la dose: «Finiti i tempi delle smancerie e della maleducazione!».

Per tre giorni il palazzo fu invaso da uomini e donne che venivano a porgere le condoglianze. Ero circondata da donne in nero e da un silenzio simile a uno spaventoso vento freddo e umido. Delle poche chiacchiere che sentivo coglievo solo qualche frase qua e là, per me insignificante. Al contrario, mia madre non abbassava mai la guardia, era sempre vigile e attenta a tutto quel che si muoveva e ogni tanto sentivo che si intrometteva nei discorsi sulla vita e la morte. Dopodiché si occupava di questioni più elevate, quali la successione e il palazzo – ma soprattutto il palazzo. Il suo sogno era che ne diventassi la proprietaria, che regnassi sovrana, mentre io ero sulle spine e non vedevo l'ora che risuonasse il richiamo alla preghiera del tramonto e la cerimonia si concludesse, per potermi rinchiudere nella mia stanza lasciando che mia madre si sentisse la padrona di casa e provvedesse a sistemarla impartendo ordini di ogni genere alle domestiche.

Quando, la prima notte, mi gettai sul mio letto che era collegato a ricordi atroci, ebbi la sensazione di essermi liberata dagli incubi che mi avevano perseguitata ogni notte quando il corpo rigido del vecchio copriva il mio per appagare i suoi istinti selvaggi. Era la prima notte in cui mi sentivo una gazzella libera e felice, lontana dalle tenebre che avevano dominato la mia vita. Non volevo passare in rassegna gli anni del dolore, desideravo solo cancellarli dalla mia memoria, eliminandone ogni traccia per salutare i miei vecchi sogni. Non pensavo affatto alle questioni relative alla successione, né a chi sarebbe spettata la gestione del palazzo. Dal primo istante della mia fuga avevo deciso che non l'avrei mai più rivisto. Ero stata costretta a tornarci per trascorrere i mesi del lutto, ma non sarei certo rimasta un solo giorno di più. Me la sarei svignata alla ricerca di un approdo sicuro, lontano dalle problematiche della successione e dal tintinnio dei soldi. Volavo con la fantasia librandomi al di sopra di ogni falsità e orpello e dando libero sfogo ai miei sogni: l'iscrizione all'università, il lavoro, un piccolo appartamento in riva al mare in cui vivere da sola per godere del suo calore e delle sue acque d'estate e per lasciare agitare i miei capelli dal vento nelle notti di tempesta. L'universo dei miei sogni si distendeva davanti ai miei occhi, luminoso e incredibilmente variopinto.

Sopportai i mesi del lutto con tutte le loro afflizioni. Mia madre si augurava che mi affezionassi al palazzo affinché diventasse parte del mio destino, ma io tradii ogni sua speranza. Lasciammo quella dimora e io provai la sensazione di essermi vendicata del suo vecchio sogno. Attesi una settimana per comunicare ai miei genitori la mia decisione irrevocabile: «Me ne andrò a vivere in un appartamento sul mare».

Il viso di mia madre era sconvolto. Quello di mio padre livido dalla rabbia. Incredulo esclamò: «Ti è forse passato per la testa che io possa accettare una simile decisione? Che cosa dirà la gente?»

«Non mi interessano le chiacchiere della gente... le malelingue non mi toccano!», risposi con calma.

Mia madre, adirata, aggiunse: «Una giovane e bella vedova che vive da sola! Nessuna prima di te l'ha mai fatto».

Non mi lasciai coinvolgere dai loro discorsi né trascinare in una lite. Non avevo alcuna voglia né di urlare né di discutere per convincerli. Mantenni la calma e ribadii che la decisione era presa e che non avrei cambiato idea, quindi le loro rimostranze e i loro tentativi di ostacolarmi non sarebbero serviti a nulla. Sentivo che la mia nuova posizione mi spingeva a sfidare, ad agire con forza perché ero entrata in possesso di una fortuna che avrebbe consentito loro di vivere nell'agio. Mio fratello Faysal mi appoggiò, pronunciando parole che non piacquero ai miei genitori, adducendo le mie stesse motivazioni. Accennò anche al fatto che avevo ereditato quando si trovavano nel bisogno e ricordò loro quanto erano stati tiranni nei miei riguardi in passato.

«Nadia ha dei sogni e ha il diritto di realizzarli. Se ciò accadrà perdonerà ogni vostro sbaglio».

«Concluderò gli studi e poi troverò lavoro», proseguii con maggiore audacia.

«Non hai bisogno di lavorare, Dio ti ha concesso ogni bene!», precisò mia madre incollerita.

La guardai diritta negli occhi e le ricordai: «I soldi che ho ereditato non mi renderanno felice, voglio guadagnarmi da vivere con fatica e con il sudore della fronte».

Il tono deciso della mia voce colpì a tal punto i miei genitori che si arresero alla mia decisione. Allora ebbi la sensazione di avere sfondato tutte le porte. Era come se mi fossero spuntate due potenti ed enormi ali che mi incitavano a volare verso una vita nuova che solo io avrei tenuto in pugno senza alcuna ingerenza esterna.

In quel momento tutti i miei sogni spiccarono il volo verso la realizzazione seguiti dal mio sguardo attento nella speranza che ciascuno di loro trovasse il nido che più gli si confaceva.

La notte mi ritrovai ad affrontare interrogativi precisi: ero davvero in grado di percorrere da sola i sentieri accidentati della vita? Che cosa possedevo oltre al denaro che mi avrebbe consentito di realizzare il sogno dell'appartamento? Come avrei affrontato la vita dalla quale ero stata così a lungo tagliata fuori e la gente della quale non conoscevo le abitudini, le idee e le intenzioni nei confronti di una donna come me? Una donna delicata come una rosa, senza alcuna esperienza che la potesse aiutare a conservare intatti i propri petali difendendoli anche solo da un leggero alito di vento? Come potevo incrementare la fiducia in me stessa? Come potevo convincere i miei genitori che ero in grado di affrontare questa responsabilità che iniziava già a gravare sulle mie spalle adesso che ci pensavo a mente fredda? Stavo forse tentennando? Sarei forse corsa nell'altra stanza per gettarmi tra le loro braccia come una bambina impaurita in cerca della protezione da uno sconosciuto dando loro un'altra possibilità di controllarmi e gestire la mia vita?

Non avevo provato questa tristezza né questa costernazione quando avevo espresso la mia decisione, tuttavia adesso ero sola e mi resi conto della difficoltà di affrontare se stessi. Non è facile dominare la mente, soprattutto una mente come la mia che non aveva imparato a conoscere i meandri della vita e quindi era ancora turbata e vacillante. Mi vedevo da sola in un cunicolo avvolto dalle tenebre senza una fessura da cui potesse entrare un filo di luce oppure potesse giungere il triste cinguettio degli uccellini o il rumore delle onde che si infrangono sulla spiaggia. Tuttavia all'improvviso venivo ammaliata dalla melodia dei flauti dei pastori e dai belati delle pecorelle che pascolavano sui prati.

La luce mi spingeva a restare dove mi trovavo. Ero legata a doppio filo a una realtà alla quale non sarebbe stato semplice ribellarsi e a regole severe e inutili che sarebbe stato difficile abbandonare. Perché biasimavo mia madre che temeva che le malelingue mi criticassero e che il mondo esterno mi facesse soffrire? Perché dovevo spezzare il cuore di mio padre per staccarmi da lui facendolo andare su tutte le furie con la mia ribellione?

Da sola mi rigiravo nelle mie afflizioni e mi rimproveravo: come mi era venuto in mente di vendicarmi di loro? Mi ero abbrutita a tal punto da diventare simile a una leonessa desiderosa di sbranare il cacciatore che l'ha ferita con una freccia oppure con un proiettile? Avevo la sensazione di avere avuto troppa fretta nel comunicare la mia decisione. L'avevo fatto semplicemente perché volevo liberarmi dalla tirannia che avevano esercitato su di me in passato, non certo perché ne ero convinta o perché ero consapevole di poter affrontare la vita della quale non avevo mai combattuto nemmeno una battaglia! Una vita che era senza ombra di dubbio più forte della mia fragilità interiore e più vasta della mia esperienza inesistente.

Non riuscivo a dormire. Nella stanza regnava il silenzio. Ero agitata. Sentivo le vene pulsare. Stavo male. Qualcosa dentro di me aveva fatto riaffiorare un senso di compassione nei confronti dei miei genitori. Ero certa che neanche loro stavano dormendo. Erano avviliti e versavano lacrime amare. Forse avrebbero preferito che il vecchio non fosse morto, che io restassi rinchiusa nel palazzo – nella tomba – invece di rinascere a nuova vita con il desiderio di infrangere tutte le regole familiari e sociali.

Il letto mi opprimeva, era come se mi stesse sputando addosso, ordinandomi di alzarmi e di andare dai quei due cuori infranti. Non esitai. Mi diressi a passo spedito nella loro camera. Come avevo immaginato, dalla fessura della porta notai che la luce era ancora accesa. Bussai. Rispose la voce soave di mio padre, che sembrava attendermi: «Entra, Nadia».

Venni investita da un odore strano che avevo già sentito ma non ricordavo dove! Era forse l'odore del primo figlio di mio fratello appena uscito dal ventre di Iman? Oppure era il profumo di un seno rigonfio di latte o di una bocca pronta a baciare? Il profumo più gradevole che avessi mai annusato. Era il profumo dei miei genitori che con la loro comprensione avevano spezzato i ceppi della mia testardaggine, liberandomi e sospingendomi verso il loro letto dove se ne stavano vicini l'uno all'altra, innamorati di quell'amore che li legava con fili di seta. Il volto triste di mia madre mi fece capire che copiose lacrime scorrevano ancora dentro di lei. Mio padre invece tratteneva l'emozione con un sorriso che celava tutta la sua tristezza. Mi fece spazio per permettermi di sedere sul letto con loro e con voce simile a un mesto flauto mi domandò: «Anche tu, come noi, non riesci a dormire?».

Annuii e sussurrai: «So che vi ho fatto soffrire».

Mia madre trasse un sospiro di sollievo e commentò: «Come possono dormire due genitori che temono per il futuro dei propri figli?».

Non spiccicai parola. Mi vergognavo. Ci sarebbe voluto un secolo per far scomparire quella sensazione. Mia madre proseguì: «Nadia, la fretta è cattiva consigliera! Perché fai così? Per contraddire tuo padre e tua madre?».

Mio padre, che aveva notato una lacrima scendere lungo la mia guancia, rimproverò mia madre: «Non infierire…».

Mi gettai sul suo petto, scoppiai in un pianto dirotto consumando tutte le lacrime che avevo. Lui mi avvolse con il braccio sinistro mentre con la mano destra mi accarezzava affettuoso i capelli. Un gesto che mi era mancato per quattro anni. La voce controllata di mia madre rovinò la magia di quel momento: «Piangi se devi piangere… ma sei tu che devi perdonare noi!».

Questa ennesima dimostrazione di affetto da parte loro mi

diede coraggio e, mentre le lacrime continuavano a scendere, esclamai: «No, no, no... io ho sbagliato!».

Mio padre cercò di alleviare il mio dolore: «Non ti biasimiamo. Quattro anni di reclusione e umiliazioni hanno velato la luce nel tuo cuore e ti hanno spinta verso un desiderio incontenibile di libertà».

Mia madre confermò le sue parole: «Non ci opponiamo alla tua libertà, ma non devi avere fretta di vivere da sola!».

Mi liberai dall'abbraccio di mio padre. Mi avvicinai a mia madre e le accarezzai il viso: «Sogno di terminare gli studi, di trovare lavoro, di abitare in un appartamentino sul mare. Non voglio vivere nel marciume del palazzo, voglio essere libera, lavarmene le mani e disfarmene definitivamente».

Il volto di mio padre si fece serio: «Ascolta, Nadia. Non abbiamo nulla contro il fatto che tu termini gli studi. Nessuna obiezione riguardo al tuo desiderio di trovare lavoro. Quindi se il tuo sogno si limitasse a queste due cose saremmo felici. Ma abitare da sola... non possiamo accettarlo e non può accettarlo...».

Mia madre lo interruppe: «Non può accettarlo la società... sei giovane per questo grande passo!».

Mio padre mi prese la mano e la strinse con un affetto che iniziò a percorrermi le vene e che mi turbava.

«Senti, se desideri un appartamento sul mare, puoi averlo senza esporti alle offese e alle critiche».

«Come... come?».

Ero impaziente di sentire la sua risposta.

«Hai ereditato una fortuna, grazie a Dio... quindi puoi acquistare un intero immobile sul mare. Tu vivrai nell'attico, mentre io e tua madre vivremo su un altro piano. Quel che rimane lo affitterai traendone addirittura profitto. Così facendo ti proteggerai dalle malelingue e proteggerai noi dalla paura per te».

Questo confermò che la mia impulsività nel decidere era

stata frutto di una bella dose di inesperienza. Infatti mio padre, con tutta la sua saggezza e tutto l'amore che Dio gli aveva riservato, aveva trovato la soluzione perfetta per garantire a me e a loro calma, serenità e felicità. Provai un profondo senso di rilassamento, sentii i macigni che pendevano sul mio capo frantumarsi, l'orgoglio dovuto alla mia stupidaggine svanire. Il cielo era tornato sereno ed era come se sentissi sorgere l'alba in anticipo. La voce di mia madre aveva perso ogni traccia di tristezza per lasciare spazio alla serenità. Mi gorgheggiò all'orecchio: «Basta… da domani niente più preoccupazioni… ti cercheremo un immobile sul mare!».

Mio padre commentò: «Grazie a Dio, hai molti soldi e non devi risparmiare».

Mamma aveva detto che avremmo cercato un immobile per me, non per noi. Volevano farmi capire che sarei stata io a decidere. Significava che la mia posizione derivava dalla mia ricchezza e che quindi dipendevano economicamente da me, ma io ero libera di gestire la mia vita?

Mi riversai sul petto di mia madre, annusai il suo profumo, assaporai il piacere di sentirmi per un istante una bambina che cerca rifugio tra le braccia materne. Poi passai al suo viso che ricoprii di baci irrorati dalle lacrime, mentre lei singhiozzava e ripeteva dal profondo del suo cuore: «Che Iddio abbia misericordia di te, ti protegga e ti conceda ogni bene».

6

Dio ha aperto una finestrella in cielo riservata alle preghiere delle mamme. Le esaudisce e le irrora di grazie come una nuvola carica di pioggia che diffonde su di noi ogni bene. E Dio mi concesse ogni bene proprio come aveva chiesto mia madre. Quando vivevo soffocata nel palazzo del vecchio, non riuscivo ad assaporare il piacere della ricchezza, non me la immaginavo come un dono indispensabile alla vita, invece, da quando ho cominciato a respirare la mia libertà, mi sono resa conto che può anche essere utile per realizzare i desideri dell'uomo. Era diventata la chiave preziosa che mi apriva le porte chiuse della vita e della felicità che non avevo. Mio padre amministrava il mio patrimonio, reggeva il timone della mia ricchezza, e dirigeva tutte le navi verso la realizzazione dei miei sogni. Mi acquistò un meraviglioso immobile di sei piani che si affacciava sul mare nel quartiere di Shaab. Quando mia madre e io lo accompagnammo a visitarlo la prima volta, mi precipitai impaziente verso l'ascensore.

«Aspetta. Non vuoi vedere il cortile, le dipendenze e gli appartamenti dei piani inferiori?», domandò mio padre.

Gli feci cenno di seguirmi con mia madre e, con voce squillante per l'estrema gioia, urlai: «Tutto quel che mi interessa è vedere l'attico dove abiterò io!».

L'ascensore procedeva spedito, sembrava salire come trasportato sulle ali di un uccello da fiaba per condurmi al settimo cielo e infine aprirmi l'ingresso del mio piccolo paradiso.

Mi avvicinai alla vetrata che correva lungo tutto il perimetro della sala; faceva un caldo piacevole, era come se il sole si fosse nascosto nell'appartamento per non uscirne più. Appiccicai il viso al vetro e il mio respiro iniziò a disegnare cerchi di vapore che pulii con la mano per guardare finalmente il mare. Era uno spettacolo straordinario, impressionante. Le onde danzavano come se stessero festeggiando il mio arrivo. Osservai la palma piantata sul marciapiede che costeggiava la spiaggia, il vento sospingeva le foglie verso di me e sentivo che mi stava salutando inviandomi il profumo del suo cuore. La sabbia scintillante era il morbido giaciglio dei miei sogni. Volteggiavo per l'appartamento come una farfalla che non sa dove posarsi. I miei genitori ridevano, mentre io canticchiavo come avrei voluto disporre e arredare l'appartamento: «Qui metterò un ampio divano proprio davanti al mare, qui appenderò un grande quadro raffigurante una cammella che cavalca nel deserto, qui metterò un tavolino e la scrivania sulla quale studierò, e qui... qui... piantine, gabbie con gli uccellini, e candelabri di ogni forma e dimensione...».

Sempre ridendo, mio padre commentò: «Vivrai a lume di candela?».

Comparvero innanzi ai miei occhi i soffitti del palazzo, carichi di lampadari enormi, quindi risposi: «Non voglio né lampadari di cristallo né abat-jour che poggiano su statue silenziose».

Corsi nella stanza dove avrei dormito. Mi colpì il grigio delle pareti, mi sembrava di essere all'interno di una coltre di fumo che ricordava un vecchio incendio, di vedere lingue di fuoco e braccia levarsi da tutti gli oggetti che toccavo, rendendo il luogo orribile e ripugnante. Anche le pareti del palazzo rivestite di carta da parati dorata e i fregi di legno scuro mi opprimevano. Mi sentivo soffocare. Mentre fuggivo dal grigio che mi rincorreva, mi affrettai a dire a mio padre: «Ti prego... cambia colore. Voglio che tutte le pareti siano bianche come le nuvole».

Forse il suo cuore di padre percepì la mia angoscia, poiché mi appoggiò l'indice sulla punta del naso e mi rassicurò: «Sarà fatto... ogni tuo desiderio sarà realizzato!».

Osservai la superficie della stanza, disegnai la disposizione dei mobili poi mi voltai verso mia madre e le dissi: «Comprerò un letto singolo».

«Cosa? Devi fare i conti con il futuro... un domani ti sposerai e ti godrai la gioventù», obiettò mia madre.

L'ipotesi di mia madre mi sconvolse. Le mie ferite non si erano ancora sanate, né il corpo si era purificato del tutto dalle delusioni di quel letto malato. Che idee balzane possono venire alle madri? Avrei potuto godere della mia gioventù solo se mi fossi fidanzata con un uomo? Non offrii a mia madre l'occasione di coltivare ulteriormente i suoi sogni. Fuggii verso la cucina facendo finta di non averla sentita. Mi precedette, si fermò davanti alla porta e allargò le braccia per impedirmi di entrare. Decisa, ma con un tono affettuoso, mi disse: «Non cucinerai, se non piccole cose... mangerai con noi tutto quel che vorrai e chiederai».

La sua proposta mi allietò. Sapeva bene che ero un'inetta in cucina e poi così avrei evitato che l'appartamento si impregnasse degli odori dei cibi.

Ma non era solo la cucina a preoccupare mia madre. Dopo che ci fummo trasferiti nell'appartamento, arrivò la vera proposta: «Non sarebbe bene che assumessi una domestica per aiutarti?».

Come se fossi stata punta da un insetto, balzai in piedi: «Ti prego, mamma... non mi angosciare con l'idea delle domestiche!».

Lei non prestò alcuna attenzione alle mie parole e continuò a insistere: «Che c'è di male? Ti aiuterà... qui non c'è nessun vecchio che possa corteggiarla e corromperla!».

Mia madre conosceva bene il mio astio nei confronti di Georgette e delle altre domestiche del palazzo, ciononostante cercò di convincermi circa la necessità della loro presenza, invano. Avevo deciso che sarei stata la sola a gestire quel luogo, mi sarei rifatta il letto e avrei spolverato. Avrei annaffiato le piante, lavato le tende e i tappeti. Era mia intenzione stabilire un rapporto duraturo con tutte le cose che mi appartenevano, volevo che tutti gli oggetti si abituassero al mio tocco, al mio odore e al mio calore, volevo persino che sentissero la mia mancanza quando ero assente, che si preoccupassero per me, che desiderassero attirare la mia attenzione qualora mi fossi distratta. Mi piaceva tastare la loro anima e la loro pulizia: mi gettavo su tutti i divani, mi sdraiavo su tutti i tappeti, mi sedevo su tutte le sedie. Non prendevo minimamente in considerazione l'idea che in mia assenza qualcuno potesse toccarli e diffondervi il proprio odore. Nel palazzo del vecchio tutto, sia quel che mi apparteneva sia quel che non mi apparteneva, sapeva distintamente di domestica. Nemmeno il mio letto veniva risparmiato dai salti di Georgette che vi si rotolava davanti a me.

Papà realizzò il mio desiderio. Andarono ad abitare al quinto piano. Pretesi di riunire tutta la famiglia dalla quale mi aveva tenuta lontana il vecchio. Chiesi a mio fratello di venire ad abitare, con la sua famigliola, al quarto piano. La felicità di essere vicina ai suoi figli era pari a quella che provavo per il mio appartamento. Feci montare per loro altalene e tanti altri giochi, acquistai una piccola tenda dove si potessero riparare e trovare sollievo dalla calura estiva.

Nei miei andirivieni osservavo il cortile e mi sembrava un luna park in miniatura dal quale sprizzava la gioia dei miei nipoti e dei figli dei miei inquilini. Sentivo sbocciare nuovamente la mia infanzia e non mi vergognavo di mostrarlo in pubblico. Giocavo con i bambini, mi divertivo con loro, cantavo con loro e addirittura schiamazzavo con loro. I miei genitori mi osservavano e provavano compassione per gli anni in cui non avevo vissuto. Negli sguardi di Atiyya notavo invece gioia e soddisfazione come se si fosse disintossicato da quel vecchio che aveva tranciato la mia giovinezza con la scure del suo palazzo avvolto dalle tenebre.

Per il mio appartamento scelsi colori chiari e accesi. Lo riempii di piante, fiori, voliere che ospitavano uccelli dalle voci soavi. Una volta finiti i lavori mi sedetti davanti al mare per nuotare in quello spazio accogliente, nell'atmosfera familiare allietata da un caldo silenzio del tutto diverso da quello che mi aveva soffocato nel palazzo. Qui il silenzio aveva colore e forma, voce, vigore e mi faceva vibrare dal piacere. Il silenzio delle piante emanava fragranze, il silenzio delle pareti era una melodia che dipingeva quadri in movimento, il silenzio dei mobili era simile a sospiri di spose che non avevano ancora perso la verginità.

Ero immersa nel mio dolce silenzio. Le onde del mare luccicavano sotto i raggi del sole che ne colpivano la trasparenza. Quando s'infrangevano con la loro ridente schiuma avevo la sensazione che mi indirizzassero un canto oppure mi consegnassero le storie dei pescatori di perle, quando invece si ritiravano, portando via la schiuma, assomigliavano a mani affettuose che raccoglievano i resti della mia tristezza per alleggerirmi il cuore dai fardelli e dai pensieri oscuri, in modo che potesse volteggiare sui giardini abitati dagli uccelli. I miei sogni percorrevano finalmente una strada senza curve né buche. Le giornate erano splendide e piacevoli, non erano più sbiadite come in passato. Era scomparso anche l'odore delle notti angoscianti. Ero l'amabile proprietaria dell'appartamento che accoglieva le calde mattinate. Ero un uccellino cui erano spuntate le piume, ero una farfalla variopinta che godeva del proprio silenzio.

Mi svegliavo ogni mattina e, come un'ape, ero ancora inebriata dall'odore dei sogni sul cuscino. Mi appiccicavo alla vetrata, traevo un profondo sospiro cercando di inspirare il profumo e il colore del mare da immagazzinare nei miei polmoni. Era come se pescassi migliaia di piccoli pesci per condurli nell'azzurro lago del mio cuore. Scendevo nell'appartamento di mia madre che mi accoglieva con il profumo di pane tostato, latte al cardamomo e uova strapazzate. Divoravo la colazione rendendo felice mia madre perché gustavo i suoi manicaretti, ma al contempo spaventandola.

«Piano, figliola, non ti strozzare!».

«La colazione è squisita, mamma».

«Buon pro ti faccia!», esclamò.

Mi scappò una risatina che la incuriosì, allora mi domandò: «Che cos'è che ti fa ridere?»

«Sono troppo golosa. Stavo immaginando come ingrasserei se mangiassi tutto quel che prepari».

Forse per timore che mi mettessi a dieta e mi privassi dei suoi cibi squisiti, mi mise nel piatto delle altre uova e infine mi tranquillizzò: «Mangia... l'obesità è ereditaria e tuo padre e io siamo magri».

La osservai mentre spalmava il pane tostato con burro e marmellata. Il suo bianco décolleté vibrava, ed ebbi la sensazione che qualche pesciolino felice fosse fuggito dal laghetto del mio cuore per passare nel suo, aveva il viso che tracimava di gioia. Mi venne spontaneo chiederle: «Mamma... sei felice?»

«Perché no? I sogni di mia figlia si sono realizzati».

Con un velo di tristezza commentai: «Se questo era il tuo sogno...».

Sospirò, poi agitò la mano come se volesse cacciare l'aria e aggiunse: «Ti riferisci al palazzo? Ormai è andata così...».

Ero certa che il dolore di mia madre fosse ancora vivo. Talvolta, senza accorgersene, lasciava trasparire la sua sofferenza. Una volta in cui avevo finito di risistemare il mio appartamento, osservando in giro, si stupì dei miei gusti e sospirò: «Dio mio, eri adatta per un palazzo!».

Un giorno in cui stavo passeggiando con lei per l'ampio cortile dell'immobile le domandai: «Che ne pensi se piantassimo degli aranci e...».

M'interruppe e con tono canzonatorio disse: «Credi che si tratti del giardino di un palazzo? Sciocca, bastano un po' di piante e fiori».

Ero tranquilla perché avevo iniziato a superare l'angoscia degli atroci ricordi del palazzo. Cercavo di fare in modo che anche mia madre lo dimenticasse, tuttavia quel pensiero era ancora ben presente in lei e faceva capolino ogni volta in cui si citava o si ricordava il palazzo e ogni volta in cui il suo sguardo si posava su Atiyya. Inizialmente le si contraevano i muscoli e non sopportava l'idea che lavorasse da noi come custode e abitasse nella dipendenza. Si era opposta violentemente: «Come puoi tollerare di vederlo ancora in giro? Non ricordi come si è comportato con te? Che ti ha frustata?».

Impiegai molto tempo, aiutata da mio padre, per convincerla: «Non posso privarlo di sostentamento... non è sufficiente che abbia lasciato il palazzo per lavorare da tuo figlio?».

Mio fratello le confermò che le persone conosciute sono meglio di coloro che non si conoscono.

Mia madre si arrese, ma non perdeva occasione per far notare ogni suo errore, per rimproverarlo, per sovraccaricarlo di lavoro come se dovesse vendicarsi su di lui per quello che mi aveva fatto in passato.

Dal momento in cui avevamo lasciato il palazzo, Atiyya era sempre rimasto con noi. Frequentava spesso la casa di mio padre e io ero felice per la sua visita, per la sua voce, per quel colorito strano che assumeva il suo viso quando mi vedeva. Ogni volta insisteva per fare qualcosa per me e la mia famiglia. Quando decidemmo di trasferirci nell'immobile nuovo, colse l'occasione per esternare il suo desiderio. Gli affidai il compito di assumere degli operai e supervisionare il loro lavoro. Insisté per provvedere di persona a tutte le mansioni. Come se ciò non bastasse, si occupò con molta cura dei mobili di mia madre stando attento a non rovinarli. Mi addolorava il fatto che mia madre avesse portato con sé la vecchia mobilia, speravo che rinnovasse tutto con il trasloco. Avevo cercato di convincerla: «Ci sono modelli e colori nuovi... cambia!».

Lei aveva afferrato tutti gli oggetti che aveva in casa, piccoli o grandi che fossero, e aveva pianto mentre sospirava: «Non ti basta che io debba cambiare casa? La mobilia verrà con me, perché contiene tutti i miei ricordi con tuo padre. Dio non vuole che li cambi».

Per mia madre, l'amore non aveva limiti! Non aveva abbandonato nemmeno la vecchia caffettiera con il manico rotto. Quando avevo provato a gettarla nel bidone della spazzatura, si era scagliata su di me e me l'aveva strappata di mano indispettita. Sbalordita dal suo comportamento, l'avevo apostrofata: «Mamma, sei impazzita? Anche questa vuoi conservare?».

Lei la strinse forte a sé come se contenesse me oppure mio padre. Piagnucolava, mentre diceva: «Che ne sai tu di quel che significa per me? È stata la prima caffettiera con cui ho preparato il caffè a tuo padre... me la sono portata da Aleppo».

Era sul punto di scoppiare a piangere. Che cosa avevo conservato io delle cose del palazzo? Non c'era nulla che mi stesse a cuore. Nemmeno i gioielli che avevo portato con me avevano alcun valore affettivo. La passione e l'attaccamento di mia madre per gli oggetti di prima necessità mi colpiva nel profondo e mi rattristava, perché io invece ero stata scaraventata nel palazzo senza avere la possibilità di amare qualcosa in quel luogo come lei amava i suoi oggetti. Per questo motivo avevo deciso di instaurare un rapporto affettivo tra me e le piccole grandi cose che animavano la mia casa: volevo affezionarmi a loro come mia madre alla sua vecchia caffettiera.

Quando Atiyya ebbe portato a termine il compito che gli era stato affidato, gli consegnai una busta contenente una somma elevata. Non allungò la mano per prenderla. Insistetti: «Prendila, Atiyya, è solo un ringraziamento simbolico».

Il suo viso riluceva. Mi preoccupò il suo tono serio: «Signora… se vuoi ringraziarmi allora accetta che io diventi il custode dell'immobile».

Mi colse di sorpresa. Perché non ci avevo pensato prima? Nemmeno quando Iman mi aveva chiesto che cosa avrei fatto di Atiyya ci avevo riflettuto. Ora cercava un nuovo pretesto per rimanere legato alla moglie del padrone. Avevo cercato di farglielo capire e convincerlo che era libero, tuttavia mi aveva supplicata e io avevo capito che era attaccato a me in modo sincero. Mi domandavo se avesse paura di affrontare la vita e un mondo che gli era totalmente estraneo e che non sapeva dove l'avrebbe portato, se volesse redimersi dal suo antico peccato oppure… c'era forse qualche altro segreto che ignoravo?

Ero felice che me lo avesse chiesto. Nonostante facesse parte dell'eredità di lunghi anni di sottomissione e umiliazione che volevo seppellire, avevo accettato con entusiasmo la sua proposta e gli avevo conferito un ottimo stipendio mensile che aveva allarmato mia madre, la quale si era lamentata, ma mio padre l'aveva subito redarguita: «Sono i suoi soldi. È libera di farne quel che desidera».

Le parole di mio padre ferirono i miei sentimenti perché fu come se mi avesse accusata di sperperare i soldi. Volevo difendermi: «Non è questo il motivo, papà. Sai bene che Nayef gli ha regalato un'ingente somma di denaro. Lo sto semplicemente ricompensando perché ha preferito me al palazzo dove è nato e vissuto».

La presenza di Atiyya nell'immobile mi faceva sentire al sicuro. Sentivo che voleva redimersi dal peccato che aveva commesso nei miei riguardi e lo stavo aiutando a farlo. Non avevo alcun dubbio sul fatto che la sua memoria, sebbene conservasse l'immagine della mia pelle frustata, non serbasse alcun particolare del corpo che aveva assalito contro la propria volontà. Poiché chi è costretto ad arare la terra non si preoccupa delle pietruzze né dei solchi che ha tracciato, e dimentica tutto.

* * *

La fonte della mia felicità non si limitava alla libertà né all'appartamento che si affacciava sul mare come speravo né al mio ingresso all'università né ai miei continui successi né alle nuove amicizie che sceglievo autonomamente e che corrispondevano alla mia natura. La mia casa era irradiata da belle serate canore, chiacchierate, risate e musica. Tutto ciò penetrava nel mio cuore con audacia e ostinazione – proprio come gli zoccoli dei cavalli schiacciano un terreno arido, rigirandone le zolle, uccidendo i vermi e disseminando propaggini – obbligandomi a proteggerlo dallo schiacciamento e dalla dispersione.

Fu così che mi sfiorò per la prima volta l'amore. Un sentimento di cui avevo in precedenza ignorato i giardini. Quando finalmente vi entrai, mi resi conto che la bellezza della libertà e della vita si completano solo con questa luce radiosa che rimuove dall'anima la ruggine per penetrarla. Stavo balzando a pieni voti nel terzo anno, quando i raggi dell'amore giunsero a dissolvere le tenebre tra me e il professor Jawad. Nel mio cuore germogliò una verde pianta, i cui rami si allungarono, le cui foglie conferivano al mio viso tenerezza e fragranza. Come se ciò non bastasse... il mio corpo svogliato cominciò a risvegliarsi, iniziai a sentir scorrere ruscelli, flauti suonare... provocando brividi che mi coglievano alla sprovvista e solleticavano desideri irrefrenabili.

Non sapevo di possedere un cuore con campanelli dorati che scintillavano e suonavano, né un corpo le cui gambe rincorrevano i desideri. Nuovi sentimenti avevano sconvolto l'equilibrio della mia vita e mi avevano risvegliata da un silenzio durato anni. Non sapevo come comportarmi con questi ospiti indiscreti. Avevo bisogno di qualcuno che mi guidasse nei meandri che avevo iniziato a percorrere senza alcuna esperienza né precauzione.

Non avevo ancora scoperto ciò che celava il suo cuore, ma quegli sguardi innamorati, le mani che non perdevano mai l'occasione di sfiorare le mie, erano molto eloquenti, anche se cercavo di fare finta di nulla. L'abbraccio con me era affettuoso, diverso da quello riservato alle altre studentesse e agli altri studenti, e io esultavo perché mi confermava che ero attraente. Quando mi vedeva, si agitava e mi seguiva con lo sguardo; quando me ne andavo si arrabbiava come se odiasse la mia assenza. Anch'io come lui ero in preda all'infatuazione e all'eccitazione.

Trascorsero mesi... l'amore cresceva... si manifestava di nascosto in mille modi diversi, ma noi cercavamo di ingannarlo con un falso gioco del silenzio. Entrambi ci aggrappavamo ai nostri sentimenti e li mantenevamo segreti come se, nonostante l'evidenza dei fatti, temessimo che le conseguenze potessero sbalzarci l'uno lontano dall'altra. Fremevo nell'attesa che lui infrangesse quel muro di silenzio; avrei voluto uscire allo scoperto io stessa, ma mi aggrappavo alla ritrosia rifiutando di lasciar cadere il velo che copriva il mio cuore. Temevo di avere frainteso il suo amore e i gesti gentili e affettuosi che erano invece semplicemente le punte di un coltello affilato e crudele. Così sopportai le spine del dolore e i sospiri dell'amore, in attesa che abbandonasse il silenzio e mi regalasse rose dichiarando i propri sentimenti.

Non mi rassegnai... non persi la speranza fino a quando giunse quella mattina d'autunno. Il cielo era coperto. Sciolse il nodo che gli legava la lingua e si dichiarò. In quell'istante fu come se tutte le nubi si squarciassero e lasciassero scrosciare torrenti di pioggia sulla terra assetata. Sentii fiori crescere dentro di me e la rosa aprire i suoi petali come un bocciolo sfiorato da un bacio rubato. Mi aprii, diffusi su di lui la luce delle mie candele e le vibrazioni dei miei sentimenti senza esitazione né timore. Tracimavo d'amore, volevo abbandonare un fardello che avevo trattenuto dentro di me, volevo liberarmi del silenzio e lasciare che l'amore si diffondesse in ogni dove. Uscii dal suo ufficio sovraccarica di felicità. Come poteva la felicità pesare quanto tonnellate di ferro? Non riuscivo a sopportare quel macigno da sola. Avevo bisogno di uno spazio ampio dove depositare il mio ferro, dove far riposare il mio terremoto, uno spazio che proteggesse me e il mio amore.

Chi...? Chi se non mia madre, alla quale non avevo mai celato un solo segreto del mio cuore nonostante qualche bugia? Quando cambiavo comportamento all'improvviso, lei ne scopriva subito i motivi con una modalità tutta sua. Sembrava avesse le antenne. Non era curiosa e invadente come una donna nei confronti di un'altra donna, non era curiosa e ansiosa come una madre nei confronti della figlia. Non appena intuiva qualcosa, passava alla domanda diretta. Anche quella volta fu così e mi domandò: «C'è forse un tuo compagno o un tuo professore che ti fa la corte?».

Cercando di custodire il mio segreto, le risposi vagamente: «Molti, mamma. Ma non mi interessa una relazione passeggera».

Nel tentativo di sondare se nel nido del mio cuore fossero

nati pulcini d'amore, insisté: «Ma da una relazione passeggera può nascere qualcosa di più serio e stabile...».

Quel giorno volevo che mia madre sentisse che mi fidavo di lei. Non volevo mentirle. Mi ritrovai a confessare il mio segreto: «C'è un professore che è interessato a me e mi vuole bene...».

«E tu?».

Mia madre pronunciò la domanda con un velo di tristezza. Esitai. A un certo punto, lei mi colse alla sprovvista chiedendomi: «Lo ami?».

Non potevo mentire, ma intenzionalmente risposi con una perifrasi: «Mi piace e i suoi sentimenti mi fanno stare bene».

Ero felice... ma nonostante mia madre fosse avida di ulteriori dettagli, evitai di fare altre dichiarazioni e fornire altre notizie. Come cambia la vita! Oberata dal peso della mia immensa gioia, non sarei però riuscita a mantenere il segreto e a reprimere i miei sentimenti. Corsi verso di lei, sprofondai nel suo abbraccio con la mente immersa nei sogni e denudai il mio cuore sul suo petto.

I cuori delle mamme non si accontentano mai e non sono mai soddisfatti. Quando sanno di essere incinte, vogliono immediatamente conoscere il sesso del nascituro: maschio o femmina? In questo caso il cuore di mia madre non si fermò alla gioia per il fatto che ero innamorata. Si affrettò a porre la domanda successiva, che mi colse alla sprovvista e mi tormentò: «Ti ha chiesto di sposarlo?».

Il mio cuore si rattristò. L'albero vacillava, ma non volevo che le foglie cadessero al primo colpo. Mi liberai dal suo abbraccio e, come un vento che ulula in segreto, la guardai cercando di reprimere la rabbia che covavo dentro di me. Le dissi: «Mamma... pensi solo al matrimonio. E l'amore... non conta niente per te?».

Scrollò le spalle: «Che c'è di male se l'amore diventa una strada sicura che conduce al matrimonio?».

Nonostante la rabbia accumulata, non provai astio nei suoi confronti e non mi pentii di essermi confidata con lei. Comprendevo i suoi sentimenti e le sue parole. Per lei ero sempre la sua amata figliola. E sia per lei che per la severa società ero pur sempre una giovane vedova che odiava le apparenze e non badava alle chiacchiere. Il mio sogno era quello di incontrare una persona che ricompensasse il mio cuore e la mia giovinezza di tutto ciò che mi era stato vietato durante la prigionia in quel maledetto palazzo. La realizzazione di quel sogno non necessitava di grandi spazi, ma quando mia madre mi illustrò i suoi pensieri e le sue priorità, lasciandomi intuire che la felicità era solo un dettaglio, fu come se una pietra affilata avesse trafitto la mia gola. Raccolsi i gemiti della mia atroce disperazione e salii nel mio appartamento nella speranza che le ribeche del silenzio frantumassero o estraessero quella pietra.

Avevo forse attirato l'attenzione sul mio cuore per scacciare la gioia che lo colmava? Avevo sbagliato a confidarmi con mia madre? Perché mai allora erano stati creati i cuori delle madri? Non sono forse il velluto su cui facciamo rotolare le nostre gioie? Non sono forse il luogo sicuro nel quale crescono le nostre ali e nel quale dimentichiamo le nostre fatiche? Volevo solo che lei mi aiutasse, rifugiandomi sul suo petto non immaginavo che lei avrebbe finito per afferrare le chiavi dorate della mia libertà e infilarle in tutte le serrature della mia vita.

* * *

Mia madre mi assediava. Iniziò a scrutare ogni minimo istante della mia felicità, del mio silenzio, della mia rabbia. Iniziò a osservare le mie uscite eccessive, a controllarmi persino quando m'irritavo per gli schiamazzi dei bambini che una volta mi rallegravano. Mi sorvegliava con sguardi avvolgenti e soffocanti come una ragnatela. Si preoccupava di "quel che diceva la gente". Per compiacere la gente avrei forse dovuto ritornare a essere la topolina impaurita sorvegliata dal vecchio e circondata dalle mura del palazzo? Avrei dovuto subire un nuovo assedio dopo avere riscoperto l'alba e le praterie?

Poiché non perdeva occasione di assalirmi con tutti i suoi dubbi, iniziai a evitare le sue punzecchiature, a sfuggire le sue deliziose colazioni, le cene che erano un'occasione per incontrare mio padre e talvolta mio fratello e Iman. La loro presenza mi preservava dalla raffica di domande invadenti di mia madre, anche se lei non perdeva mai un'occasione. Trovava sempre un appiglio, uno spunto per informarsi e raccomandarsi.

«Ricordati che la gente ha occhi che non si chiudono mai e lingue che non hanno pietà».

Era mia madre a non avere pietà di me. Non provava compassione per il mio cuore, non aveva misericordia verso la mia anima. Mi perseguitava con frasi come: «Sei una vedova... Stai attenta, sei una donna».

Non smetteva mai di colpire quel Jawad di cui mi ero invaghita! Voleva sapere dettagli sulla sua vita che nemmeno io conoscevo, non le importava di forzare troppo la mano. Una volta mi stupì con una domanda che mi trafisse come una freccia: «È sposato?».

La domanda accese la mia curiosità dormiente. Colsi al volo l'occasione e rigirai la domanda a Jawad. Ero come un pescatore che getta l'amo in mare nella speranza che il pesce abbocchi, ma il mio amo pescò una risposta pesante e deludente: «Mia moglie è americana. Vive negli Stati Uniti e le faccio visita di tanto in tanto».

Mia madre non mi aveva domandato se aveva figli. Non so che cosa mi spinse a chiederglielo comunque. Si lamentò della domanda, ma buttò lì una risposta concisa e secca affinché non gli ponessi altri interrogativi sulla sua vita: «Un solo figlio. Ha nove anni e vive con lei».

Non riuscii a tenere a bada il mio istinto e continuai: «Non ti ha lasciato tua moglie?».

Era come se gli avessi dato fuoco ferendo la sua virilità. Divenne paonazzo in volto, e con la voce tremante, che cercava di nascondere una profonda stizza, ribatté: «Ti ho mai chiesto del tuo ex marito e dei segreti della tua vita?».

Che cosa? Mi vergognavo della mia invadenza che aveva per un istante rovinato la nostra serenità. Cercai di riportarlo alla calma: «Se me lo avessi chiesto ti avrei risposto».

Alzò la mano davanti al mio viso, come un semaforo rosso. «Non te lo chiederò e voglio che tu faccia altrettanto».

Mi aveva ferita, ma sopportai il dolore perché ero stata io a porgergli il coltello. Nel mio intimo nutrivo rancore verso mia madre che mi aveva messa negli impicci. Mi girai e me ne andai. Immaginavo che mi avrebbe rincorsa per scusarsi della sua durezza. Non lo fece, e mi resi conto che era la rabbia dell'uomo mite.

Quella notte non trovai pace. Nella mente mi frullavano i pensieri più cupi, come se una fastidiosissima zanzara vi ronzasse dentro sussurrando domande scomode: come poteva un uomo affascinante come lui vivere senza una donna? Era stato lui ad allontanare la moglie oppure era stata lei a fuggire da alcuni suoi difetti segreti una volta scoperti? Anche se era in grado di sopportare la lontananza dalla moglie, come poteva sopportare il distacco da un figlio piccolo che aveva bisogno della sua protezione? Era così privo di sentimenti da non essere mosso dall'istinto paterno? Come poteva vivere da solo? Come scaricava la sua energia umana e come appagava i suoi istinti corporali? Colmava tutte queste carenze affettive amando altre donne? Ero solo una pecorella del suo gregge?

Tirai fuori tutte le sue fotografie. Slanciato, ampio torace, braccia più lunghe delle maniche della tunica, viso abbronzato che sfumava al rosa sugli zigomi pronunciati, naso leggermente curvo la cui punta sfiorava i baffi tendenti al biondo, occhi color nocciola con ciglia talmente vicine da assomigliare a spade incrociate, labbra che sembravano irrorate continuamente da succo di fragola. Non potevo negare che la bellezza e il fascino di quell'uomo mi avessero attratto ancor prima che entrassi nell'aula dove teneva lezione. Tuttavia avevo distolto lo sguardo concentrato sulla sua bellezza quando avevo scoperto la sua forte personalità, la sua nobiltà d'animo, l'eleganza del suo interloquire. Molto paziente, grande memoria, non era mai infastidito né dalle domande né dalle richieste di spiegazioni degli studenti. Quando uno di noi arrivava in ritardo o si metteva a chiacchierare mentre spiegava, però, andava su tutte le furie. Queste caratteristiche attiravano le farfalle che lo seguivano e cercavano ogni scusa per intrattenersi più a lungo con lui. Tuttavia i suoi sguardi volavano sempre verso di me e non appena mi avvicinavo in attesa che finisse l'assedio mi riceveva per prima. Mi faceva un cenno e lo seguivo.

Come aveva potuto dileguarsi il suo affetto? Come aveva potuto rifiutarsi di discutere e di allontanare i dubbi infernali che ronzavano nella mia mente? Che cosa avrei detto a mia madre che sperava mi sposassi? E se gli fosse passato per la testa di volermi sposare, mia madre avrebbe forse accettato che io fossi una "concubina", anche se l'altra viveva all'altro capo del mondo? Non biasimavo mia madre per la sua paura perché attanagliava anche me, non biasimavo nemmeno il mio cuore né avevo intenzione di spezzarne le corde. Trascorsi la notte insonne. Sembravo un'onda in un mare agitato, sospinta verso di lui dalla passione per poi ritrarmi disperata verso mia madre dalla quale avevo ereditato l'ansia.

* * *

Jawad era stato spietato con me. La sua reazione e i suoi modi bruschi mi avevano ferita. Mi aveva trattata con indifferenza, quasi a volermi dare una lezione per insegnarmi che non dovevo ficcare il naso nelle sue questioni private. Senza che lo volessi, mi aveva offerto l'occasione di ribaltare il mio rapporto con lui e aveva preso delle decisioni di cui era l'unico artefice. Di notte non riuscivo a riposare, perché non appena pensavo a lui sentivo ancora il clima gioioso delle feste di nozze dentro di me, ma al contempo percepivo quanto fossero fragili tutte le decisioni dopo che l'amore era stato schiacciato dall'impulsività del mio giovane cuore. Le notti mi avvolgevano con il loro silenzio, mentre mi rigiravo nel caos dei miei sentimenti. Vacillavo tra i miei due amori: quello per lui e quello per mia madre. Tra la paura di mia madre per me e la mia paura nei confronti di Jawad e dei giorni a venire che erano avvolti dall'incertezza. Come avrei voluto che l'ago della bilancia indicasse di scegliere mia madre... ma la forza dell'amore mi travolgeva. La seguivo con tutta me stessa. Sorreggeva il mio cuore contro mia madre, mi fece sopportare la durezza di Jawad per dieci giorni, con le tenebre e il dolore che ne conseguirono. Travolta dalla sofferenza e incapace di sopportare oltre quella situazione, mi diressi nel suo studio prendendo il coraggio a quattro mani. Bussai alla porta, ma i battiti del mio cuore precedettero quelli della mia mano.

Lui si voltò leggermente verso di me, per poi riprendere a sfogliare le sue carte, come se non avesse notato la mia presenza. Nonostante provassi vergogna, mi avvicinai. Lo salutai. Mi rispose senza girarsi. Sopportai i suoi modi sprezzanti. Gli sussurrai le mie scuse. Avevo deciso di rivolgergli parole commoventi che lo colpissero. Si alzò in piedi. Ritornò a splendere il suo sorriso, arrossì. Sentivo che non si trattava di un sorriso di felicità per il mio ritorno, bensì del sorriso di vittoria di un uomo che non vedeva l'ora che arrivasse quell'istante. Aveva vinto perché mi aveva "domata", aveva vinto perché era rimasto fermo sulla propria decisione e la donna era tornata indebolita... aveva chiesto scusa... con il viso segnato dalla stanchezza dovuta all'insonnia e dalla passione per lui, con la voce che supplicava il perdono. Non provai felicità quando mi prese le mani e le strinse forte a sé. Non sentii più né calore né senso di sicurezza. Non riuscivo più a captare le sue parole gentili poiché avevano perso la strada che le conduceva alla mia anima. Era come se dentro di me ci fosse un ferro da stiro rovente che mi faceva sentire l'odore della mia prima sconfitta con lui. Ciononostante ero consapevole che non sarei riuscita a prendere la decisione di rompere la nostra relazione. I dieci giorni di separazione erano stati una sofferenza, mi avevano divorata e lacerata, lasciando ferite ancora visibili sulla mia pelle.

L'amore mi dominava. Jawad si era fatto più audace. M'invitava al caffè e al ristorante e io accettavo. Mi chiedeva di accompagnarlo a far visita ad alcune coppie di amici sposati e io lo seguivo senza bisogno che lui insistesse. Lasciavo che mi facesse assaporare i frutti succosi dell'amore, gli consentivo di abbracciarmi, di passarmi la mano tra i capelli e sul collo, lasciavo che le sue labbra mi sfiorassero il viso facendomi sussultare e brillare come una stella sfiorata dalla luna. Le notti trascorrevano in lunghe e dolci telefonate durante le quali parlavamo dei più svariati argomenti. La sua voce soave mi avvolgeva con versi d'amore tempestati di parole che mi emozionavano e turbavano la mia quiete eccitandomi. Nuotavo nel mare della mia passione, che travolgeva con la propria forza porte chiuse che non amavano essere disturbate nemmeno dalla rugiada. Viaggiavo negli abissi della passione sensuale e devastante. Iniziai a mentire a mia madre affinché non rovinasse, spegnendola, la mia gioia. Presi ad andare e venire di nascosto. Quando mia madre cominciò a marcarmi stretto per controllarmi, m'inventai ogni espediente per sfuggire al suo controllo, persino l'inganno: lasciavo la mia automobile parcheggiata nel garage e raggiungevo Jawad che mi aspettava con la sua in una strada laterale. Non escludevo che mia madre potesse salire da me e scoprire la mia assenza, allora scrivevo un biglietto che appiccicavo alla porta: "Sto dormendo, non disturbatemi". Non dimenticavo nemmeno di avvisare Atiyya affinché non le dicesse che ero fuori. Era entusiasta di aiutarmi. Quando uscivo, radunava tutti i bambini dentro la tenda. In quel modo si vendicava di mia madre che si era sempre opposta alla sua presenza.

Una mattina, mentre passeggiavo al sole in cortile, gli domandai: «Perché mi aiuti?».

In tutta spontaneità rispose: «Perché...».

Ma non completò la frase. Chiuse gli occhi, come se stesse inventandosi un altro motivo: «Perché sei la mia padrona e devo obbedirti».

Ero imbarazzata. Era una risposta che non mi piaceva. Mi sembrava di essere paragonata a quel vecchio al quale Atiyya obbediva come un cane ammaestrato senza reagire, eseguendo anche gli ordini più severi. Mi adirai con lui: «Hai paura di me e non hai paura di mia madre?».

Sembrava fosse stato punto da una spina e rispose: «Tu sola sei la mia padrona».

«Non sei più il servo di nessuno... dimentica il passato, Atiyya», esclamai.

Mi lanciò uno sguardo di sfida: «E tu... l'hai forse dimenticato?»

«L'ho ridotto in cenere per non farlo più tornare», risposi in tono deciso.

Era come se non mi credesse. Osò ancora di più, domandandomi: «Tutto... tutto quel che è accaduto nel palazzo?».

Avevo capito a che cosa si riferiva. Decisi di sollevare quel fardello dalla sua coscienza.

«Tutto, Atiyya... credimi, proprio tutto».

Chinò il capo, chiuse gli occhi, sentii che sotto le sue palpebre si celavano due lacrime grandi come tizzoni che si ostinavano a non voler scendere. Non appena riaprì gli occhi i tizzoni caddero lasciando salire il loro vapore. All'improvviso provai pietà per lui, allungai una mano e gli asciugai le lacrime. Mi colse di sorpresa afferrandomi la mano e passandosela sul viso. Fui percorsa da un brivido caldo, ma non volli interrompere quell'istante. Provavo dolore, ma sopportai fino al momento in cui lui sollevò lo sguardo e, con la sua voce soave, cantò: «Ora sento di essere davvero libero!».

Mi accarezzò i capelli soddisfatto. Provai una sensazione di profondo affetto nei suoi confronti. Scoppiai a ridere. Mi presi gioco di lui: «E continuerai a esserlo… ora però ti devi sposare!».

Chinò il capo per la vergogna. Incrociò le mani pizzicandosi le dita, poi alzò la testa e sussurrò: «Se trovassi una donna come te la sposerei!».

Il mio cuore sussultò. Era possibile che un uomo che aveva vissuto una vita intera in stato di schiavitù potesse sognare di sposarsi con una donna che assomigliasse alla sua padrona? Forse… forse? Mi solleticava una domanda: forse mi amava? Mi controllai, sorrisi e… lo salutai.

* * *

Quella notte mio fratello mi stupì. Era già tardi, ma giustificò il suo arrivo dicendo: «Sapevo che eri sveglia, gli esami sono alle porte».

Non presagivo nulla di male. Immaginavo un diverbio tra lui e la moglie e che, come al solito, fossero ricorsi a me per sanare la situazione. Tuttavia la sua risposta affettuosa quando gli domandai di lei mi fece capire che andavano d'amore e d'accordo. Notai che evitava il mio sguardo. Sospettai che la questione riguardasse me. Supposi che si trattasse di una lamentela di mia madre perché ero scappata di casa a sua insaputa, quindi mi preparai a rispondere a lamentela con lamentela. Tuttavia mio fratello avviò un discorso sull'università, gli studi, i compagni, colpendomi perché affrontò argomenti cui io non avevo nemmeno pensato. A un tratto però mi chiese: «Come sta il dottor Jawad?».

Il mio cuore iniziò a martellare. Martellava perché era stato nominato il mio amore oppure perché avevo paura di quel che celava la domanda? Mi sforzai di selezionare una risposta normale che non lasciasse trapelare ciò che si dibatteva nel mio intimo: «Bene… è un professore straordinario che dà l'anima per l'insegnamento».

Con sottile malizia mio fratello commentò: «Dà l'anima solo per l'insegnamento?».

Tutto iniziava ad assumere un colore ben preciso. Dovevo stare attenta, dovevo far finta di nulla.

«Che cosa intendi dire?».

Mio fratello sospirò. Non era caduto nella trappola. Mi fissò negli occhi e disse: «Ascoltami, Nadia… se ti parlo di una questione che ti riguarda da vicino è solo perché ti voglio molto bene e temo per te».

Il ritmo delle pulsazioni del mio cuore aumentò sempre più. Ero pronta a una battaglia difensiva qualora fosse stato necessario. Stavo per accingermi al combattimento e scagliarmi contro di lui, quando ebbi un'intuizione e decisi di seguire questa tattica: «Bene… che cos'è che ti preoccupa tanto?».

Mio fratello affrontò la questione prendendola alla larga: «Più di un mese fa ti ho vista scendere dalla sua auto. Pensai che la tua si fosse rotta e avessi chiesto un passaggio a un amico. Un'altra volta ti ho vista al ristorante con lui e mi sono detto che era normale tra compagni di università. Per questo motivo non te ne ho parlato: ritenevo che fosse un tuo diritto frequentare i compagni che preferivi. Ma…».

Tacque come se stesse cercando di prendere coraggio. Il mio cuore non smetteva di palpitare ansiosamente. Comunque riuscii a mantenere un tono sereno, indifferente alla sua agitazione: «Ma che cosa? C'è qualcosa che ti ha dato fastidio?».

Scosse il capo più volte, poi rispose: «Credevo si trattasse di un tuo compagno, ma poi sono venuto a sapere che è un tuo professore».

«Che differenza c'è?».

Dal suo tono di voce trapelava un velo di collera: «La differenza è che quando il professore diventa fidanzato, ci sono cose lecite e altre che vanno concordate. Perché mai lo devi accompagnare quando va a casa dei suoi amici? Come ti presenta?».

Sentii di essere caduta in trappola.

«Come fai a saperlo?»

«Ritengo imbarazzante che tu entri in casa di un suo amico che al tempo stesso è un mio collega di lavoro».

Abbassai la testa, sentendo odore di sconfitta.

«Devi informarti sul suo conto… ti chiedo solo di non andare da sola con lui dai suoi amici. Jawad conosce altre donne».

Aveva scoccato una freccia al mio cuore tremante. Cercai di difendermi: «Ma lui mi ama…».

Dai suoi occhi sgorgò la compassione: «Jawad è un uomo che non conosce l'amore. Non farti trascinare dalle emozioni. Sii forte e guardinga».

Si alzò in piedi. Mi alzai anch'io. Mi strinse a sé con sincero affetto. Mi sussurrò: «Ho una sorella di cui mi fido e spero che non deluda mai la fiducia che la sua famiglia ripone in lei».

Non aggiunse altro. Non mi assillò con raccomandazioni e consigli come faceva sempre mia madre, non mi rammentò che ero una vedova, che la gente ascoltava, vedeva e parlava.

Gli era stato sufficiente gettare un sassolino nel mio laghetto affinché osservassi i cerchi concentrici e le bolle che si creavano sulla superficie dell'acqua, palpassi le pareti di cemento e verificassi se le sponde erano solide oppure sbreccate. Voleva che fossi io a capire se si trattava di un laghetto salubre nel quale continuare a nuotare oppure dal quale fuggire perché aveva il fondo melmoso e sarei potuta annegare.

Prima di chiudere la porta osai chiedergli una sigaretta. L'accese senza esitazione e me la porse con un sorriso: «Entrambi fanno male alla salute... ma il fumo è meno nocivo dell'amore».

Mio fratello uscì. Mi lasciò immersa in un silenzio vasto come un deserto le cui sabbie mi divoravano per poi farmi riemergere simile a una lucertola affamata. Era circondato da una nube nera piombata sulle luci per offuscarle. Assomigliavo a una candela consumata e senza stoppino, alla quale nessuno si sarebbe avvicinato con un fiammifero per accenderla e illuminare la casa. Il silenzio persisteva diventando sempre più opprimente, come un vento violento le cui folate scuotevano le pareti. Le particelle della mia mente erano disperse in ogni dove, poiché non ero più riuscita a utilizzarle né a vederle dal momento in cui il giardino del mio cuore era stato consegnato all'amore. In quel momento, da ogni scheggia della mia mente scaturì un ricordo, riportando alla memoria un passato che non sapevo più dove fosse finito e non mi interessava che fine avesse fatto.

Un giorno mi aveva chiesto di venirmi a trovare a casa e, notando il mio stupore e la mia esitazione, aveva tentato di sedurmi dolcemente con le parole affinché acconsentissi: «Voglio vedere dove dorme il mio amore e dove sogna, dove si siede quando mi sussurra al telefono, dove studia, dove si fa il bagno... Così ogni volta in cui sentirò la tua mancanza ti potrò immaginare».

Mi aveva convinta e in un afflato di felicità avevo acconsentito. Ero corsa da mia madre, piombandole addosso per confidarle che Jawad aveva espresso il desiderio forte e improvviso di farmi visita. Lei era esplosa: «Ti farà visita dove? Per amor del cielo!».

«Nel mio appartamento».

Mi aveva afferrata con forza per un braccio fin quasi a rompermelo: «Sei pazza? Se proprio è necessario... fallo venire qui e lo incontrerai davanti a tuo padre».

Ero seccata dalla sua risposta. Aveva immaginato che intendesse impegnarsi ufficialmente con me. Avevo infranto subito ogni speranza: «Mamma, vuole farmi visita, non fidanzarsi con me!».

Con evidente astio nei confronti di Jawad, lei aveva esclamato: «Addirittura! E tu avresti acconsentito alla sua richiesta?».

Mi ero scusata con lui. Gli avevo riferito della rabbia e del rifiuto di mia madre. Ma quando avevo cercato di smorzare la questione, lui era andato su tutte le furie: «Sei una debole. Tua madre ti tiranneggia e tu non difendi i tuoi diritti».

Ricordando quel giorno, mi rimproveravo e la biasimavo. Avrei dovuto comunicare a Jawad che avevo contrastato fermamente mia madre. Avrei dovuto dirgli che mi ero opposta al suo dispotismo con forza, che mi ero ribellata e che mi ero difesa dal suo diritto – in quanto madre – di avere paura per me, ma non l'avevo fatto. Avevo fatto la figura della debole che permetteva agli altri di calpestare i propri sentimenti. L'unica cosa che mi interessava, quel giorno, era calmarlo e arginare la sua ira. Il rancore che continuavo a provare verso mia madre, colpevole di averlo fatto alterare, aveva fatto sì che mi ribellassi e proseguissi la mia relazione con lui, incurante dei suoi timori. Mentre mio fratello, con una paura che sgorgava dall'affetto, mi raccomandava sempre di non illudermi.

"Poi che cos'altro vorrai da me, Jawad? Dove mi farà precipitare il tuo infinito egoismo quando l'illusione sarà finita?". Queste erano le domande che mi ponevo nel mio intimo.

Dopo la conversazione affettuosa con mio fratello, iniziai a diminuire la quantità d'amore e attenzioni che riversavo su Jawad. Iniziai a rifiutarmi di accompagnarlo a casa degli amici senza però rivelargli quel che era giunto all'orecchio di mio fratello. Iniziai a diminuire le uscite con lui al ristorante. Iniziai a staccarmi dal telefono, a chiamarlo di meno e a non rispondere anche quando insisteva. Volevo capisse che, contrariamente a quanto credeva, non ero né debole né facile da conquistare, che potevo prendere decisioni da sola e che non avevo bisogno di essere difesa da nessuno.

La testardaggine è un piacere! Tuttavia non era facile, perché Jawad continuava a scorrere nelle mie vene, mi avvolgeva nel mio silenzio, sentivo il suo profumo, la sua voce, vedevo la sua immagine, perché ero in preda alla nostalgia, mi mancava, ero lacerata, il mio cuore si struggeva. Il periodo in cui dovetti cancellarlo dalla mia mente fu più doloroso delle umiliazioni e delle sofferenze del palazzo, avevo esaurito la pazienza e di notte crollavo. Dai miei occhi scendevano lacrime più salate dell'acqua del mare, la mia anima si dibatteva per i crampi della fame come un verme si dibatte quando gli viene spruzzato addosso l'insetticida. Una settimana intera sopportai tutto ciò nel tentativo di dominare i miei istinti, ma non riuscivo più a tenere a freno la passione che ardeva dentro di me. Afferrai il telefono, digitai il numero con la paura che mi attanagliava: che cosa avrei fatto se avesse riagganciato?

Il suo telefono continuò a squillare imperterrito, mentre io restavo in trepidante attesa. Alla fine si concesse, alzò il ricevitore. Lo anticipai: «Stavi dormendo?».

La sua voce mi giunse con tono di biasimo: «Tu? Non immaginavo che tu fossi tanto crudele!».

Mi scagliai contro di lui con una violenza che racchiudeva in sé tutti gli spasmi dovuti alla pazienza che mi ero imposta e alla fame. Rimase in silenzio, mi accinsi quindi a correggere il tiro, ad abbandonare i toni forti per timore che rompesse con me dopo che l'avevo attaccato in quel modo. Lui sembrava altrettanto preoccupato e volle precedermi. Sovrastò la mia voce violenta e iniziò a riversare i propri sentimenti, a irrorarmi con le sue passioni. Fu intelligente e audace a utilizzare meravigliose parole d'amore. Le vibrazioni della sua voce sembravano una scure che abbatteva l'albero della mia resistenza, per farne seccare e morire i rami. Le lacrime non si arrestavano, eclissando la mia voce. Mi rimproverò: «Piangi? Sono lacrime d'amore o di pentimento?».

Non riuscii più a controllarmi. Riversai su di lui tutta la sofferenza che mi aveva lacerata. Gli confidai quel che avevo provato affinché comprendesse il motivo che mi aveva reso così severa nei suoi confronti per un certo periodo. Sparsi le mie rose, scagliai tutti i miei tuoni e i miei lampi per poi ritrovare la quiete dopo la tempesta.

Dopo quella separazione e la rappacificazione che ne era seguita, Jawad cambiò. Insisté sempre di più affinché uscissi in sua compagnia, trascorressi più ore con lui intrattenendomi fino a notte tarda a vagare in automobile per la città avvolta dalle tenebre. Una notte si volle allontanare in una zona disabitata dove regnava un atroce silenzio. Eravamo avvolti da un'oscurità spaventosa. La strada era stretta. Insistetti per uscire da quella zona prima che ci trovasse un agente dei servizi segreti oppure della polizia. Scoppiò a ridere prendendosi gioco della mia ingenuità. Mi attirò con forza a sé e cercò di baciarmi. Lo allontanai violentemente. Esclamò: «Non capisco come tu possa amarmi e rifiutare un bacio!».

«Significa che se ti amo devo commettere un peccato?», ribattei.

«Non è questo il motivo… mi sembra proprio che tu sia una donna frigida», disse prendendosi gioco di me.

Mi stava provocando… immaginava che quelle parole potessero pungermi, ferirmi e farmi cambiare idea per dimostrargli che ero tutto il contrario. Tuttavia lo sfidai: «È bene invece che tu scopra che sono una donna che può infilare tutti i suoi istinti nel surgelatore!».

Non gradì la mia risposta. Si scagliò contro di me: «Sei giovane e bella. Non devi seppellire la tua giovinezza e negare il tuo corpo».

Avrei voluto rifilargli uno schiaffo.

«Chi ti dice che ho intenzione di negarmi?».

Sul suo viso brillò la luce della vittoria. Immaginava che si trattasse di un invito rivolto a lui, tuttavia respinsi la sua eccitazione disperdendo al vento tutta la sua felicità.

«Non esiterò un istante quando troverò un bravo ragazzo che si merita la mia bellezza e… il mio calore».

Sputò una risata ironica e commentò: «Quanto sei presuntuosa!».

«No, sono semplicemente consapevole di quel che mi merito», risposi sicura.

Fece un balzo spazientito, mise in moto e schiacciò l'acceleratore. Sembrava un gatto svegliato di soprassalto da un rumore. Avevo paura della velocità con cui stava guidando, ma non osai chiedergli di rallentare perché temevo approfittasse della mia paura per aumentare la velocità e farmi morire. Lo vidi svoltare in una strada che non era la mia.

«Dove stai andando?»

«Voglio che ci appartiamo a casa mia».

Non riuscii a trattenermi: «Credi che io sia d'accordo?».

Non gradì il mio rifiuto e andò su tutte le furie: «È possibile che tu non ne abbia voglia?»

«Se non ho voluto baciarti… credi che voglia venire a casa tua?»

«Molte donne lo vogliono», ribatté con insolenza.

«Lo so. Tra le tue spasimanti ci sono l'indecisa, la rifiutata e la sfortunata!».

Incassò la risposta, ma respinse immediatamente l'accusa: «Stai dubitando dei miei gusti? D'altronde sei qui con me...».

Mi chiusi in me stessa senza proferire parola. Mi aveva umiliata ricordandomi che facevo parte del suo gregge.

Il silenzio opprimeva il luogo, simile a un insetto che si inerpicava sulla mia pelle per pungermi. Forse sperava che mi gettassi dall'auto in corsa e morissi. Osservava la mia agitazione. Allungò la mano cercando di afferrarmi il braccio perché me ne stavo appiccicata al finestrino tenendo le distanze.

«Sei offesa?»

«No, umiliata».

«Credi che essere desiderata sia un'umiliazione?»

«Non realizzerò il tuo desiderio».

Fermò l'automobile, si voltò verso di me e, con un bagliore allarmante negli occhi e una voce convulsa, mi domandò: «Di che cosa hai paura? Sei una vedova, è un tuo diritto godere e amare».

Mia madre voleva che avessi paura perché ero vedova, lui invece mi voleva vedova, ma senza paura di trattenere gli istinti! Dovevo ribattere alla sua ennesima umiliazione: «Tua moglie è sola come una vedova. Ha forse diritto di godere con un altro uomo?».

Reagì come se avessi toccato una divinità sacra: «Mia moglie mi ama, non lo farebbe mai».

Chissà se la mia domanda lo aveva placato oppure ero riuscita a insinuare nella sua mente un sospetto che l'avrebbe fatto eruttare come un vulcano. Forse avevo intaccato la sua convinzione animalesca che la sua donna accorresse solo al suo odore e non a quello di altri uomini? Ebbene, la sua bocca pronunciò l'atroce sentenza: «Se lo facesse, la ucciderei».

Feci uno scarto improvviso. Mi terrorizzò il fatto che si fosse contraddetto in un attimo. Prima l'estrema sicurezza dell'amore della moglie e subito dopo il dubbio sino a dichiarare che l'avrebbe assassinata qualora l'avesse tradito.

Regnava il silenzio. Era come se avessi frantumato le parole, che simili a schegge di vetro gli si erano conficcate in gola. Stavo nuotando in un mare in tempesta, tuttavia riuscii a restare ferma nella mia decisione.

«Riportami a casa immediatamente», gli intimai.

* * *

Senza esitazione bussai alla porta di mia madre travolta dalla delusione e dalle lacrime. Solo il cuore di mia madre poteva soddisfare il mio bisogno di serenità. Il fardello della disgrazia poteva essere depositato solo su cuscini morbidi e accoglienti.

Aprì la porta. Sprofondai sul suo petto, come un fiore senza petali, una farfalla senza ali, una candela senza luce, nella speranza che avrebbe ricostruito quel che l'amore aveva distrutto. Tuttavia il suo profondo turbamento e il suo grido mentre mi stringeva al petto mi imposero di non confessarle la verità. Le dissi di avere litigato con la mia amica Aziza. Quando sollevai il viso bagnato dal pianto, notai il suo sguardo scettico, sentii che qualcosa dentro di lei le sussurrava che stavo mentendo. Si trattava di Jawad. Era felice come se aspettasse da molto tempo il momento in cui mi sarei liberata di lui. Avrei dovuto accontentarla e ammettere quel che era accaduto? La sua reazione e i suoi commenti mi avrebbero infuso coraggio e consolata? Oppure, una volta conosciuti tutti i particolari, avrebbe incitato mio padre e mio fratello a vendicarsi di lui e forse a impedirmi di andare all'università a pochi mesi dalla laurea? Furono istanti penosi e difficili durante i quali la mia mente formulò ogni tipo di congettura. Alla fine decisi che avrei continuato a mentire per non aprire un ennesimo capitolo amaro della mia vita. Rinunciai a svelare il segreto. Accanto a mia madre il dolore si era alleviato e questo era sufficiente. Trovai rifugio nel mio appartamento. Non avevo bisogno di una quiete che facesse discendere i propri angeli sul mio cuore per cacciarne il dolore. Avevo semplicemente bisogno della quiete del silenzio e della mia solitudine.

Venni accolta dalla calma del mio appartamento, illuminato solo dalla luce di un abat-jour rosa e dalle luci della strada che filtravano dalla finestra. Gettai il mio corpo distrutto sul divano. Mi rilassai godendo del silenzio che sgorgava da ogni angolo della casa. Era l'unico luogo in cui mi lasciavo andare e risanavo il mio corpo sfibrato e il mio cuore lacerato. Il silenzio non mi pesava, anzi, era un mio ospite e l'ospite gentile e gradito non infastidisce mai. Lo accoglievo, mi rotolavo tra le sue pieghe di seta, mi coccolava con i suoi colori, mi parlava con voce bassa simile a fogli di carta sottili inumiditi dalla rugiada. In quel silenzio trovavo sollievo da tutte le preoccupazioni, era la quiete dopo la tempesta che Jawad aveva scatenato dentro di me. Ebbi la sensazione di essere sul punto di svenire, ma a un tratto venni assalita da una domanda che come uno schiaffo risvegliò tutto il mio corpo: "E ora che ne sarà di te, Jawad? Ora sai di non conoscere affatto la verità dell'amore rappresentata dalla realtà della mia presenza. Parli a vanvera del corpo e del piacere e vorresti aizzare una vedova a infrangere ogni regola per diventare la tua amante? Vorresti trasformare la dolcezza dell'amore in un pantano peccaminoso? Non sono un oggetto da possedere. In quel palazzo ero assoggettata ai capricci e ai desideri nauseanti di un vecchio che si impossessava con gioia di un corpo senza vita e privo di ogni desiderio. Ma tu?

Anche se fossi un uomo in grado di accendere il fuoco dentro di me non mi assoggetterei, perché non cerchi un corpo che si sottrae alle regole sociali e alla legge di Dio".

Ero turbata. Il silenzio lievitava e all'improvviso il mio astio esplose. Iniziò una guerra che mi vedeva sfidare Jawad. Desideravo bruciarlo. L'amore poteva spegnersi in un istante? Oppure si affievoliva per poi rinascere dalle proprie ceneri come la fenice?

Guardai il telefono silenzioso. Che cosa avrei fatto se avesse chiamato per scusarsi? Che cosa avrei fatto se fosse tornato per riversare su di me il suo tracimante desiderio notturno? Mi sarei arresa e gli avrei offerto l'opportunità di avere la meglio su di me e sottomettermi ai suoi desideri? L'avrei fatto vincere perché intanto io, con la mia debolezza, avevo già sconfitto il vecchio?

L'odio cresceva dentro di me, mentre il rimorso per ogni istante d'amore che gli avevo donato mi lacerava e mi domandava insistentemente di salvaguardare la mia dignità e quel che restava del mio cuore ridotto a spazzatura e di chiudere una pagina triste della mia vita. Allungai la mano senza esitazione, staccai la spina del telefono per infilarmi nel mio letto freddo, dopo avere ingerito due compresse di tranquillante.

7

Il medico mi consegnò il certificato di ricovero, rammentandomi: «Non dimenticare di digiunare dopo le nove».

«Dal cibo o dal parlare?», scherzai.

Rise, mettendo in mostra la dentatura perfetta e smagliante: «Faresti bene a far riposare la voce prima dell'operazione».

Mi diressi verso la porta. Mi fermai un istante per raccomandargli: «Dottore… ti prego, prenditi cura di me, non voglio morire».

Sbalordito, ma con molta pazienza e cortesia, mi rassicurò: «La nostra vita è in mano a Dio, confida in lui».

«E in te, dottore».

Sorrise. Giocherellando con la penna come se stesse giocando con la mia insistenza, aggiunse: «Siamo solo esseri umani guidati da Dio per alleviare le sofferenze della gente».

Fece una pausa quasi a volermi invitare a uscire. Poi cercò ancora di tranquillizzarmi: «È un'operazione molto semplice. Non durerà più di mezz'ora. Non avere paura».

Non avere paura! Com'era possibile non avere paura? Ci sono forse uomini che non hanno paura? L'indomani mi avrebbero anestetizzata e chissà se mi sarei risvegliata oppure sarei stata consegnata nelle mani della morte. Sarei riuscita a superare la mia debolezza e a mostrare coraggio? Un interrogativo mi si ripresentava alla mente. Mi avvicinai nuovamente al dottore e gli chiesi: «Dottore… La paura è una sensazione naturale per tutti gli uomini, anche per te. Non hai forse paura?».

Rispose in modo sbrigativo: «Il credente non ha paura, affida tutto a Dio e confida in Lui».

«Ma è Dio che ha creato la paura e il coraggio. Tutte le caratteristiche contrastanti dell'uomo. Le tue parole dimostrano che tu neghi ciò che Dio ha creato».

Mi guardò torvo: «Che Dio mi perdoni. Non intendevo questo. Volevo semplicemente ricordarti che l'uomo dalla fede salda supera tutti i momenti di paura. Ecco perché non temo nulla».

Era come se dubitasse della mia fede perché non ero velata. Lo osservai ed ebbi la sensazione che stesse ingannando se stesso. Credeva di essere credente e coraggioso, invece aveva sperimentato e conosceva la paura. Come minimo era come tutti gli altri uomini che temono le proprie mogli e hanno paura del fallimento dei loro affari. Forse aveva già provato ciò che mi turbava e temeva che mi trattenessi ulteriormente per intavolare un discorso a lui sgradito, quindi si affrettò a concludere: «Domani voglio che tu sia coraggiosa e ottimista».

Uscii.

Il cielo era ricoperto di nubi che però non promettevano pioggia, il sole era caldo come una pagnotta appena sfornata, le strade erano affollate, il mio cuore era colmo di preghiere, la voce della cantante libanese Fairouz proveniva dalla radio simile a una lacrima che brillava intonando «Notti del triste nord… continuate a ricordarmi, ricordarmi». Spuntò il fantasma di Jawad che come me amava la voce di Fairouz. Mi aveva regalato le sue cassette, canticchiava brani delle sue canzoni mentre attraversavamo insieme la strada nelle notti d'amore ormai passate. Perché era spuntato proprio in quell'istante? Forse perché mi ricordava ancora? Forse si era pentito di avermi cancellata dal suo cuore e dalla sua vita!

Se solo si fosse reso conto che io non ero pentita di nulla e che invece ero serena perché ero passata attraverso le maglie della sua rete fuggendo.

Mi affrettai a raggiungere l'appartamento di mia madre. Bussai ripetendo il motivetto al quale l'avevo abituata. Mia madre era contenta della successione di battiti che le comunicava il mio arrivo. Un giorno mio fratello aveva cercato di imitare il mio motivo e mia madre, che stava lavando il pavimento della cucina, si era precipitata ad aprire ed era scivolata. Tuttavia si era rialzata a fatica ed era corsa ad aprire la porta. Quando si era trovata di fronte mio fratello era andata su tutte le furie esclamando: «Non bussare mai più come Nadia!».

Mio fratello si era pentito. Ma a mio padre, quando ebbe udito la storia, era venuta voglia di provocarla e lo aveva rifatto. Purtroppo non conosceva bene il mio tocco e la mia melodia, quindi mamma lo aveva lasciato sulla porta sino a che non aveva suonato il campanello. Allora gli aveva aperto e lo aveva anticipato con tutta l'ironia di cui era capace: «Ah... ah... credevi che fossi stupida! Nadia fa "*ti-ti-ta*" e tu hai fatto "*ti-ta-ta*"».

Il giorno in cui mio padre me lo aveva raccontato ero scoppiata a ridere a crepapelle e avevo sperato che mia madre non dimenticasse mai il mio tocco, così come io non avrei mai dimenticato il suo.

Mi aprì la porta. Era agitata. Prima che avesse il tempo di pormi una domanda, la anticipai dandole un bacio affettuoso e dicendole: «Devo mangiare in fretta. Dopo le nove devo digiunare. L'operazione è domani».

Mia madre scoppiò a piangere destando in me alcune domande: forse le madri hanno un pozzo inesauribile di lacrime? Trovano sollievo nel pianto? Oppure celano tristezza – quando sono arrabbiate, quando urlano, si infuriano, tutto finisce sempre in lacrime – per il dispiacere, perché sono state ferite nel profondo? Tutte le lacrime delle madri sono sincere come le loro preghiere della sera quando il cielo è inondato dalla luce della luna e si apre ad accoglierle. Non avrei mai dimenticato quanto aveva pianto mia madre per me quando avevo lasciato Jawad. Era come se volesse soffrire al posto mio per alleviare le mie pene. Quindi non era lei a consolare me, bensì io ad asciugare le sue lacrime.

Mia madre continuava a piangere mentre mi serviva altro riso e le verdure stufate. Le dissi che era sufficiente, ma lei insisté: «Devi nutrirti… digiunerai prima e dopo l'operazione!».

La sua voce era colma delle lacrime che stava cercando di trattenere. Si sedette davanti a me e prese a osservarmi, mentre consumavo avidamente il cibo e mi congratulavo con lei perché era un'ottima cuoca. Iniziai a parlare di ogni cosa in tutta serenità con l'intenzione di smorzare la sua paura, che era pari alla mia, mentre lei si sforzava di ridere e dire qualcosa.

A differenza di quanto era solita fare, mia madre lasciò la tavola apparecchiata e non lavò i piatti, e mi chiese di salire nel mio appartamento per preparare insieme la valigia. Invocò tre volte Dio prima di infilarci tutto l'occorrente per l'ospedale: indumenti intimi, due camicie da notte, asciugamani e ciabatte, spazzolino da denti e dentifricio, spazzola per capelli e creme varie. Non dimenticò nulla: la radiolina, la luce per leggere di notte che pinzavo sempre al mio libro, persino il rossetto e il fard. Tanto che scoppiando a ridere esclamai: «Sto forse andando a una festa?».

Rispose con enfasi: «Devo vederti pallida e smunta? Devi essere sempre bella e radiosa».

Non stava zitta. Continuava a recitare per me preghiere colme di affetto. Non so se per calmare e tranquillizzare se stessa oppure per rasserenare me, mi disse: «Non avere paura. È un'operazione semplice. Domani la tua voce tornerà a essere quella di un usignolo».

Mentre pronunciava queste parole indicò i miei uccellini che se ne stavano in silenzio. Forse avevano capito che me ne sarei andata lasciandoli alla solitudine e al silenzio? Chissà, forse salmodiavano preghiere affinché tornassi da loro sana e salva. Mi avvicinai a una gabbia, infilai la mano e l'uccellino ci balzò sopra. Iniziò a beccarla delicatamente, facendomi un leggero solletico. Ah... persino gli uccelli conoscono l'amore e lo sanno comunicare. Sono così innocenti da essere di sicuro più sinceri degli uomini.

Dopo che mia madre ebbe terminato di riempirmi la valigia, la chiuse, si diresse verso la finestra, aprì la camicetta mostrando il suo décolleté bianco e rivolse la sua dolce voce al cielo: «Signore mio, le ho preparato il corredo e adesso sarebbe pronta per trasferirsi dal suo sposo».

Poi si voltò verso di me e, con ancora maggior affetto, mi disse: «Uno sposo che ti meriti e di cui tu possa essere orgogliosa davanti a Dio e agli uomini, non un uomo con cui sposarsi di nascosto... Dio scopre tutti i segreti!».

Mi avvicinai a lei, le richiusi i bottoni della camicetta, le baciai le mani, le accarezzai il viso e sussurrai: «Basta, mamma. Ho dimenticato Jawad. Dimenticalo anche tu e sta' tranquilla».

8

Sapevo bene di parlare a un sordo, perché mia madre non avrebbe mai dimenticato il trauma, il dolore, l'amarezza che avevamo vissuto per colpa di Jawad; avrebbe continuato a provare rancore nei suoi confronti e a riversare su di lui gli strali della sua rabbia. Si augurava con tutto il cuore che prima o poi la sua vita venisse distrutta così come aveva distrutto la mia.

Non avevo dubbi in merito al fatto che Jawad mi avesse amata, tuttavia il suo desiderio di dominarmi era stato più forte del suo amore. Questo sentimento lo aveva spinto, quando mi ero ribellata, a giocare l'ultima carta. Mi aveva colto alla sprovvista proponendomi: «Sposiamoci».

Non credevo alle mie orecchie, dentro di me sentivo l'eco delle campane, avevo la sensazione di essere precipitata in un pozzo fatto di rose e nuvole. Avevo cercato di soffocare i trilli di gioia folle che uscivano dal mio cuore. Mi ero annodata la lingua per mantenere un gelido silenzio, mentre la felicità ardeva dentro di me. Avevo fatto finta di non sentirlo, quindi aveva alzato la voce: «Mi senti? Ti ho detto di sposarci».

Ero volata con il pensiero al petto di mia madre. Hai sentito quel che ho sentito io? Adesso che era disperato tentava addirittura la carta del matrimonio.

Mi ero prefissata come scopo quello di mantenere il sangue

freddo, di sembrare indifferente per fargli capire che la questione non sarebbe stata semplice come credeva. Senza esitare gli avevo risposto: «Forse la mia famiglia non acconsentirà… intendo dire… sei sposato e…».

Mi aveva interrotta: «Che problema c'è? Dio concede due, tre e quattro mogli…».

Avevo continuato ad aggredirlo e provocarlo: «E tua moglie? Gradirà forse una concubina?».

Evitando il mio sguardo, aveva balbettato: «Non lo saprà e non voglio che nessuno lo venga a sapere».

Il mio cuore palpitava, ero visibilmente turbata, e forse, proprio perché mi aveva vista accigliata, aveva cercato di addolcire i toni: «Sai bene come stanno le cose. Ci sono alcuni estremisti che farebbero il diavolo a quattro. Costoro denunciano i docenti universitari che hanno una relazione con una studentessa e…».

Lo avevo interrotto, mentre la mia gioia andava svanendo: «Non sarebbe una relazione di cui temere, ma un matrimonio conforme alla legge divina e alla tradizione del Profeta».

Aveva sbuffato infastidito: «Già… ma vorrei evitare i problemi e l'ira di mia moglie».

Temeva la reazione della moglie e non gli importava di ciò che avrebbe pensato la gente di me. Ero curiosa di sapere cosa gli frullasse per la testa e capire dove volesse andare a parare: «Che soluzione proponi?».

Aveva scagliato la sua risposta su di me come un proiettile: «Ci sposeremo in segreto».

Quelle parole erano precipitate sulla mia testa come una spada che aveva spaccato la mia mente e il mio cuore. Ero stata sbalzata in un solo istante dal letto di rose e nuvole a un cunicolo oscuro. Un rancore atroce si era impadronito di me… voleva sposarmi in segreto per continuare a respirare la sua libertà e appagare i suoi istinti come se io fossi una sua schiava. Non riuscivo più a trattenere l'odio e la rabbia, quindi ero sbottata: «E tu credi che la mia famiglia acconsentirà?».

Aveva cercato di essere affettuoso: «Amore mio, è un argomento che riguarda solo noi, non dobbiamo mica pubblicizzarlo!».

I suoi modi sprezzanti, mi avevano fatto esclamare: «Intendi il matrimonio?».

Non c'erano più segreti ed era sollevato perché avevo capito al volo le sue intenzioni: «Certo... un matrimonio di godimento previsto dal diritto islamico, così non potremo essere accusati di adulterio!».

Stava riversando i suoi luridi pensieri su un terreno che si illudeva fosse morbido. La sua insolenza mi aveva ferita, ero in piena ebollizione, ero sul punto di rifilargli uno schiaffo che l'avrebbe scaraventato a terra. Aveva l'espressione del lupo che giocava d'astuzia per ingannare la sua preda. Spinta dall'umiliazione subita, lo avevo guardato con disprezzo e gli avevo detto: «Innanzi tutto sai bene che si tratta di un'usanza sciita, mentre noi siamo sunniti. Seconda cosa, ma non meno importante, non mi fa certo onore legarmi a un codardo come te».

Avevo deciso di fuggire dalla sua bassezza. Mi aveva afferrata per il braccio e aveva detto: «Nadia... ti prego, cerca di capire!».

Avevo ritratto il braccio così violentemente che mi era sorto il dubbio di essermi stirata un nervo. Avevo esclamato: «Sono io che ti prego... credi di avermi così facilmente?».

Senza neanche rendermene conto ero volata come un fulmine fino alla mia automobile, avevo schiacciato l'acceleratore come se stessi schiacciando la sua testa e me l'ero svignata come se stessi fuggendo da una vipera velenosissima.

Il cielo era grigio, le nubi cupe erano trasportate e lacerate dal vento, venivano disperse per poi riformarsi e ricongiungersi formando ammassi più spessi simili a corpi di enormi animali. La strada davanti a me appariva annebbiata per via delle lacrime in cui annegavano i miei occhi. Vagavo e non sapevo che direzione prendere, ma l'auto sembrava fendere i cavalloni del mare della mia angoscia e distogliermi dai pensieri. Alla fine mi aveva riportata a casa.

Come al solito, Atiyya mi era venuto incontro festoso per aiutarmi a portare la pesante cartella con i testi universitari. Scesa dall'auto, avevo chiuso la porta con una tale violenza da farlo sussultare e chiedermi: «Tutto bene… signora?».

Avevo fatto finta di non sentirlo e, con voce convulsa per l'agitazione, gli avevo ordinato: «Lascia stare la cartella e pulisci l'interno della macchina».

Se ne era già occupato la mattina, ma avevo la sensazione improvvisa che l'automobile fosse impregnata dell'odore nauseabondo di Jawad, delle particelle del mio cuore lacerato e del sangue del mio onore ferito.

Non avevo osato bussare alla porta di mia madre, poiché ero immersa nel mio dolore, avvolta dal gelo della profonda delusione, quindi mi ero rintanata nel mio appartamento per gettarmi sulla prima poltrona e lanciare un grido disperato per il mio cuore soverchiato da un amore infranto.

Regnava un silenzio che tossiva come il torace di un tisico, la superficie dell'appartamento mormorava e soffocava. Mi sembrava di essere una fragile farfalla rinchiusa in una bottiglia nella quale non riusciva a respirare. L'unica voce che infrangeva il silenzio era quella di Jawad, come un chiodo fisso conficcato nella mia pelle. Ero debole e sfibrata e non riuscivo a rompere la bottiglia che mi soffocava, avevo bisogno di qualcuno che ricomponesse le mie fratture, raccogliesse i miei frammenti e trasportasse il mio cuore oberato dal dolore dalle tenebre verso la luce. Mi ero pentita di avere evitato la porta e l'abbraccio di mia madre nonostante vacillassi dal dolore. Mi ero appena sdraiata sul divano quando avevo sentito il campanello della porta. Era comparsa mia madre come un sole che sorge in una giornata avvolta dalle nubi. Di sicuro non era stato il suo cuore a riferirle del mio stato. Era stato invece Atiyya che, colpito dal mio aspetto, era corso da lei per avvisarla. All'improvviso mi ero librata dal fondo oscuro della mia bottiglia per gettarmi tra le sue braccia calde e aprire le cataratte del mio pianto e i lucchetti del mio segreto. Ah... nulla è paragonabile alle mamme, proprio come una fiammella può accendere una candela, così solo il suo semplice tocco era riuscito a frantumare il macigno delle mie sofferenze. Simile alla tenda leggera che protegge un'uccellina dal vento, mi accarezzava il corpo per accertarsi che il vento non mi amputasse le gambe, non mi spezzasse un braccio, non mi allontanasse. Mi aveva riscaldata facendo sciogliere il ghiaccio che mi ricopriva. Il mio silenzio le aveva fatto intuire che ero sconvolta. Immaginavo che sarebbe scoppiata, che avrebbe sferrato un attacco verbale contro Jawad dimenticandosi che tra le braccia aveva un pulcino terrorizzato. Ah... avevo proprio poca fiducia in mia madre! Al contrario di ogni mia aspettativa, lei aveva evitato di menzionarlo, di biasimarmi, di peggiorare la mia condizione, colmandomi d'affetto, avvolgendomi con le sue ali protettive, placando la mia agitazione, lavando via le mie sofferenze, recitando, tra le lacrime e la paura, versi del Corano e preghiere che potessero alleviare il mio dolore. Quando il calore e il senso di protezione erano calati nella mia anima, le avevo sussurrato: «Non ti preoccupare, mamma. Supererò anche questa prova».

* * *

È facile immergersi e tuffarsi in un mare di miele. Abbandonarsi nel liquido limpido. È facile bere oltre la nostra capacità di sopportazione dal favo, gustando il sapore fino a esaurirlo, lasciando dietro di noi solo le celle vuote. In seguito però entriamo in crisi d'astinenza, ne sentiamo la mancanza, temiamo di precipitare e iniziamo a lottare onde evitare le sabbie mobili. Immaginiamo di esserci salvati dalla depressione e dal dolore fisico, ma all'improvviso ci ritroviamo cosparsi di miele e con migliaia di insetti, di ogni specie, che accorrono verso di noi per nutrirsi dei residui sulla nostra pelle pungendoci, ferendoci e causando irritazioni. Siamo alla mercé di questi insetti insaziabili, fastidiosi, che combattono per purificarci dal dolore, per metterci in grado di medicare la nostra pelle, di rattoppare la nostra anima lacerata dalle ferite. Così mi impegnai a uscire dal mare di miele, sopportando i tormenti, curandomi le ferite e versandovi l'acqua della mia pazienza per sanarle. Mi sforzai di distaccarmi dalla rete di filo spinato e scavalcarla senza graffiarmi. Versai lacrime che lasciarono tracce sulle mie guance come il mare lascia il sale e altri frammenti sulle conchiglie e le rocce. Abbandonai l'università per rinchiudermi nel vuoto del mio appartamento come una gatta che ha perso i propri piccoli, come una piuma che si è staccata dalle ali e non riesce a posarsi sulla terra. Ero diventata come un foglio di carta sul quale non riescono a posarsi le lettere e sul quale l'inchiostro scompare. Da quel giorno iniziai a fumare in modo convulso, bruciando una sigaretta dietro l'altra, consumandomi a mia volta, riempiendomi i polmoni con nubi di fumo e rivestendo l'appartamento con il loro odore persistente. Mi resi conto di quanto la mia casa fosse invasa dal fumo solo quando gli uccellini iniziano a non cinguettare più e a starsene ritirati sul fondo delle loro gabbie. Allora spalancai le finestre, feci circolare l'aria. Gli uccellini ritornarono a cantare e a beccare avidamente i semi. Nel vederli sereni, provai a mia volta una sensazione di sollievo. Accesi la radio e mi misi a cantare le canzoni che venivano trasmesse; quando sentivo una canzone triste mi commuovevo, riprendevo a fumare e l'appartamento ritornava a essere una camera a gas. Ero avvolta da un atroce silenzio che mi lasciava indifferente.

Mia madre non mi lasciò soffrire da sola. Era come un giardino in fiore che accoglieva le farfalle silenziose e spente, irrorandole con il proprio affetto, dipingendone le ali con dolci parole e con la comprensione. Mi infondeva l'energia per farmi superare le mie angosce. Mi spronava a combattere la mia debolezza e a tornare all'università per sfidare a testa alta Jawad. Mi rifiutai: «Non voglio vedere la sua faccia».

Mia madre si fece seria e mi avvertì: «Devi pensare al tuo futuro. L'università era il tuo sogno».

Quando mi lasciò da sola, iniziai a raccogliere tutti i frammenti della mia mente, a parlare tra me e me per far venire a galla il vero segreto che mi aveva spinta alla fuga. Era vero che non volevo vedere il viso di Jawad perché lo odiavo dopo aver stabilito che si trattava di un'infatuazione oppure di una relazione seria che per gioco avevo buttato via? Oppure temevo che incontrarlo avrebbe potuto risvegliare i miei sentimenti e distruggere la mia forza di volontà facendomi desiderare ciò a cui mi ero opposta? Non nego che nelle prime notti di tormento avevo ripensato alla sua idea e l'avevo analizzata. Avevo pensato: "D'altronde che male ci sarebbe a concedere al mio cuore e al mio corpo un po' di gioia? Il matrimonio di godimento è pur sempre un matrimonio. Non si tratta di qualcosa d'illecito dal punto di vista religioso. È praticato pubblicamente dagli sciiti e in segreto da alcuni sunniti. Non è forse preferibile a un matrimonio pubblico ed eterno che mi leghi a un uomo che mi tormenta e umilia come è accaduto con il vecchio?".

Ero stata sul punto di convincermi, poi però mi ero ripresa e mi ero opposta, e non perché avevo paura della pena che avrei causato ai miei genitori qualora avessi deciso di accettare la proposta. Avrei potuto convincerli del fatto che non ero una "di quelle ragazze" al primo matrimonio, bensì una vedova che era già stata posseduta da un uomo, che non era più vergine e che avrebbe potuto essere chiesta in moglie solo da un vedovo come lei oppure da un uomo sposato come Jawad. Il principale impedimento risiedeva nel fatto che questo matrimonio non mi avrebbe soddisfatta come donna. Meritavo un marito che fosse orgoglioso di me davanti alla gente, con il quale affacciarsi al mondo senza remore. Inoltre mi meritavo di diventare madre così come sogna ogni donna. Un matrimonio segreto e a tempo determinato significava che l'uomo non avrebbe accettato di riconoscere un eventuale figlio per paura di esporsi. Una volta giunta a questa conclusione, avevo iniziato a tremare, ero stata sopraffatta dall'odio nei confronti di Jawad e quindi avevo deciso di fuggire e abbandonare l'università.

Tutto questo non era sfuggito all'attenzione di mio padre. Tuttavia non mi aveva affrontata con rabbia. Sapevo bene che mia madre l'aveva invitato a essere comprensivo e a controllarsi. Si era limitato a imprecare dicendo che gli uomini sono dei farabutti e a prendersi gioco della mia ingenuità e della mia impulsività con sguardi che trasmettevano un misto di biasimo e tacito rimprovero. Temevo solo il momento in cui avrei dovuto affrontare mio fratello. Avrebbe imprecato e poi maledetto la mia sconsideratezza e la mia testardaggine? Trasmisi la mia paura a Iman che cercò di tranquillizzarmi: «Tuo fratello si calmerà, perché solo da ultimo hai scoperto ciò da cui tutti ti mettevano in guardia».

L'incontro con mio fratello fu invece piacevole e disteso. Quando venne da me si diresse subito alla porta e la spalancò per far uscire il fumo. Si sedette corrucciato, avvolto dal fumo che restava. Tacque un po' prima di esordire: «L'amore è come il vento: non ne conosciamo le intenzioni, non sappiamo che cosa ci recherà, dobbiamo solo affrontarlo, piegarci e non spezzarci».

Estrassi una sigaretta per accenderla, ma prima che la fiamma del fiammifero la toccasse, mio fratello mi precedette e me la strappò di mano contrariato: «Queste sigarette ti uccideranno. Non ti basta quel che hai già? Mostra il tuo coraggio e smetti come ho fatto io».

Scoppiai a piangere e lui ricorse a tutto il suo amore fraterno per consolare le mie lacrime, mi accarezzò la testa e mi disse inasprendo la voce: «Dio mio, se non avessi paura degli scandali, saprei bene come sistemare quel farabutto!».

«Ti prego, fratello, non esporti al disonore... la questione ormai è chiusa».

Si mostrò scettico al riguardo e commentò: «Ci riproverà...».

«Credimi, non glielo consentirò. Ne va del mio onore».

Mio fratello trasse un sospiro, che mi sembrò di sollievo. Mi osservò, poi aggiunse: «Ti conosco bene. Sei forte, supererai anche questa prova e avrai un futuro splendente».

Mio fratello se ne andò dopo avermi stretta tra le sue braccia protettive che, simili a radici irrorate da un fiume ricco d'acqua, affondarono sino alle sponde del mio cuore e nel fondo della mia anima e rafforzarono la mia intenzione di perseverare nella mia decisione, di dimenticare Jawad per considerarlo solo un impetuoso vento passeggero che mi aveva un po' consumato i nervi ma non mi aveva distrutta.

Era il mio ultimo anno di università e non vedevo l'ora che si concludesse per fuggire da quel luogo che mi aveva fatto incontrare Jawad, per evitarlo e non curarmene più. M'impegnai seriamente nello studio perché avevo deciso di laurearmi con il massimo dei voti per dimostrargli che ero coraggiosa, che l'amore non mi aveva piegata e che la vigliaccheria di un uomo non mi aveva distrutta. Pian piano mi liberai di lui, poiché l'amore non sopporta la disperazione, e quando diventa un fardello inizia a indebolirsi e a venire meno, si riduce fino a che il cuore diventa come un limone spremuto o un seno che perde fibra, diventa cascante, viene colpito da un tumore incurabile e muore. Io amavo il mio cuore e volevo proteggerlo affinché continuasse a vivere. Mi sforzai di uscire da quello che immaginavo come un palmeto dove dagli alberi scossi cadevano datteri gustosi e che invece avevo scoperto essere un roveto. Ringraziai Dio per avermi fatta fuggire da quella trappola prima di morire dissanguata.

Il giorno in cui mi laureai a pieni voti, proprio come desideravo, fu uno dei più felici della mia vita. Sentivo di averlo sconfitto, di avere riscattato il mio onore nonostante le sofferenze che avevano lasciato profonde ferite nel mio cuore e che avevano rischiato di frantumare tutti i miei sogni.

Trascorsi alcuni mesi a mandare domande e curricula per trovare un impiego. Un giorno ricevetti una comunicazione secondo cui ero stata nominata insegnante di lingua araba. Corsi da mia madre per darle la buona notizia. Atiyya accorse e quando notò la gioia sul mio viso ne comprese il motivo. Con la voce traboccante di felicità, si affrettò a farmi le congratulazioni.

Lo ringraziai per l'affetto e la gioia che provava per me, avrei voluto continuare il mio volo verso mia madre, ma lui me lo impedì. Si avvicinò ulteriormente, come se volesse rivelarmi un segreto, e disse: «Grazie a Dio hai trovato lavoro. Quando manterrai la promessa che mi hai fatto?»

«Quale promessa?».

Gli si corrugò la fronte e mi lanciò un'occhiata di biasimo, ma al contempo di affetto e mi domandò: «L'hai dimenticata? Mi hai promesso di sposarmi e...».

Lo guardai stupita. Esitò un istante prima di continuare: «Non ti avevo forse detto quando eravamo al palazzo...».

Mi diedi un colpetto sulla fronte, scoppiai a ridere e, cogliendolo di sorpresa, gli risposi: «Ho cambiato idea».

Era visibilmente addolorato. Mi affrettai a correggermi per non ferirlo: «Prima di sposarti voglio che tu impari...».

«Che impari che cosa? A guidare?»

«No. Che tu impari a leggere e a scrivere».

Scoppiò in una sonora risata. Si tappò la bocca con la mano per un istante, poi commentò: «Sono vecchio per i libri».

«Non sei ancora vecchio, Atiyya. Domani andrai a iscriverti al Centro per l'analfabetizzazione».

Si oppose: «A che cosa mi serve saper leggere e scrivere?»

«Un domani, quando imparerai, lo saprai. Se prenderai la licenza elementare ti sposerò a patto che tu prometta di terminare gli studi dopo il matrimonio».

Il suo viso era radioso. Lo lasciai ai suoi sogni mentre io continuavo a pensare al coraggio che aveva dimostrato. Aveva forse iniziato a liberarsi dalla schiavitù quando mi ero avvicinata a lui e avevo eliminato le barriere tra padrone e servo? Che sarebbe accaduto se avesse studiato e imparato? Forse…

Il mio cuore fece un balzo per saltare oltre quel pensiero impossibile.

Ero arrivata all'appartamento di mia madre e avrei potuto darle la buona notizia.

Scoppiò a piangere dalla gioia, continuava a baciarmi, inondandomi con la sua felicità e le sue raccomandazioni. Ci dirigemmo in cucina, mi sedetti di fronte a lei per osservarla mentre preparava due tazze di caffè. Fece bollire l'acqua, aprì la dispensa, tirò fuori due tazze, sulle quali era disegnata una gatta. Ricordo che quando le aveva acquistate mi aveva detto felice: «Questa bellissima gatta ti assomiglia. Mi sono detta che dovevo comprartela».

Da quel giorno mi ero innamorata delle tazze e avrei voluto portarne una nel mio appartamento, ma mia madre me lo aveva impedito e, tenendola tra le mani, mi aveva detto: «Ho paura che tu la rompa!».

Mia madre ne era gelosa, come lo era della vecchia caffettiera dal manico rotto, con la quale aveva preparato per la prima volta il caffè a mio padre. Iniziò a diffondersi l'odore del caffè che saliva e mi riportava alla voce di Fairouz che cantava «un caffè all'incrocio, ci sono una stufa e un camino, e io e il mio amore lo rivestiremo di segreti». Iniziai a cantare. Mia madre, seduta, sorseggiò il caffè, e mentre lo gustava sorrise: «Ah… che cosa ti ricorda questa canzone? Ti prego pensa a qualcos'altro non a lui!».

Credeva che stessi pensando a Jawad, non immaginava di essere stata lei a riportarmi alla memoria i locali che frequentavamo insieme, dove bevevamo succhi di frutta e caffè. Il ricordo non mi fece rabbrividire, il mio cuore non palpitò nella speranza che lui tornasse, tutto l'amore era svanito. La tranquillizzai: «Tutto è finito. Acqua passata».

Nonostante l'allusione che aveva fatto, mia madre era persuasa che l'avessi dimenticato.

Giorno dopo giorno, mese dopo mese, ero guarita recuperando salute e nervi. Sul suo viso era comparso il sollievo e desiderava cambiare discorso abbandonando i ricordi: «Quando inizierai a lavorare?»

«La settimana prossima con uno stipendio di 400 dinari senza straordinari e…».

Mi interruppe: «Dio ti ha concesso ogni bene… che cosa ti cambia questa cifra?».

Le sue parole mi avevano colpita nel vivo. Ribadii: «Credimi, mamma, questa cifra è più importante di tutto ciò che possiedo. Sarà frutto del sudore della mia fronte. Aprirò un conto in banca riservato al mio stipendio».

Mia madre scoppiò in una risata ironica. La perdonai perché non conosceva il significato del denaro, non sapeva che cosa volesse dire faticare, non poteva immaginare che tutti i soldi del vecchio per me era come se non esistessero, non mi facevano sentire felice perché quando li usavo e li spendevo mi sembrava di liberarmi dei batteri di un antico lavandino.

A quel punto, ricordò Atiyya e le parole che l'avevano colta alla sprovvista, e, inasprendo il tono di voce, disse: «Sono vecchia per i libri».

Scoppiai a ridere: «Proprio come ha detto Atiyya».

Sorrise: «Lo conosco, non ce la farà».

Lo difesi subito: «Atiyya è intelligente e ce la farà, se Dio vuole».

Si morsicò le labbra: «Che cosa gli manca? Vive sereno e in pace. La mia paura è che una volta che avrà studiato si ribellerà».

Le inflissi il colpo finale: «Se studierà lo sposerò».

Mia madre ebbe un tuffo al cuore e commentò adirata: «Come lo sposerai? Fortunato questo Atiyya. Domani diventerà il padrone e gli mancherà solo un palazzo!».

Era come se mia madre mi avesse fatto balenare l'idea in testa. Non tardai a prendere una decisione: «Gli comprerò una casa».

Si afferrò i capelli con le mani, si alzò in piedi e gettò stizzita la tazzina nel lavandino: «Sei proprio impazzita!».

Continuai a difendere la mia idea e Atiyya: «Atiyya è al nostro servizio, ci protegge e noi dobbiamo rispettarlo».

«Altro che rispetto... mangia, beve, dorme e si prende un bello stipendio», ribatté.

Prima che potessi rispondere, arrivò mio padre che si rivolse a mia madre: «Che cosa succede? Perché alzi la voce?».

Come se la presenza del marito le avesse dato forza, convinta di uscire vincitrice, lei rispose: «Guarda com'è impazzita tua figlia! Sai che cosa ha detto? Se Atiyya imparerà a leggere e a scrivere, lo sposerà e poi gli comprerà una casa».

Mio padre si voltò verso di me, con il viso radioso e uno sguardo che sembrava voler lavare il mio viso dalla polvere, e disse: «Che Dio ti benedica. Atiyya è uno di noi».

Mia madre sospirò profondamente. Prima che il suo vulcano esplodesse, scappai nel mio appartamento lasciando a mio padre il compito di estinguere l'incendio.

* * *

Mi buttai sul letto e sprofondai con la testa stanca sul cuscino, sentivo il mio corpo disteso avvolto dal silenzio, mentre quest'ultimo si distendeva come una mantiglia trasparente del colore del cielo in primavera, lasciando cadere su di me stelline, che diffondevano le loro luci variopinte raggiungendo gli alvei chiusi della memoria, sfiorandoli, accendendoli, facendone vibrare i fili e consegnandomi alcuni ricordi del palazzo. Venni trascinata in quel luogo nonostante ne odiassi l'odore, provai un senso di nausea, persi conoscenza e svenni. Mi tuffai nei meandri di strade costeggiate da alberi di cactus, sospinta da un vento freddo che mi condusse al palazzo nel quale erano stipate statue immobili e sculture orribili. Ero terrorizzata. Cercavo di fuggire, spingevo le finestre sprangate per aprirle, ma invano, sembravano murate con il cemento. Corsi verso la porta, ma un grido fendette l'aria, paralizzandomi. Era forse l'ululato di un lupo o una forte folata di vento oppure l'urlo di spiritelli che fuggivano dalle notti buie? Mi voltai nella direzione da cui era giunto l'urlo. Vidi il vecchio, simile a una grigia mummia, seduto a gambe incrociate sul divano, che mostrava la sua dentatura consumata. Mi feci coraggio ed esclamai: «Tu?».

I suoi occhi emisero una scintilla di fuoco. Mi rimproverò: «Quando sei uscita? Dove sei stata?».

Non si aspettava una risposta. In ogni caso la mia lingua era bloccata dallo spavento che mi aveva provocato la sua vista. Si mosse verso di me, non preannunciando nulla di buono. Mi afferrò per il braccio, conficcandomi le unghie nella carne, alzò la mano e iniziò a schiaffeggiarmi il viso che sembrava fosse colpito da una pentola incandescente. Cercai di sottrarmi alla sua furia, ma lui era più forte di me. A nulla valsero i miei sforzi. Mi scaraventò a terra, si fiondò su di me e iniziò a urlare: «Georgette... Georgette!».

La domestica spuntò fuori da una porta come se non stesse aspettando altro che un cenno dal padrone per palesarsi. Portava un fagotto di stoffa bianca e glielo consegnò. Lui lo aprì e lo distese a terra. Mi prese con forza, mi gettò sul pezzo di stoffa e ordinò a Georgette: «Porta la bottiglia del sangue».

La portò. La stappò e produsse un suono simile a quello di un secchio che cade in un pozzo. Iniziò a cospargermi di sangue che emanava un odore fetido. Cercavo di fare attenzione affinché non mi cadesse sul viso. Una volta che il mio corpo fu interamente ricoperto di sangue, il vecchio le ordinò di fermarsi e iniziò ad avvolgermi nella stoffa, mentre mi dimenavo per liberarmi. Vani i miei sforzi. Solo il viso rimase fuori dal sudario che mi avvolgeva. A quel punto il vecchio urlò: «Atiyya… vieni!».

Il servo si precipitò nella stanza e si diresse a lenti passi verso di me. Riuscii a intravedere il suo corpo nudo. Carnagione scura, collo grosso che poggiava su due ampie spalle, torace glabro con seni rigonfi dai quali spuntavano due capezzoli delle dimensioni di un chicco d'uva, vita stretta e due natiche piene. Strabuzzai gli occhi quando vidi il suo "coso" che penzolava e fui sul punto di esclamare: «È questo che mi ha sventrata quella notte?».

Temetti che gli ordinasse di violentarmi. Quella notte non avevo avuto modo di vedere il suo corpo, ora invece lo conoscevo, sapevo com'era. Se si fosse avvicinato per sbranarmi, sarebbe stato più duro e più difficile. Sentivo il cuore pulsare, i denti battere, ma non tanto forte da evitarmi di udire anche la voce cavernosa del vecchio che ordinava ad Atiyya di iniziare. Nell'istante in cui mi assalì, raccolsi tutto il fiato che avevo in gola, lanciai un grido che mi fece vibrare tutta e balzai in piedi come se volessi uscire da un sepolcro chiuso da un macigno di pietra. Aprii gli occhi e mi ritrovai avvolta dal silenzio più profondo. Erano scomparse le stelline e sentivo solo l'eco del mio grido rimbombare nell'appartamento come un ruggito di rabbia.

Il mio corpo tremante era immerso in una pozza di sudore. Per fortuna mi ero svegliata prima che la frusta di Atiyya potesse colpirmi e riaprire vecchie ferite. Avevo sete, ero disidratata. Presi la bottiglia dell'acqua e la bevvi tutta d'un fiato, provando una meravigliosa sensazione di sollievo. Abbracciai il cuscino e iniziai a pensare: perché mai quell'incubo? Perché proprio quella notte? Forse il vecchio era turbato da quel che avevo intenzione di fare ad Atiyya, quindi aveva deciso di eliminarmi tramite Atiyya stesso? Voleva essere l'unico a provvedere al suo sostentamento di modo che restasse il suo servo esclusivo per l'eternità, anche dopo la sua morte?

Provai un forte senso di colpa. Che cosa avevo mai offerto ad Atiyya? Una mansione, quella di custode dell'immobile, che non gli si confaceva. Il vecchio invece l'aveva affrancato, lasciandogli un'ingente somma di denaro e la nazionalità kuwaitiana. Perché alla morte del vecchio non mi ero affrettata ad affrancare davvero Atiyya, facendolo studiare e sposare, regalandogli una casa che accogliesse lui e la sua famiglia? Perché l'avevo dimenticato tutti quegli anni? E ora che avevo preso la decisione di ripagarlo e aiutarlo, ecco il vecchio che voleva spadroneggiare ancora su di me, tormentandomi in sogno, per farmi cambiare idea! Oppure era mia madre, che si opponeva alla mia decisione, ad avere indossato i panni del vecchio? Mia madre che non aveva e non avrebbe dimenticato il gesto di Atiyya, nonostante fossi stata io a essere violentata e frustata, nonostante io avessi superato la questione e l'avessi perdonato.

Perché avevo perdonato Atiyya? Perché non provavo rancore nei suoi confronti, non lo odiavo per avermi violentata, frustata e per non avermi aiutata a fuggire? Perché non l'avevo cacciato, abbandonandolo a se stesso e alle intemperie della vita? Perché l'avevo tenuto con me, nonostante volessi liberarmi di tutto il marciume del passato? Avevo persino sacrificato il palazzo, il sogno di mia madre, ma non avevo sacrificato Atiyya. Si trattava solo di pietà nei suoi confronti? Lo consideravo come il cane fedele che cresce in una casa e non conosce il mondo esterno, che si ciba di ciò che il padrone gli mette nella ciotola per poi raggomitolarsi ai suoi piedi in cerca di protezione. Dove sarebbe andato a finire dopo essersi abituato alla vita di palazzo e al suo padrone? Era questo il motivo che mi aveva spinta e convinta, unitamente al fatto, ancora più importante, che volevo bene e stimavo Atiyya per la sua fedeltà al padrone, nonostante quest'ultimo lo tormentasse e lo umiliasse, quindi potevo ben sperare che sarebbe stato fedele anche a me. La mia intuizione non mi aveva ingannata. Il suo cuore era un prato sul quale potevo rilassarmi, un fiore che temevo potesse essere rovinato da una folata di vento o da un acquazzone, privando me e la mia famiglia dei suoi servigi. Quando salivo in auto, si fermava accanto alla portiera e recitava preghiere sincere affinché Dio mi proteggesse dai pericoli della strada. Continuava a salutarmi con la mano e si allontanava solo quando scomparivo dalla sua vista. Quando rientravo accorreva verso di me, come se fiutasse il mio odore, e mi accoglieva con gioia e struggimento. I suoi denti, persino i molari, sembravano scintillare dalla felicità. Molte notti quando soffrivo di insonnia, mi affacciavo alla finestra e lo vedevo percorrere il cortile come una guardia notturna che ci sorvegliava e proteggeva dagli intrusi.

Quando iniziò ad andare a lezione, si sforzava di memorizzare tutto. All'inizio immaginai che s'impegnasse per sfidare mia madre e non dargliela vinta. Invece scoprii che era come il bambino che vuole dare soddisfazione alla madre per essere ringraziato, lodato e ricompensato. Si dedicò all'impresa con tutte le energie per darmi soddisfazione. Quando trovava una parola difficile oppure un'espressione che non capiva, bussava timidamente alla mia porta affinché lo aiutassi. La prima volta in cui si presentò, si mise sul pavimento appoggiandosi alle gambe del divano sul quale ero seduta. Mi dispiaceva però vederlo come un servo che guardava dal basso in alto il padrone. Mi alzai quindi dal divano e lo condussi alla tavola da pranzo. Gli chiesi di sedersi al mio fianco. Lui esitò. Mi mostrai irritata, quindi imbarazzato obbedì. Ma dopo quel giorno si abituò persino alla mia mano appiccicata alla sua per imparare a tracciare le lettere più difficili. Un giorno mi stupì portandomi un grande foglio sul quale aveva scritto a caratteri enormi il mio nome, decorato con vari colori. Presi il foglio, lo appesi alla parete e gli regalai una scatola intera di Kit Kat, che adorava. Sentivo che era geloso di me. Un giorno, in cui indossavo una camicetta senza maniche, venne un operaio a sistemare l'impianto di condizionamento. Atiyya si guardò intorno e individuò solo la tovaglia. La tolse dal tavolo e me la mise intorno spalle come uno scialle. Era geloso anche degli sguardi. Una mattina aprii la porta vestita solo della mia camicia da notte trasparente, credendo si trattasse di mia madre. Quando mi vide, girò rapidamente la testa come se non avesse mai visto il mio corpo nudo.

Amavo Atiyya di un amore caldo e tenero, lo coccolavo, gli regalavo vestiti e attenzioni, temevo per lui. Mi preoccupavo quando aveva mal di testa oppure la febbre oppure mal di stomaco. Gli preparavo una limonata calda, gli facevo prendere le medicine all'ora giusta, insistevo affinché restasse a letto e non si alzasse per nessun motivo, a meno che non glielo avessi chiesto io. Lui rispettava i miei ordini per un giorno o due, poi si alzava sostenendo che ormai era guarito. Nonostante temessi per la sua salute, il mio cuore palpitava di gioia. Ero consapevole di quanto mi amasse e ne ricevevo conferma ogni volta in cui ero triste o felice, e quando mi arrabbiavo con lui per qualsiasi motivo, anche per una stupidaggine, iniziava a girarmi intorno e s'inventava una scusa qualsiasi per bussare alla porta oppure raccoglieva i fiori più belli del giardino e me li consegnava di modo da strapparmi un sorriso. Sembrava un uccellino che si rotolava nella pioggia. L'unica cosa che mi dava fastidio di Atiyya era l'odore del suo corpo, un misto di aglio stantio e aceto. Quand'eravamo al palazzo non ci avevo mai fatto caso. Invece sin dal primo giorno in cui aveva iniziato a lavorare nell'immobile di mia proprietà quell'odore aveva iniziato ad assillarmi. L'avevo sopportato due mesi durante i quali non ero riuscita a trovare un modo per farglielo notare senza ferirlo. Infine trovai la soluzione.

Un giorno gli portai una busta piena di sapone profumato, colonia e vari tipi di deodorante. Quando mi vide con la busta in mano si affrettò per prenderla, ma non la mollai e dissi: «Vieni su… ho bisogno di te».

Era estate e l'umidità era soffocante. Quando chiusi la porta dell'ascensore venni assalita dal suo odore di cui non sapevo di preciso l'origine. Non vedevo l'ora di uscire dall'ascensore. Avevo bisogno di una boccata d'aria pura. Non appena la porta si aprì, mi precipitai fuori. Entrai in casa seguita da Atiyya e dal suo odore.

Appoggiai la busta sul tavolo, l'aprii, ne estrassi il contenuto che disposi davanti a lui e…

«Guarda Atiyya… questo è sapone, questo è profumo e questo…».

Sollevai il braccio e indicai la mia ascella, dopodiché pigiai il diffusore e spruzzai in ogni dove il deodorante profumato. Mi vergognavo perché ne avevo usato una quantità spropositata, tuttavia mi feci coraggio. Dovevo farlo. Abbassando lo sguardo gli dissi: «Questo serve per eliminare l'odore del sudore. Devi metterlo ogni volta che fai il bagno».

Non avrei mai dimenticato il mio innocente peccato di quel

giorno. Atiyya s'inchinò profondamente mortificato. Il suo corpo tremava al mio cospetto come se fosse stato sorpreso da un forte vento autunnale oppure da una tempesta di sabbia. La sua voce melodiosa si trasformò in un gemito: «Signora mia... noi servi abbiamo la pelle intrisa di un odore acre che non va via...».

Lo interruppi bruscamente: «Non ha senso quel che dici. Tutti i corpi emanano un odore se non vengono lavati. Ascoltami. Devi farti il bagno una o due volte al giorno in base alle esigenze e poi vedrai».

Prese tutto quel che avevo acquistato per lui e se ne andò talmente di fretta che sbatté contro la porta. Era come se il mio cuore fosse stato colpito da una stilettata. Soffrivo per lui. Tuttavia era necessario che mi liberassi da quel peso per liberarlo da quell'odore. Da allora Atiyya aveva fatto tutto quel che gli avevo chiesto per compiacermi. Era diventato pulito, splendente, profumato e l'odore acre era scomparso per sempre.

9

La sera vennero Faysal e Iman. Il mio appartamento risuonava delle grida dei bambini. La più piccola mi si aggrappò al collo e, in totale innocenza, mi chiese: «Il dottore ti taglierà la gola? Ho paura che tu muoia».

Mia madre l'allontanò da me ed esclamò: «Non ti preoccupare per la zia… se Dio vuole tra due giorni tornerà a casa».

Mia madre insisté per dormire da me. Nonostante percepissi la sua apprensione, non acconsentii che restasse. Mi terrorizzava l'idea che dormisse al mio fianco come se dovesse salutarmi per l'ultima volta. Seccata, accettò la mia decisione e prima di uscire mi ricoprì di baci e di raccomandazioni.

Restai sola, avvolta dalla quiete. Spensi tutte le luci tranne l'abat-jour verde. Il triste silenzio diffondeva la sua particolare luminosità. Un silenzio tessuto con colori argentei aleggiava per la stanza mentre io sembravo un'imbarcazione che si addentrava in mare aperto per la prima volta. Le onde mi sballottavano e la schiuma mi sollevava. Chiusi gli occhi. Mi sembrava di essere precipitata negli abissi marini e di essermi adagiata sulla loro morbida sabbia. L'onda si era calmata, concedendomi il silenzio per ripensare agli anni passati, per ricordare la mia vita con il vecchio senza riuscire a pescare nemmeno un sorriso. Mi ritornò alla mente l'incessante silenzio che ritenevo l'unica arma per comunicare la mia ripugnanza e il mio disprezzo per la vita al palazzo, e che serbai fino al giorno in cui, con la morte del vecchio, spuntò il sole. Non appena era tornata a risplendere la vita intorno a me e avevo cominciato a riscoprire le risate che avevo represso, era arrivata l'esperienza con Jawad. L'orizzonte si era fatto più ampio, ma poi si era ristretto a tal punto che mi ero liberata da quell'esperienza. Che cosa mi attendeva in futuro?

Il silenzio iniziò a diventare insostenibile... sempre più insostenibile sino a infrangersi all'improvviso, spezzato da una serie di esplosioni. Lo spavento mi riportò dal fondale marino verso la sala dove mi trovavo. Aprii gli occhi, guardai gli uccellini rinchiusi nelle gabbie. Erano taciturni come se avessero deciso di intraprendere il viaggio nel silenzio del mio cuore. Mi avvicinai, cinguettando, canticchiando e ricordando com'era bella un tempo la mia voce e quel giorno in cui il mio vecchio mi aveva sorpresa a cantare e non era riuscito a celare il proprio stupore. Quando aveva notato l'imbarazzo sul mio viso pentito, aveva risucchiato tutta l'ammirazione dicendomi: «Che cosa sarà mai la tua voce in confronto a quella di Umm Kulthum?».

Lasciai i miei uccellini solo dopo averli sentiti cinguettare e visti svolazzare. Mi diressi verso il letto, mi distesi, spensi la luce e lasciai che la coltre di silenzio si agitasse, per poi stancarsi e cadere su di me.

* * *

La mia famiglia – mia madre, mio padre, Faysal e Iman – mi accompagnò in ospedale. Atiyya aveva supplicato per venire con noi, ma mia madre si era opposta. Mi ero avvicinata, gli avevo stretto la mano, gliel'avevo accarezzata e lo avevo rassicurato: «Non ti preoccupare, andrà tutto bene».

Mi aveva rincorsa per baciarmi sulla testa con gli occhi

colmi di lacrime. Quando si era chinato per baciarmi la mano, dal suo corpo si era levato un profumo gradevole simile a quello che preannuncia l'arrivo dell'autunno.

In ospedale entrai nella mia stanza dalle pareti e il letto bianchi. All'improvviso mi ricordai del sogno con il vecchio e immaginai che il letto fosse una bara e le lenzuola un sudario. Mia madre, come se avesse letto quel che mi passava per la mente, si affrettò ad aprire la valigia dalla quale estrasse le mie lenzuola rosa e prima che iniziassi a stranirmi, mentre cambiava la biancheria, mi disse: «Sono come te, non mi piacciono le lenzuola bianche. Me ne sono ricordata e le ho infilate subito nella valigia».

Mi aiutò a salire sul letto e a sistemarmi. Entrò l'infermiera e mi consegnò un camice bianco e una cuffia per i capelli bianca. Mia madre, scoppiando a ridere, mi disse: «Non sono riuscita a farli cambiare... abbi pazienza!».

«Uffa, lo so, li fanno solo di questo colore», mi lamentai.

Tutta la famiglia uscì dalla stanza e restai sola con mia madre che mi aiutò a svestirmi. Riuscì a mantenere la calma fino al momento in cui indossai il camice. In quell'istante la sua freddezza crollò e scoppiò a piangere. Mentre mi stringeva al petto, sentii un profumo simile a quello della frutta fresca. Entrò un'altra infermiera con lo strumento per misurare la pressione e il termometro. Quando mi infilò quest'ultimo sotto la lingua, sentii che era l'inizio del silenzio. Terminò in tutta fretta quello che doveva fare e uscì mentre ne entrava un'altra con la strumentazione per l'elettrocardiogramma. Mi cosparse il petto, le braccia e i piedi di gel attaccaticcio, poi vi applicò gli elettrodi attaccati ai fili. Attivò il macchinario mentre me ne stavo tranquillamente distesa a fissare il viso preoccupato di mia madre in attesa del risultato. L'infermiera, liberandomi dai fili, la rassicurò. Dopodiché iniziò a preparare l'ago. Passarono alcuni minuti prima che trovasse la vena adatta, poi proseguì con i preparativi per l'anestesia. Preparò un altro ago che infilò delicatamente nel muscolo per poi estrarlo.

Sentii la gola che s'intorpidiva man mano che l'anestesia si diffondeva nel mio corpo, che sembrò entrare in una fase di torpore simile a quello che precede il sonno. Mi si offuscò la vista, il sonno si stava impadronendo di me e avrebbe avuto la meglio se non fosse stato per il rumore causato da un gruppo di infermieri che entrarono per mettermi sulla barella. Mi trasferirono con delicatezza sul mio nuovo letto che era stretto, ma sufficiente a contenere il mio magro corpo. Mi portarono in sala operatoria, verso l'ignoto, verso un luogo dal quale non sapevo se sarei tornata.

Mia madre stava per scoppiare in lacrime. Si aggrappò alla barella mentre mi portavano via. Appoggiò la testa accanto alla mia e rimase così fino a quando giungemmo a un punto oltre il quale non erano ammessi nemmeno i familiari. Allora si chinò su di me, mi baciò, inondandomi di lacrime e preghiere. La paura riecheggiava dentro di me.

Gli infermieri mi lasciarono in un corridoio stretto; arrivò l'anestesista, mi tirò il braccio per infilare un altro ago. Lo bloccai e, terrorizzata, gli domandai: «Dov'è il dottore?»

«In sala operatoria, ti faccio una puntura poi entriamo», mi rispose con un sorriso.

«Non entrerò se prima non lo vedo», insistetti.

Provò a convincermi, ma non cedetti. Scomparve per tornare accompagnato dal dottore, che indossava i guanti trasparenti e la mascherina che gli copriva mezzo viso, lasciando spuntare i suoi begli occhi che sembravano ancora più grandi. Mi giunse la sua voce affettuosa: «Hai paura?».

Annuii con il capo.

«Non averne. Qualche minuto e ritornerai nella tua stanza con i tuoi familiari».

Tuttavia la paura che mi colpiva come una raffica di vento fece sì che lo implorassi: «Ti prego, dottore, non voglio morire».

«Pensa a Dio e sii ottimista».

Ordinò di infilarmi l'ago nel braccio mentre io mi affrettavo a recitare il versetto coranico del Trono e la professione di fede.

Quando aprii a fatica gli occhi, vidi il viso disteso e sereno del dottore. La sua voce era stranamente alta, come se avesse voluto rassicurarmi che si sarebbe preso cura di me e della mia vita: «Grazie a Dio tutto è andato bene».

Ispezionai con lo sguardo la stanza per accertarmi di essere ritornata in vita. Vidi i volti dei miei familiari. Non mi sfuggirono gli occhi gonfi di mia madre e di Iman. Continuavano a ringraziare il dottore per avermi riportata a loro. Gli indicai il mio collo, mentre tossivo. Mi ordinò perentorio: «Non puoi nemmeno tossire. Aumenterà il dolore».

Si voltò verso la mia famiglia e li avvisò: «Non deve pronunciare nemmeno una parola. Non può neanche sussurrare. Preferisco che la lasciate riposare».

Piombai nuovamente nel sonno. Mi risvegliai nella stanza vuota e avvolta dal silenzio.

Tracce di silenzio rivestivano ogni angolo della camera. Trasportavano gli odori dei luoghi che avevano calpestato, diffondevano musica, venti, brezze che ci facevano rabbrividire, danzare, cercavano di farci catturare odori e sussurri, ma riuscivamo solo ad afferrare il vuoto. La stanza si era allungata, assumendo la forma di un morbido tunnel. All'improvviso mi sentii scivolare dolcemente per poi cadere al centro di una sfera trasparente chiusa e nuotare in un liquido puro che odorava di latte. Iniziai un viaggio simile a un sogno dai mille colori, il mio corpo mi sembrava piccolo, rosa, morbido, nudo. Avevo un cappio elastico al collo che faceva in modo che sentissi i battiti del cuore e i respiri di mia madre. La sfera trasmetteva affetto, mentre mi rigiravo al suo interno. Il suo silenzio luminoso mi diventò amico come se dalie mi facessero ombra e grappoli d'uva scendessero sulla mia bocca. Ero pervasa dalla serenità. La luce filtrava dentro di me mentre una voce mi sussurrava all'orecchio: «Tornerai al mondo, bella signora. Il vento non ti abbatterà. Il mare non ti trascinerà lontano».

Mi risvegliò il rumore della porta che si apriva lasciando penetrare la luce del corridoio. Entrò l'infermiera e si scusò perché mi avrebbe dato fastidio. Mi infilò il termometro sotto la lingua che conservava ancora il sapore del latte della sfera. Mi avvolse intorno al braccio il manicotto dello sfigmomanometro e prima di andarsene controllò la flebo. Mi augurò la buonanotte e uscì.

Rimasi in compagnia del silenzio notturno. Osservai la piccola stanza. Era tutta bianca quindi sembrava più spaziosa. Ciononostante il silenzio che vi regnava era simile a un tumore benigno che la trasformava in una cella nella quale mi sentivo prigioniera di numerosi carcerieri: del silenzio, del dolore e dell'impossibilità di parlare. Ricordai la promessa del medico: «Tornerai a parlare». Mi sentivo umiliata, provavo una forte tentazione frammista a paura che mi spingeva a tradire il medico. Volevo mettere alla prova la mia voce per verificare che l'operazione fosse riuscita, che il dottore non avesse commesso alcun errore e che le mie corde vocali funzionassero ancora. Contravvenni alle sue indicazioni, mi misi seduta e mi preparai al difficile compito di affrontare la realtà scoprendo quindi se avrei trillato di gioia oppure sarei rimasta perennemente muta. Recitai le sure coraniche che portano fortuna e iniziai a contare: «Uno… due… tre…».

E provai a pronunciare il mio nome.

«Nadia…».

Che cos'era quel suono che avevo sentito?

Era la mia voce oppure la voce di un cucciolo dimenticato dalla madre e affamato? Mi toccai il collo; era freddo, lo massaggiai per riscaldarlo. Osai e cercai di sforzare la voce, ma ancora una volta apparve il cucciolo che cercava disperatamente il seno materno. Ero demoralizzata! Quella voce esile, discontinua, che oscillava come un filo sospeso nell'aria, non era la mia voce e non le somigliava neppure. La mia voce non aveva quel tono, non era così afona. La voce che sentivo non aveva nulla di bello, non potevo accettarla come mia. Scoppiai a piangere, ingoiai le lacrime il cui sale mi bruciava in gola, mentre una domanda mi tormentava: "Come potrò rivolgermi alle persone con questa voce gracchiante e terrificante?".

Il silenzio della stanza perdurava insistente raddoppiando la mia umiliazione. Mi sembrava di essere precipitata nell'inferno. Sentivo le studentesse gridare prendendosi gioco della mia voce. Il fuoco divampava intorno a me. Mi avvolsi nella coperta rosa e fuggii dalle fiamme. Chiusi gli occhi e mi sforzai di addormentarmi per poi risvegliarmi da quell'incubo. Ma caddi nell'inferno dei sogni, le cui fiamme mi ustionarono quanto la realtà.

Quando il dottore mi guardò in viso, la mattina seguente, si stupì del gonfiore dei miei occhi e si affrettò a chiedermi il motivo della mia disperazione e della mia tristezza. Presi un foglio di carta e scrissi: "La mia voce è scomparsa. Ieri ho provato a parlare, ma non ci sono riuscita".

Si fece scuro in viso e mi rimproverò: «Non ti avevo avvertita? Se ci proverai un'altra volta, la perderai definitivamente».

Lo guardai e notai la compassione nei suoi occhi. Si chinò sul letto e mi disse in tono affettuoso: «Credimi... la tua voce tornerà a essere bella. Non dimenticare che dovrai fare gli esercizi che ti indicherà la logopedista. L'importante è che tu mantenga il silenzio per due settimane».

Si voltò verso l'infermiera, le ordinò di togliermi la flebo, poi si rivolse a me: «Puoi mangiare normalmente... evita però pepe, sottaceti e caffè».

Gli scrissi: "Quando uscirò?".

Sorrise: «Due giorni».

Uscì dalla stanza dopo essersi raccomandato nuovamente: «In silenzio per due settimane».

Due settimane...

Come sarebbero passate? Quando il vecchio mi aveva imposto il silenzio, ero padrona della mia voce. Non appena lui usciva dal palazzo urlavo in modo patetico, cantavo nel bagno perché lì la voce rimbombava, cinguettavo il mio amore all'uccellino in gabbia come me, gridavo quando rimproveravo le domestiche se non facevano il loro dovere, parlavo sottovoce ad Atiyya implorandolo di aiutarmi a fuggire. Modulavo la mia voce a seconda del momento e della persona cui mi rivolgevo. Ora era solo un suono sguaiato, e sarebbe ritornata forte, squillante, melodiosa solo se avessi obbedito al dottore. Sarebbe stato forse più difficile che sottostare agli ordini amari del vecchio?

Quando Atiyya comparve davanti a me fu una vera sorpresa. Felice di rivedermi, fece cadere e mescolò tutte le sue carte. Era preoccupato per me. Mi prese le mani e le irrorò di lacrime, poi mi ricoprì il volto di baci. Aveva il cuore che batteva all'impazzata mentre guardava il mio colorito pallido. Non mi vergognai di mia madre. In un battibaleno tutta la mia ritrosia svanì, lo abbracciai con forza e dolcezza e lo baciai. Come un uccellino sparuto, volò sospinto dalla gioia fino all'automobile per portare la mia valigia senza badare al viso di mia madre avvolto dalla rabbia. Brontolò: «Ci mancava solo che lo baciassi!».

* * *

Il silenzio della mattina, nonostante fosse difficile, aveva urla che risvegliavano la vita intorno a me quando l'alba fendeva la cortina delle tenebre, vibrava nell'aria la soave voce del muezzin proveniente dalla moschea vicina e subito dopo s'iniziavano a sentire i passi delle persone che accorrevano alla preghiera. I gatti miagolavano e il cane del vicino abbaiava. Il camion che raccoglieva i rifiuti faceva rumore. Le automobili si mettevano in moto. Gli uccellini iniziavano a cinguettare dando il benvenuto alla luce e al sole che sorgeva. Il mare intonava la sua melodia, si agitava diffondendo la schiuma dei cavalloni e delle onde fino alla calda sabbia con un'incontenibile sensualità. Il vento gemeva attraverso le finestre di alluminio. Mi sembrava che ogni cosa alzasse il tono per salutarmi e darmi il buongiorno. Il mio silenzio mi consolava, promettendomi che ben presto avrei potuto godere della voce.

Me ne stavo seduta da sola di fronte al mare, come se trovassi ristoro sulle sue ali cristalline. Il silenzio mi cullava senza toccarmi, non mi spogliava, non cambiava il modo in cui mi sedevo, non giocherellava con le mie dita morbide, non mi rovinava lo smalto rosa, non mi tirava i capelli, non mi mordeva le labbra, e la voce di mia madre contribuiva ad abbellire quel silenzio. Quando mi portava il vassoio con la colazione mi diceva: «La colazione, cuore mio. Mangia tutto che ti fa bene».

La dolcezza della sua voce mi rinfrancava come la primavera che rinasce, colorata come i coriandoli delle feste e delle cerimonie in cui venivano elette le reginette di bellezza. Guardai il vassoio. Le chiesi, con un gesto della mano che disegnava nel vuoto, la caffettiera e la tazzina. Sospirò e rispose: «Quando guarirai. Un caffè potrebbe nuocerti».

Mia madre veniva ogni giorno a farmi compagnia all'ora di colazione. Non prendeva il suo solito caffè per non provocarmi o farmene venire voglia. Non smetteva di parlare né di farmi domande alle quali potevo rispondere con un cenno del capo o con carta e penna. Quando mi chiedeva di scegliere che cosa volevo per pranzo, le scrivevo: "Qualsiasi cosa abbia il tuo profumo e sia buona come le tue mani".

Così trascorrevano le mattinate. Ero come una puledra che non poteva nitrire. Il primo giorno di silenzio i miei uccellini, come se lo rispettassero e lo onorassero, non avevano cinguettato. Era difficile per me sopportare che tacessero per compiacermi, avevo bisogno del loro cinguettio per sentire che il mondo era meraviglioso e splendente e per avere la pazienza e la gioia di sopportare quel momento. Avevo preso il campanello di rame, l'avevo agitato, ma il suono non li aveva risvegliati. Continuavano a farsi desiderare. Scoppiai a piangere, e in quell'istante iniziarono a saltellare, a cinguettare, sembrava volessero asciugarmi le lacrime e colorarmi il viso con fazzoletti di luce. Gli uccellini avevano capito la lingua della mia tristezza, della mia supplica, e quindi avevano deciso di porre fine al loro digiuno vocale. La loro voce assomigliava a un insetticida che poneva fine al silenzio, che lo scacciava, raccogliendolo in un unico ammasso che sentivo svanire... svanire per trasformarsi in una macchia sulla parete.

* * *

Il silenzio delle serate era squallido e sconfortante ed era paragonabile solo alla desolazione che mi aveva avvolta nel palazzo del vecchio, quando mi isolavo nella mia stanza dopo essermi lavata dal sudore e dalla sporcizia del suo corpo. Allora, mi sembrava che tutte le pareti fossero cosparse di nero. Emettevano un cigolio che mi irritava mentre la segatura volava via accumulandosi fino a diventare simile a un covone di fieno, abitato da lucertole e insetti. La desolazione mi oberava al punto da soffocarmi, e l'unico modo che avevo per sconfiggerla e spezzarne il silenzio era spalancare le finestre, nonostante il rigido freddo invernale con le sue piogge e l'estate cocente che riversava su di me venti avvelenati dalla sabbia del deserto. Sopportavo, pensando che avrebbero scacciato i cumuli di solitudine e la mia sensazione di angoscia. Ma nonostante tutti i miei tentativi di allontanarli continuavano a minacciarmi e a non diminuire. Mi trovavo in quello stato di sconforto del quale mi sarei liberata solo andando dal mio uccellino che ne avrebbe disperso le ceneri e l'odore. Di notte invece mi rifugiavo nel mio sogno che si sarebbe realizzato con la fuga.

Ero paralizzata nei sensi e nei movimenti; come uno strumento messo in disparte, mi muovevo solo su ordine del vecchio che assaliva il mio corpo umiliato dal ribrezzo e dalla rabbia.

Tuttavia nella prostrazione di quel mio nuovo silenzio trovavo numerose fessure attraverso le quali respirare una boccata d'aria pura per sfuggire al senso di nausea. Leggevo giornali e libri, facevo le parole crociate, ascoltavo le trasmissioni radiofoniche con i programmi e le canzoni che amavo, accendevo la televisione, talvolta mi appisolavo lasciandole via libera; molte sere scendevo nell'appartamento di mia madre per distendermi su un divano senza parlare, come un'ospite fastidiosa. Ciononostante i miei genitori non mi lasciavano in preda a quei sentimenti: parlavano, raccontavano i particolari delle loro giornate con gli eventi belli e brutti, facevano battute, e io ridevo stando attenta a non far uscire la risata dalla gola. Quando Faysal e Iman si univano a noi, la serata si faceva più allegra. Mio fratello insisteva che facessi una partita a scacchi con lui. Vincevo, ma non potevo lanciare il mio grido di vittoria come ero solita fare, lo trattenevo come se fosse un boccone di troppo che il mio stomaco voleva espellere e che io cercavo di ingoiare. Sentivo una morsa soffocarmi la faringe e respingevo il boccone nello stomaco. Quando mio fratello per scherzo cercava di barare spostando in avanti di nascosto il cavallo, andavo su tutte le furie, ma non trovavo voce per gridare la mia rabbia, allora battevo i piedi sul tappeto come una bambina cui era stato sottratto il gioco preferito, disperdevo tutti i pezzi anche se avevo vinto io, piangevo perché avevo la terribile sensazione che si burlasse della mia condizione nonostante mi fosse vicino e mi aiutasse in quel momento difficile.

Il mio silenzio mi tormentava. Ero abituata a spiegare alle studentesse durante le lezioni, a parlare con le colleghe e le amiche quando ci ritrovavamo nel mio appartamento per starcene un po' tranquille e dimenticare le preoccupazioni quotidiane. Quindi ero insofferente verso quel silenzio spinoso, perché scoprii che stare zitti è più difficile che parlare.

Con estrema pazienza, mia madre si occupava di rispondere alle telefonate delle mie colleghe e di alcune studentesse che s'informavano sul mio stato e desideravano farmi visita, ma le facevo cenno che "non volevo". Temevo di incrociare sguardi di compassione o malizia, mi turbava anche solo l'idea di sentirle rumoreggiare intorno a me, mentre io ero costretta a starmene muta come una statua. Guardare, ascoltare e non parlare. Avrei voluto vedere solo la mia alunna Aisha, perché le avevo promesso, dopo che mi aveva rivelato un segreto, che l'avrei fatta accompagnare al mio appartamento per vedere di risolvere insieme il suo dilemma. Quando mia madre pronunciò il suo nome, mi affrettai a prendere un foglio e a scrivere: "Dille che sono ansiosa di incontrarla e lo farò non appena recupererò la voce". Mia madre si accorse del mio cruccio nei confronti di Aisha. Riagganciò e mi chiese: «Qual è la storia di Aisha?».

Cercando di riassumere scrissi: "Un'ottima studentessa afflitta da un problema".

Mia madre mi lasciò sola. I miei pensieri continuavano a correre a quella studentessa brillante, che rideva sempre, intelligente, assidua nell'impegno scolastico, sempre seduta in prima fila, adorata dalle compagne, che un giorno non era venuta a scuola. Come facevo con tutte le alunne, avevo chiamato la famiglia per scoprire il motivo della sua assenza. Aveva risposto una voce austera: «È ammalata».

Aisha era mancata per tutta la settimana, durante la quale avevo continuato a chiamarla. Mi aveva risposto sempre la stessa voce austera. Avevo chiesto di parlarle, ma mi era stato negato. Avevo atteso con trepidazione il suo rientro.

Quando era entrata in aula non la riconoscevo più. Dov'era finito quel viso cristallino, trabordante di vita? Davanti a me c'era un volto simile a quello di un defunto sul quale era cresciuta la coloquintide. Aveva i capelli arruffati, nascosti da un velo nero come la tristezza accumulata nei suoi occhi. Una volta terminata la lezione, le avevo preso la mano fredda e mi ero appartata con lei in fondo al corridoio. Preoccupata e stupita dal velo, avevo lasciato scivolare la mia domanda: «Che cos'è successo?».

Era scoppiata in un pianto amaro e aveva urlato: «Non posso dirtelo».

Un gruppo di studentesse preoccupate si era raccolto intorno a lei ed ero stata costretta a portarla nell'aula docenti, che era vuota e tranquilla. L'avevo fatta accomodare, mentre continuava a piangere e a disperarsi.

«Aisha, dimmi che cosa ti è successo. Che cos'è questo velo?».

Aveva abbassato il capo tra le braccia distese sul tavolo: «Non posso dirtelo. Ti scriverò una lettera».

Avevo atteso la lettera di Aisha, ma quella notte mi ero rotolata sui tizzoni ardenti e mi ero spaccata la testa per afferrare il motivo per cui la mia studentessa, brillante e solare, era diventata triste e cupa. L'unica ragione che potevo intuire era che la famiglia le aveva imposto il velo e che lei non voleva. Non immaginavo certamente che il motivo del suo cambiamento potesse essere tanto atroce. Quando mi aveva consegnato la lettera, avevo rispettato il suo desiderio di non leggerla a scuola. Aveva insistito per paura. Quindi avevo disdetto un appuntamento dal medico e mi ero fiondata a casa. Avevo aperto la lettera in tutta fretta.

La testa stava per scoppiarmi. Immaginavo che avrei letto semplicemente i vaneggiamenti di una ragazzina alla quale era stato imposto qualcosa che non voleva fare. Tuttavia avevo riletto la lettera più di una volta per analizzarne a fondo i seri e gravi contenuti.

I genitori erano andati in vacanza e avevano lasciato Aisha in custodia al fratello che, la notte successiva alla loro partenza, era piombato nella sua stanza per violentare l'onore che gli era stato affidato. Aisha, la mite colomba, era caduta nella rete dell'assassino, che aveva esercitato su di lei l'autorità della sua vuota virilità. Ero stupita, tremavo. Un'unica domanda risuonava insistentemente dentro di me come un campanello dal suono metallico: come aveva potuto imporle i suoi bassi istinti? Era possibile che un fratello si trasformasse in un lupo che caccia la propria carne e beve il proprio sangue? Non aveva avuto pietà di lei nemmeno dopo avere spezzato la freschezza della sua vita e distrutto i fiori della sua anima. L'aveva rinchiusa in camera per praticare tutti i riti del carceriere con la sua prigioniera. Lei l'aveva supplicato di farla ritornare a scuola, ma lui le aveva imposto il velo, l'aveva costretta al silenzio minacciandola che se avesse rivelato a qualcuno il suo gesto ignobile l'avrebbe uccisa. Può un essere umano essere così crudele? Persino la luna quando trafigge le nuvole lascia comunque che procedano in pace e serenità il loro cammino. Invece quel lupo umano voleva che la farfalla occultasse ciò che restava di lei e le proprie cicatrici nel silenzio e sotto il velo.

L'universo aveva calato su di me tutte le sue tenebre, mentre la luce del giorno gravava, china, sul mio cuore che continuava a masticare ribrezzo e a vomitare la propria sofferenza. La voce di Aisha lacerava i veli della mia solitudine, graffiava la mia carne, frantumava le mie ossa. Mi supplicava di sottrarla al suo inferno, di diventare il topolino che rosicchiava la rete del leone ferito e che non appena liberato l'avrebbe divorato.

Ero diventata sua compagna di sventura e avevo trascorso la notte schiacciata dal dolore e dai dubbi. Pensavo al miglior modo per aiutare Aisha, avvolta da tenebre più pericolose del colera, senza esporla nuovamente al pericolo del lupo. Mille idee mi si accalcavano in testa; ma nessuna conduceva le farfalle della mia mente al luogo dove potevano essere i suoi genitori per comunicare loro quell'atroce verità.

Le mie condizioni di salute, l'assenza di voce, le settimane di convalescenza dopo l'operazione mi tenevano lontana dalla scuola e da Aisha, ma lo spettro e l'eco della sua ferita gravavano su di me ricoprendomi di sangue coagulato e fastidiosa ruggine.

* * *

Nel mio silenzio si stavano accumulando migliaia di parole, in attesa che la mia voce venisse liberata. Contavo i giorni decine di volte. Non vedevo l'ora che arrivasse quello dell'appuntamento con il medico per ascoltarne i consigli, nella speranza che abbreviasse il mio silenzio di una settimana e mi consentisse di dare sfogo alla mia voce.

Arrivai da lui con un'ora esatta di anticipo. Mi accomodai in sala d'attesa e feci passare il tempo leggendo il romanzo di una scrittrice coraggiosa e audace di cui mi ero innamorata sin dal primo libro. Perdevo tempo scorrendo le righe, sfogliando le pagine trascinata dalla narrazione, travolta dalla struttura ben cesellata, da un linguaggio poetico che si alternava a dialoghi veloci. Seduta davanti a me c'era una donna con il velo integrale che, dopo aver squadrato la copertina del mio libro, si alzò e si mise a sedere accanto a me. Toccò il libro con la punta delle dita come se stesse sfiorando il fazzoletto di una persona tisica e temesse il contagio. Con voce ostile mi domandò: «Che cos'è che ti piace tanto in questa strana scrittrice?».

In quell'istante sentii il fardello della mia condizione. Non potevo ricorrere alla mia voce. La guardai con rabbia poi voltai l'ultima pagina del libro, che era bianca, e scrissi: "Hai mai letto qualcosa di questa scrittrice?". Le infilai la risposta sotto gli occhi e, come se stesse scacciando un insetto che le si era posato sul naso, rispose: «Non mi farebbe onore... ho solo sentito parlare di lei».

Stizzita, le scrissi un'altra frase: "Allora non giudicarla!". E come se ciò non bastasse, aggiunsi il versetto coranico che recita: «O voi che credete, se viene a voi qualche malvagio con una notizia, accertatevi della verità di essa, perché non offendiate della gente per ignoranza e non abbiate quindi a pentirvi di ciò che avete fatto». Lesse e abbassò lo sguardo, come se provasse vergogna per la propria impulsività, per ritornare infine al suo posto. Non so perché ebbi la netta sensazione che, non appena uscita dallo studio medico, si sarebbe infilata nella prima libreria per acquistare un romanzo di quella scrittrice.

Riabbassai gli occhi sul mio libro. Tuttavia le righe si appannavano e si confondevano, perché la nave dei miei pensieri mi trascinava sul mare di Aisha e del suo triste destino che certamente affliggeva anche altre ragazze ingannate e maltrattate dalle persone a loro più vicine. Avevo iniziato a oppormi a tutto ciò che avevo sentito e non riuscivo a credere che esistessero ragazze che uscivano di casa dicendo alla famiglia che andavano a lezione di religione e invece se ne andavano da un'altra parte; alcune venivano scoperte, mentre altre continuavano a prendersi gioco della propria famiglia, così come alcune insegnanti ingannavano i loro mariti e dicevano: «Immaginate che ero seduta con un amico di mio marito in un caffè in riva al mare, l'abbiamo visto fare footing, si è avvicinato, hanno parlato e non mi ha nemmeno riconosciuta!». Una collega le aveva risposto con tono dispiaciuto: «Come avrebbe potuto riconoscerti visto che eri avvolta nel tuo velo integrale e indossavi occhiali neri?». La mia mente era persa nei meandri oscuri di quelle strane storie. Ricomparve la luce solo quando l'infermiera mi chiamò per farmi entrare dal medico, che mi accolse sorridente: «Ah… come va la voce?».

Non riuscivo a capacitarmi della sua intelligenza e astuzia. Presi un foglio e scrissi: "Non ci ho più provato!".

«Ottimo… ottimo… Vediamo un po'».

Mi ordinò di rilassarmi totalmente, tirò il tubicino dello specolo, lo infilò nella narice e lo spinse con delicatezza, tuttavia mi sentii soffocare e provai un dolore così lancinante da essere sul punto di vomitare. Lo estrasse e mi pregò di avere pazienza. Fece un secondo tentativo e poi un terzo. Il tubo mi sembrava un serpente che mi strisciava in gola per raggiungere la meta. Gli occhi del medico fissavano lo schermo sul quale era proiettata l'immagine della mia gola. Esclamava colmo di meraviglia, ma non riuscivo a capire se stesse elogiando la mia bravura nell'eseguire le sue istruzioni postoperatorie oppure la sua maestria chirurgica. Estrasse il suo serpente lasciando che mi graffiasse la gola senza che io potessi massaggiarla. Lo precedetti, mi accomodai sulla sedia di fronte alla sua scrivania e gli scrissi: "Se tutto è a posto… posso parlare?".

Mi lanciò un sorriso, quasi a scusarsi, e rispose: «È preferibile che inizi a parlare al termine della seconda settimana».

Ero seccata. Mi rivolse un sorriso forzato che celava irritazione: «Ti capisco. Ma devi avere pazienza».

Ero debole e avevo la gola secca. Glielo scrissi. Prese il ricettario, strappò un foglio sul quale scrisse i nomi delle medicine che avrei dovuto assumere. Dopodiché mi spiegò: «Pasticche a base di zucchero di canna che ammorbidiscono la gola, le altre invece sono antinfiammatori».

Uscii dallo studio delusa. Mi aveva oberata di ordini e mi aveva prescritto il silenzio. Mi diressi verso l'ufficio della segretaria per pagare il conto. L'impiegata mi sorrise, mentre si sistemava il velo che le era scivolato via. Quando mi vide, cercando di consolarmi, mi disse: «Se Dio vuole la prossima volta starai meglio». Non gradii la sua compassione, ebbi piuttosto la strana sensazione che si stesse prendendo gioco del mio silenzio e non le importasse nulla della mia salute. Forse aveva curiosato nella mia cartella e aveva scoperto che uno dei motivi della mia malattia era stato il fumo.

10

Scesi al pianterreno con un nodo in gola. Uscii dall'edificio. Mi ricordai della ricetta, quindi rientrai per andare nell'elegante farmacia. Non mi preoccupai di rivolgere uno sguardo al farmacista, presi la prescrizione, la appoggiai sul tavolo e attesi che si spostasse la cliente prima di me. Ero pensierosa, concentrata sul dispotico fardello di silenzio che mi avrebbe oberata per un'altra settimana. Mi riportò alla realtà qualcuno che chiamava il mio nome. Con estrema indifferenza, alzai gli occhi verso il farmacista che mi spiegò: «Queste pasticche a base di canna da zucchero sono nuove e non sono disponibili, se vuoi posso darti qualcosa di simile».

Estrassi carta e penna e scrissi: "Svolge la stessa funzione?".

Annuì, mi consegnò le medicine e mi salutò.

Mi affrettai verso l'automobile, sprofondai nel suo accogliente abitacolo, cercai sui canali radiofonici canzoni che mi risollevassero lo spirito poiché i miei sogni erano stati infranti dagli ordini del medico. Quando bussai alla porta di mia madre, mi venne incontro mio fratello. Mi gettai tra le sue braccia e lui mi disse: «Sta' tranquilla, il dottore ti restituirà la parola. Finalmente torneremo ad ascoltare la tua voce d'usignolo».

Baciai mia madre che aveva captato solo la sua ultima frase. Stava per iniziare a trillare di gioia, ma alzai sette dita per comunicarle che avrei potuto parlare solo dopo una settimana.

Pranzai senza appetito come chi deve compiere il proprio dovere. Dopodiché salii al mio appartamento, mi distesi sul letto con la tristezza che scendeva dai miei occhi e nel cuore un unico forte desiderio, ovvero che i giorni scorressero veloci come onde per poi cantare con la mia voce imprigionata.

Sentii il campanello suonare timidamente. Mi accorsi che si trattava di Atiyya. Gli aprii la porta, e quando lui scorse la tristezza sul mio viso si rese conto che ero ancora prigioniera del silenzio. Cercò di pronunciare parole semplici che mi consolassero. La sua voce mi penetrava dolcemente l'anima come se fosse intrisa di miele. Scossi la testa per ringraziarlo e la mia mano si posò come un'elegante colomba sulla sua spalla, atterrando poi sul collo. Prima che potessi ritrarla, lui lasciò cadere sulla mia mano un umido bacio che mi fece tremare.

* * *

Il silenzio della seconda settimana fu molto più difficile e duro. A risultarmi particolarmente insopportabile non fu tanto il fatto di dover stare zitta, quanto quello di avere la mia famiglia che mi ronzava attorno, con le grida dei miei nipoti, le litigate mentre giocavano oppure le risse per accaparrarsi un pezzo di dolce. Mi infastidivano nella stessa misura in cui in passato le loro risa avevano scatenato in me un'intima gioia.

Atiyya non mi lasciava mai. Non appena salivo nel mio appartamento, arrivava con libri e quaderni, si sedeva, con la sua carnagione scura e i suoi abiti puliti, e ripeteva le lezioni che aveva imparato a memoria mentre io muovevo il capo con soddisfazione alternata talvolta a una finta rabbia quando faceva qualche errore grammaticale. Quando chiudeva il libro iniziava a parlarmi della scuola e dei compagni, imitando alcuni adulti che facevano fatica a imparare oppure che storpiavano le parole che non capivano. Talvolta malediceva gli insegnanti che schernivano gli alunni oppure quelli che erano svogliati nell'insegnamento e brontolavano quando si chiedeva qualcosa al termine dell'orario prestabilito. Atiyya non dimenticava mai gli uccellini che lo amavano e che iniziavano a svolazzare felici quando lui arrivava, si sedeva davanti alle gabbie e iniziava a fischiettare oppure a cantare con la sua bella voce mentre cambiava l'acqua e i semi. Una volta arrivò portando con sé un gioco di plastica con cerchietti colorati; infilò la mano nella gabbia, l'appese, si voltò verso di me e disse che quei cerchietti, toccati dagli uccellini in movimento, avrebbero emesso una dolce melodia che li avrebbe fatti cinguettare ancora di più. Da quel giorno gli uccellini si mossero e cinguettarono di più.

Un giorno entrò e mi trovò a lottare con un chiodo che volevo piantare nella parete. Ogni volta che lo colpivo il chiodo balzava via. Lui si avvicinò per aiutarmi, e mentre allungava il braccio, il suo corpo aderì al mio. Strinse il chiodo tra le sue splendide unghie e mi fece cenno di colpirne la testa. Sentivo il suo respiro, simile al vento secco e caldissimo del deserto, uscire dal torace non per sospingermi lontano, bensì per risucchiarmi verso di sé e condurmi in una tenda. Persi il controllo della mano... un colpo... due colpi... il terzo si abbatté sul suo dito. Urlò dal dolore, mentre lo ritraeva e lo infilava in bocca per raffreddarlo e attenuare il gonfiore. Lo guardai terribilmente dispiaciuta. Si rese conto che gli stavo chiedendo scusa. Con la voce che gli sgorgava dal profondo del cuore e non dalla gola, mi disse: «Per te darei il mio dito e tutta la mia vita».

Non avevo equivocato i sentimenti di Atiyya, poiché l'amore è come un uccellino che saltella sulle nostre dita e sulle nostre guance, facendoci scoprire i suoi fremiti e i suoi canti e negandoci la possibilità di evitarlo. Ero felice di quell'amore nobile e infinito, e cercai di far intuire ad Atiyya i sentimenti che non gli avevo ancora rivelato esplicitamente, forse perché non volevo. Talvolta i sogni mi avevano portata al giorno in cui il mio cuore si sarebbe schiuso di nuovo all'amore e avrei incontrato un uomo che mi avrebbe ripagata di tutto quello che avevo sofferto con il vecchio e con Jawad. Avevo la sensazione di costruire i miei sogni su sabbie mobili, poiché la scarsa fiducia che nutrivo negli uomini non mi conferiva la forza di accettare un fidanzamento con un compagno di università, come avrebbero sperato mio padre e mio fratello, oppure con un membro di quelle famiglie che mia madre frequentava da quando era arrivata da Aleppo grazie ai parenti di mio padre, che l'adoravano e l'avevano introdotta nel loro oceano di conoscenze, non facendola sentire una straniera o un'intrusa. Mia madre, sin dal suo arrivo in Kuwait, era stata coccolata e amata. Non ricordo un solo momento di attrito tra lei, mia nonna o una mia zia. Mia madre era buona e intelligente e si ambientò in fretta nella famiglia della suocera. Imparò a sedersi sul pavimento e a mangiare con le mani come facevano loro e a indossare la tunica e il velo nero. Non si lamentò mai della sua vita. Amava mio padre e faceva tutto quel che poteva per compiacerlo e soddisfarlo. Stringeva amicizia con donne povere e semplici così come con donne delle grandi famiglie. Da lei e da mio padre ho imparato l'umiltà. Persino quando ero entrata in possesso dell'ingente ricchezza del vecchio, dentro di me non era cambiato nulla. Quando un giorno Jawad aveva cercato di convincermi a mostrarmi altezzosa verso alcune studentesse "cretine" – come le chiamava lui – mi ero rifiutata e gli avevo rammentato: «Se non avessi sposato il vecchio e la sua ricchezza, secondo te sarei stata anch'io una "cretina"... I soldi non fanno la felicità».

La felicità di mia madre risiedeva nella sua estrema dedizione alle questioni di famiglia. Mi meravigliavano il rispetto e la cura che aveva per mio padre, la sua preoccupazione per tutto ciò che lo riguardava. Osservavo come gli preparava il bagno, come aspettava che la chiamasse per lavargli la schiena e come approntava gli abiti sul letto in modo che li trovasse pronti. Prima che uscisse di casa, verificava che fosse elegante, gli spruzzava il profumo sulle mani, e prima che varcasse la soglia, lo ricopriva di baci e raccomandazioni. Amavo la tenerezza di mia madre nei confronti di mio padre, nonostante lui talvolta s'infuriasse e si scagliasse contro di lei. Per mia madre la sua furia non era né disprezzo né crudeltà. Ai tempi in cui amavo Jawad e sognavo che fosse un marito ideale, immaginavo di diventare, come mia madre, una moglie che si sarebbe dedicata totalmente a lui e non si sarebbe mai lamentata. Non avevo mai rifiutato l'idea del matrimonio in sé, tuttavia la paura e la ripugnanza nelle quali mi aveva incatenata il vecchio, e i miei dubbi sulle intenzioni e le contraddizioni di Jawad, avevano lasciato il segno. Non mi ero più sentita a mio agio con un uomo. Non sapevo che cosa si celasse sotto quella sensazione che mi bloccava ogni volta in cui mi ritrovavo seduta con la mia famiglia per ricevere un nuovo pretendente. Continuavo a cercare in ciascuno di loro lo sguardo tenero che mi rivolgevano gli occhi di Atiyya. Cercavo quello struggimento con il quale mi guardava, il suo timore reverenziale nei miei confronti, la sua empatia nel bene e nel male, nella gioia e nel dolore. Atiyya mi faceva stare bene, capiva quel che volevo senza bisogno che parlassi. Iniziai ad appoggiarmi a lui per molte cose e questioni, perché mi fidavo. Tale sensazione che mi faceva paragonare ogni pretendente ad Atiyya m'impensieriva e mi spinse a non svelargli sentimenti che sapevo appartenere a una relazione impossibile. Questa convinzione fece sì che mi trattenessi e non rivelassi a nessuno quel che provavo per lui.

* * *

Terminò la settimana... suonavano i tamburi dell'appuntamento con il medico. Aprii l'armadio, persi tempo a scegliere l'abito più bello che si confacesse all'occasione e alla gioia dell'affrancamento della mia voce. Mia madre sprizzava gioia da tutti i pori quando mi salutò e mi fece le solite raccomandazioni. Mi auguravo che il medico non deludesse le sue speranze e di tornare da lei con la voce di un usignolo.

Non so come percorsi la distanza da casa mia allo studio, ma a un certo punto mi trovai seduta sulla poltrona delle visite. Per la prima volta non ero preda dell'esitazione e il medico lo notò: «Credo che tu ti sia liberata dai pensieri e dalle angosce».

Risposi con un cenno della testa. Mi arresi all'avanzata del morbido tubo, non provai più il senso di nausea. Pazientai fino a quando lo estrasse ed esultò di gioia: «Congratulazioni! Adesso prova a parlare… piano».

Le lacrime mi cadevano copiose dagli occhi, non riuscivo a trovare una frase affettuosa con la quale infrangere il mio silenzio: «La lode spetta a Dio, il Signore dei mondi». La voce uscì fioca, vibrante e roca. Corrugai il viso. Il medico notò il mio stato d'ansia, sorrise e mi rassicurò: «Migliorerà dopo un po' di esercizio».

«Dovrò prendere delle medicine?»

«Solo le pasticche a base di canna da zucchero», poi alzò il dito in segno di ammonimento, «e devi assolutamente continuare ad astenerti dal fumo».

Glielo promisi in tutta sincerità, uscii dall'ambulatorio a rotta di collo, felice come una passerotta che volteggia nella vastità del cielo infinito. Iniziai a solcare la strada del ritorno, senza distinguere tra vie affollate e vie abitate da ricordi passati. Avevo la sensazione che la vita fosse bella, che i volti delle persone fossero ancora più belli, che le nuvole trasparenti danzassero e assumessero le forme più svariate: quella era simile a una gazzella smarrita, quella sembrava una rosa che stava per sbocciare, questa era una cammella che correva e agitava la coda nell'aria, quella una gatta che stava per partorire. I semafori erano tutti verdi e sembrava che si fossero tutti messi d'accordo per farmi passare e non fermare la mia corsa, per confermarmi che la vita era un giardino infinito che conteneva tutti i sogni e mi offriva una scatola di caramelle.

Sconvolta dalla felicità salii sino all'appartamento di mia madre. Vidi volti leggermente preoccupati e in fremente attesa. Precedetti le loro domande con la mia voce uterina che non si era ancora del tutto riassestata: «Libera… un mese di convalescenza».

Mia madre trillò dalla gioia. Iman si rallegrò per la mia salute recuperata. Faysal, preoccupato per il mio tono di voce, si chinò verso di me e, facendo in modo che mia madre non sentisse, mi sussurrò: «La tua voce sarà sempre così…?».

Lo interruppi e sussurrai a mia volta: «Il medico mi ha assicurato che migliorerà grazie agli esercizi».

Mi mossi per uscire, ma mia madre mi prese per il braccio e mi domandò: «Dove vai? Dobbiamo pranzare».

Sorrisi e commentai: «Mamma… non ho fame, voglio solo riposare».

Mi diressi al mio appartamento. Mi gettai sul divano che si affacciava sul mare, che era azzurro e mi rideva. Vi nuotavano pesci d'argento che indossavano abiti nuziali e un'imbarcazione dorata attraversava le distese violacee.

Mi sentivo circondata dalla quiete e dalla distensione. L'appartamento che si stendeva intorno a me si allargò sempre più sino a diventare un giardino molto vasto. Gli uccelli intonavano meravigliose melodie. Dai personaggi, dalle piante, dalle gazzelle ritratti nei quadri sembravano sgorgare arie suonate da violini e tamburi. Persino il dolce silenzio era diventato un uomo che si muoveva avvolto dai colori e che parlava agitando campanelli, orecchini e pareti. Quell'uomo allungò le braccia affettuose, mi sollevò dal divano, mi strinse al suo petto, mi prese per i fianchi e iniziò a farmi danzare un valzer veloce. Tutto quel che mi circondava danzava con me: le finestre spalancate, le pareti addormentate, le statuette, i tappeti, gli abat-jour illuminati, le tovaglie di cotone e di seta. Ondeggiavo tra le braccia che mi sospingevano. Mi elevavo, mi abbassavo, aderivo e mi allontanavo dal suo torace. Ero diventata una farfalla rimessa in libertà e sognavo che quella felicità si protraesse per i giorni a venire.

* * *

Il tempo è minato di sventure. Purtroppo non tutte sono sventure felici come la morte del vecchio, quando la gioia si era diffusa su ogni cosa come un morbido lenzuolo. La mia felicità per la voce ritrovata non mi aveva fatto dimenticare le pene di Aisha, ma tardai a telefonarle. Avevo voluto aspettare un'altra settimana affinché la voce migliorasse grazie agli esercizi. Infine traboccante di felicità, mi precipitai al telefono per comporre il numero. Mi rispose sua madre che, dall'altro capo del filo, mi comunicò la disgrazia: «Aisha si è suicidata… si è buttata dal tetto».

La cornetta mi cadde di mano, crollai sul pavimento con un tonfo simile a quello del mio cuore all'atroce notizia. I corvi iniziarono a gracchiare e volteggiare colpendo il vuoto delle stanze e scuotendone le pareti. I quadri si staccarono e si scagliarono in ogni direzione inseguiti dai chiodi ai quali erano appesi. I mattoni delle pareti si frantumarono sollevando una coltre di polvere nera prima di precipitare e accumularsi sul pavimento. Anche il mio cuore lacerato disperdeva i suoi brandelli facendo colare il sangue in ogni dove. Temevo che la voce di cui tanto avevo cura fuggisse da me per sempre a causa delle grida che continuavano a uscire dalla mia bocca. Ero assediata dalla paura e il viso di Aisha si era smembrato in molti visi che si trovano innanzi a me: un viso bruciava, un viso era cosparso da sangue blu, un viso era lacerato con lingua a penzoloni e occhi fuori dalle orbite, un viso era triste e congestionato e mi aspettava sulla soglia per rimproverarmi dicendomi: «Sei arrivata troppo tardi». Non riuscivo a sopportare quel momento così violento, così mi misi a correre cercando di evitare la calca e i visi. Scesi terrorizzata da mia madre, urlando, piangendo a dirotto. Avevo un bisogno impellente di confessarle il segreto di Aisha che aveva ribaltato il mio stato d'animo, lacerando la mia gioia.

Quella notte non ebbi il coraggio di dormire da sola nel mio appartamento, usai come guanciale l'affetto di mia madre e la preghiera di mio padre che continuava a consolarmi paziente affinché accettassi e ingoiassi quel boccone amaro. Insisteva nel dirmi che non avevo colpe, ma la mia coscienza continuava a ripetere: "Sono arrivata davvero troppo tardi e Aisha ha scelto la folle soluzione per porre fine alle sofferenze e al triste destino".

Quella notte provai un irrefrenabile desiderio di accendermi decine di sigarette una dopo l'altra; sapevo bene che non ce n'erano in casa e insistetti con mia madre affinché mandasse Atiyya ad acquistarle. Lei però si rifiutò e andò su tutte le furie dimenticando la dolcezza e l'affetto che aveva in cuore. Mio padre la spalleggiò con la stessa decisione con cui l'aveva fermata ai tempi della morte del vecchio. Mi arresi, ma la mia voglia di fumare non si placò. Trascorsi tutta la notte senza riuscire a chiudere occhio. Ogni volta che le mie palpebre calavano, mi si ripresentava il viso di Aisha che mi rimproverava e ardeva come un tizzone nei miei occhi. La sua voce aleggiava e regnava sovrana in tutta la stanza.

Gli incubi abitati da Aisha mi tennero sveglia per molte notti, tuttavia la loro monotonia venne spezzata da un sogno strano, che scatenò dentro di me un uragano, simile a un corteo funebre in cui le donne gemono ricordando i morti. Quella notte sognai Atiyya:

Bussò, gli aprii mentre il torpore appesantiva i miei occhi. Con la porta era ancora semichiusa e la voce pigra, lo anticipai chiedendogli: «Tutto bene?». Non rispose. Spinse delicatamente la porta, come se temesse di farle male, e s'infilò in casa. Mentre stavo iniziando a uscire dal mio torpore, con voce più concitata, ripetei: «Tutto bene, Atiyya?». Non rispose. Si avvicinò di più e mi sorprese stringendomi tra le sue lunghe e muscolose braccia. Mi sembrava di essere una coniglietta afferrata da una volpe affamata. Non si trattava però della presa di qualcuno che mi voleva divorare in un solo boccone. Mi arresi, non so bene se per la paura oppure per il desiderio. Sentivo comunque la necessità di un'oasi oscura che non fosse toccata né dal sole né dalla luna. Aderii al suo ampio torace sprofondando nel solco che divideva il suo petto. Un braccio mi sfiorava la schiena nuda, mentre l'altro mi avvolgeva il collo come un cappio. Mi infilava la mano nei capelli scompigliati e giocherellava con loro. Sentii l'umidità delle sue dita e un forte calore percorrere tutto il mio corpo. Una sensazione che avevo dimenticato da quando avevo lasciato Jawad, il cui calore credevo non avesse pari. La sua mano si posò quindi sul mio mento, mi sollevò il viso e i nostri sguardi si incrociarono. Notai un arrossamento dentro le pupille, mentre sentivo il suo affanno fendere la cortina che separava i nostri visi. Le labbra carnose e sporgenti m'intimorivano, ma nel momento in cui le mie sprofondarono in quei due cuscini morbidi, i fremiti del mio corpo si fusero con quelli del suo in un turbine di passione. Mi sollevò tra le braccia e mi portò in camera mia, dove le lenzuola avevano sempre avvolto solo me. Mi distese sul letto. Ero una rosa sbocciata che attendeva la brezza e la rugiada. Lui continuava ad accarezzare i petali con impazienza come se volesse conoscere il segreto che ciascuno di loro celava. Nel frattempo io mi rotolavo nella mia estasi, riversavo su di lui i miei gemiti prima che lui riversasse su di me i suoi ruscelli d'acqua facendomi gridare dal piacere.

Mi svegliai di soprassalto. Ero sola nel letto. Ma il profumo di Atiyya esalava dal mio corpo per diffondersi in tutta la stanza. Ansimavo come se avessi percorso migliaia di chilometri senza mai fermarmi. Mi precipitai alla finestra, tirai la tenda. Le luci della strada sprofondavano negli abissi del mare, le nubi nere non lasciavano dormire il cielo e preannunciavano una tormenta di pioggia. Mi sedetti a pensare al sogno, perché quell'evento mi aveva fatta precipitare nella caverna della mia memoria. Ero una bambina di sei anni e avevo ancora la bava alla bocca. Mia madre mi metteva i bavaglini di cotone sul petto e li cambiava ogni volta che si bagnavano. Era stufa dei miei bavaglini e temeva che sarebbero cresciuti con me. Non erano servite a nulla le medicine. Un'anziana le aveva detto che l'unica cosa che avrebbe potuto risolvere il mio problema sarebbe stato il bacio di un servo sulle mie labbra dopo la preghiera del venerdì. Ricordai come mia madre mi aveva piazzata all'ingresso della moschea. Faceva molto caldo e io continuavo a sbuffare. Mi aveva rimproverata con calma mentre con lo sguardo seguiva l'uscita delle persone che erano andate a pregare. Non appena aveva individuato un servo, lo aveva avvicinato e gli aveva chiesto di fare quel che doveva fare. Mi aveva baciata. Ricordai che quando si era avvicinato a me, avevo iniziato a gridare cercando di liberarmi dalle braccia di mia madre. Ma lei e il servo, che godeva di quel che gli aveva concesso Dio, erano riusciti ad accerchiarmi e a bloccarmi la testa. Era piombato sulle mie labbra, stringendole, e facendone fuoriuscire tutta la saliva. Appena ebbe finito, si era svuotato anche il mio ventre. Non ero più riuscita a ingerire nulla. Dopo qualche settimana non perdevo più la saliva. Iniziai a ricordare quel momento e a paragonarlo al sogno, ad Atiyya che era piombato sulle mie labbra, ma non mi ero spazientita né avevo provato ribrezzo, anzi avevo goduto, mi ero sciolta per librarmi nella galassia del piacere.

Ritornai a letto per continuare a dormire, ma il sogno che mi aveva svegliata mi aveva rubato il sonno. Continuavo a ripensarci. Ebbra, leccavo il sudore rovente di Atiyya, ma mi venne in mente quella notte sciagurata. Quando il vecchio lo aveva chiamato per violentare il mio corpo… Ah… Che differenza tra quella notte e il sogno! Nella prima stava semplicemente adempiendo a un ordine impartitogli dal suo padrone senza provare né far provare alcun piacere. La notte in cui era stato il mio amante aveva preparato la rosa per sentirla gemere sotto di lui. Sul letto del vecchio mi aveva lasciata come un verme calpestato e depresso. Sul mio letto ero un tizzone ardente con i pori aperti per lasciare uscire i vapori del mio corpo risvegliato, con gli occhi stanchi abbracciati dal sonno. La mattina scesi da mia madre stanca e affamata come se non avessi né dormito né mangiato per un anno. Ciononostante sentivo che il mio corpo e la mia anima emanavano un nuovo ossigeno, trasudavano un profumo con la fragranza del dattero. Mia madre notò la mia avidità e il mio appetito. Divorai anche il burro, che solitamente evitavo, che spalmai su una fetta di pane tostato ancora caldo per poi ricoprirlo di marmellata di arance che adoravo. Non riuscì a trattenere lo stupore: «Che hai oggi? Sei insaziabile!».

Si muoveva per la cucina, asciugava i piatti e li sistemava al loro posto. Sentii la necessità di sgravarmi dal fardello di quello stupido sogno: «Mamma… siediti ti racconterò il sogno che ho fatto ieri».

Lasciò l'asciugamano e i piatti ancora bagnati per mettersi al mio fianco. Mi domandò incuriosita: «Bene, raccontami… che cosa hai sognato?»

«Atiyya».

Il solo nome la fece sobbalzare.

«Poveri noi! Questo Atiyya ti segue anche nei sogni. Che cosa è successo?».

Le lanciai un'occhiata simile a un siluro e risposi: «Mi ha baciata».

«Che gli venga un colpo... il servo è riuscito a baciarti!», esclamò.

Scoppiai a ridere come se migliaia di dita mi stessero facendo solletico e le rammentai che si trattava solo di un sogno.

Mia madre s'irrigidì e si rabbuiò in viso: «In ogni caso... non era necessario che osasse tanto da avvicinarsi a te».

Si voltò verso di me. Allungò la mano verso il mio viso, lo accarezzò come per scacciare una mosca e, indignata, disse: «E dove ti ha baciata? Sulla guancia, non...».

Appoggiandomi il dito appiccicaticcio di marmellata sulle labbra, la interruppi dicendo: «Mi ha baciata qui».

Si paralizzò come se fosse stata punta da uno scorpione.

«Dio mio... e tu perché hai lasciato che si avvicinasse così a te?».

Scoppiai nuovamente in una fragorosa risata.

«Ti prego, mamma... è un sogno e non dimenticare che in passato le mie labbra sono già state toccate da un servo».

«Nayef non era un servo».

«Non mi riferivo a Nayef. Hai dimenticato che hai chiesto di succhiarmi le labbra quando ero piccola?»

«Si trattava di una cura affinché tu non sbavassi più. Credi che non sarebbe stato picchiato se ti avesse baciata?».

Per alleviare la sua preoccupazione mentii: «In sogno ero bambina e tu avevi ordinato ad Atiyya di baciarmi».

Sbuffò e tornò ai suoi piatti per finire di asciugarli.

Che cosa mai mi era passato per la mente di essere sincera e andare da mia madre per raccontarle i particolari del sogno! Se si era innervosita e alterata per un bacio, figuriamoci se avesse saputo che lui... e che io...

Ritornò e, con voce severa, mi disse: «Lo hai viziato così tanto, lo porti a tal punto su un palmo di mano... è normale che abbia osato!».

Mia madre non sopportava l'idea che Atiyya mi avesse baciata, nemmeno se era accaduto in sogno. Che cosa sarebbe successo se le avessi rivelato i particolari? Le sarebbe venuto un infarto oppure sarebbe impazzita e ci avrebbe obbligati a cacciare Atiyya?

Piombò una spessa coltre di silenzio e mi avvolse nelle sue pieghe che si prolungavano sino a toccare il silenzio di mia madre agitato dalla rabbia e dall'astio nei confronti di Atiyya. Nel frattempo il mio silenzio mi trasportava al sogno, mi imperlava di sudore e immaginavo che, mentre sognavo, Atiyya fosse davvero entrato di nascosto in casa mia, che avessimo scoperto insieme i nostri corpi e avessimo sospirato nei meandri dell'anima.

* * *

Da quando avevo fatto quel sogno tutta la mia quiete era svanita e i miei sensi si erano risvegliati. Tutte le sorgenti sopite tornarono a vivere. Le scintille scoppiettavano innescando i desideri repressi che speravano la pioggia scrosciasse per spegnere il loro fuoco e incanalarli nel mio corpo che fino ad allora avevano trascurato. Si riaccesero tutte le fiamme, si scatenarono tutti i fulmini che avevo vissuto ai tempi dell'amore per Jawad. Il sogno aveva smosso tutti i miei istinti perché era ciò che mi mancava e che desideravo.

Me ne stavo nuda davanti allo specchio a osservare il mio corpo ed esclamai dallo stupore: «Ah… questo corpo cosparso di luce e argento! La sua pelle non si è afflosciata, il suo colore pallido non ha perso né morbidezza né lucentezza. Il mio corpo pulsa al ritmo del mio cuore ed è succulento come un frutto estivo».

Mi domandavo come potesse una donna come me, nel fiore dei suoi anni, allontanare una mano che la irrorasse di profumo e le restituisse la vita. Osservai le mie labbra carnose che non erano state toccate nemmeno da Jawad, che avevo tanto amato, che non erano state assaporate nemmeno da quel vecchio che non le meritava e che non era riuscito a domarle e a soggiogarle agli attacchi delle sue molli labbra. Osservai il mio seno prosperoso che era stato graffiato per la prima volta dalle sue mani secche che non stavano mai ferme. Calai lo sguardo sulla metà inferiore del mio corpo fino a scendere alla porta d'ingresso nella quale si era infilato prima il serpente infuocato di Atiyya poi il serpente del vecchio, simile a un flaccido cetriolo. Constatai con gioia di avere un corpo ancora morbido e delicato che provava desiderio, che vibrava e che aveva ogni diritto di cercare uno strumento per essere irrorato di sale e rugiada. Le mie notti ospitavano sogni a occhi aperti che mi conducevano in luoghi illuminati dove m'immergevo senza remore con Atiyya. Mi vedevo circondata dalle sue braccia, godevo del cielo del suo viso dalla carnagione scura, nei suoi occhi vedevo la luna, sentivo esalare dal suo corpo un profumo che sembrava il concentrato delle fragranze di un giardino con varie specie di alberi da frutto, come l'ananas, l'arancio, la vite e il banano. Mi immergevo nelle maglie del profumo per poi sciogliermi. Le sue labbra sapevano di mela verde, quindi non provavo disgusto né opponevo resistenza. Quando mi dominava dall'alto avevo la sensazione che fosse una colonna di luce opaca che discendeva sul mio sole per riacquisire un po' di luce. Il suo corpo non gravava sul mio, assomigliava a una morbida foglia che vagava sulla calma superficie di un lago. Sentivo i suoi mormorii, la compagnia della sua fiamma mi faceva piacere, le sue burrasche mi commuovevano. Avevo osato tanto da fargli conoscere l'intera mappa del mio corpo, persino le più piccole rughe. Mi arrendevo all'impetuosità delle sue cascate lasciandomi inondare fino al momento in cui si accendeva il brivido il cui sale nutriva le lenzuola e i cui gemiti si seppellivano tra i cuscini. Non mi disprezzavo, non sentivo di peccare compiendo un gesto illecito, perché nulla vieta di fare sogni a occhi aperti, quei sogni al termine dei quali Atiyya mi lasciava come una fogliolina di menta avvizzita. Ero sola nel mio letto, dalle pareti della stanza stillava qualcosa di simile all'eco strozzata di un ronzio di mosche. Il brusio mi circondò per alcuni minuti poi scomparve, lasciando il posto al fastidioso suono del silenzio che ricopriva ogni angolo della stanza e al fuoco che continuava ad ardere dentro di me. Speravo di trovare accanto a me un cumulo di sabbia con la quale cospargermi il corpo e spegnere le fiamme che mi lambivano. Piangevo per la mia triste sorte e mi rotolavo come un tronco vuoto mentre i miei sogni vagavano e sprofondavano in un continuo miraggio.

Nella misura in cui godevo durante quei sogni immaginari, nella misura in cui riservavo a questo corpo fuori uso piaceri variopinti, ero tormentata e addolorata. Io, la giovane e bella vedova che molti desideravano e alla cui porta bussavano smaniosi, mi ero immersa nel tunnel che conduceva ad Atiyya con tutti i miei raggi di luce, l'avevo scelto come amante segreto, mi ero gettata tra le sue braccia totalmente appagata nei miei desideri.

Nei momenti in cui ritornavo in me e riacquistavo lucidità, mi domandavo: "Amo davvero Atiyya oppure è semplicemente un impulso del corpo cui è stato appiccato il fuoco dal sogno di quella notte?". I pensieri s'intrecciavano e si accalcavano nella mia mente per poi spiccare il volo come farfalle impazzite che cozzavano contro le pareti della stanza, si frantumavano e ritornavano a me, tormentata dall'indecisione, dal dubbio e dall'incapacità di trovare risposte chiare. Non mi ero mai sentita così. Sola nel mio appartamento. Le notti facevano impallidire e sbiadire il mio viso. Mi guardavo allo specchio e sentivo che il tempo lo aveva cosparso di sottili scanalature. Mia madre, alla quale non sfuggiva nulla, aveva notato il mio cambiamento e forse sentiva i rintocchi a festa delle campane del mio cuore. Iniziò a fare allusioni, ma io le lasciavo cadere. Mi accorsi di quanto fosse preoccupata una mattina mentre stavamo facendo colazione con mio padre. Mi voltai verso di loro e vidi che mia madre mi stava indicando: «Non mi convince lo stato di tua figlia... secondo me ha qualche problema».

Mio padre mi guardò attentamente per poi rivolgersi a me con tutta la sua dolcezza: «È vero quel che dice tua madre?».

Finsi un sorriso: «Conosci la mamma... si preoccupa a tal punto per me che si immagina di tutto e...».

Mi interruppe adirata: «Io non mi immagino nulla, antepongo il cuore agli occhi... Dove sono finite le tue risate? Dove sono finite le storie che mi raccontavi? Ti sei rinchiusa in te stessa, sei diventata pallida, sbiadita e pensosa come se portassi il fardello di tutti i problemi del mondo sulle tue spalle. Che cosa c'è?».

Mio padre la tranquillizzò: «Sii paziente con tua figlia... ascoltiamo quel che deve dire».

Dovevo assolutamente inventarmi qualcosa: «Papà... l'operazione, il fatto che devo restare a casa mi deprime e mi stanca».

«Se ti senti meglio... abbrevia la convalescenza e torna a lavorare», tagliò corto mio padre.

Ero felice perché mio padre se l'era bevuta.

«Ci penserò. Soprattutto perché mi mancano le mie studentesse e le mie colleghe».

Mia madre si rasserenò e il suo volto sembrava più disteso.

«Organizza una festa con le tue colleghe. Ti solleverà il morale!».

La sua proposta mi rallegrò. Avevo proprio bisogno di qualcosa di diverso che mi sottraesse ai sogni che mi assediavano e circondavano come una ragnatela affamata.

* * *

Rientrare al lavoro non fu per nulla facile, nonostante la mia felicità. Non appena varcai la soglia della scuola mi si presentò davanti agli occhi lo spettro di Aisha. Fui percorsa da un brivido che mi scosse, più forte di quello che mi colse nel momento in cui entrai in aula e le mie alunne applaudirono e accorsero verso di me per salutarmi e accertarsi che mi fossi ripresa. I miei occhi cercavano il viso di Aisha. Mi venne un nodo in gola che bloccava la mia voce risanata. Non riuscivo a parlare. Vidi il suo banco vuoto, avvolto dal silenzio e dalla tristezza. Non riuscii a sopportare quella vista. Scoppiai in lacrime. Mi sedetti tenendomi il capo tra le mani, travolta dalle lacrime. Regnava un allarmante silenzio, infranto solo dal cigolio delle sedie. Alcune ragazze stavano trasportando fuori dall'aula il banco e la sedia di Aisha. Le altre invece stavano risistemando gli altri banchi in modo da colmare il triste vuoto.

Quella sensazione di tristezza gravò su di me per più di una settimana, fino a quando non mi abituai all'assenza. Concentrai la mia attività e la mia attenzione sulle alunne spronandole a impegnarsi maggiormente nello studio perché mancavano solo due mesi all'esame finale. Incitavo loro e incitavo Atiyya evitando, mentre ripetevamo insieme la lezione, che le nostre mani si toccassero e che i nostri sguardi s'incrociassero. La sola sua presenza nell'appartamento diffondeva la fragranza di quel profumo che sentivo nei miei sogni. Incuriosita, talvolta guardavo di soppiatto il suo corpo coperto dagli abiti.

Chissà se era liscio come quello che mi appariva in sogno oppure recava le cicatrici della frusta del vecchio. Oppure era marchiato dai segni della varicella che aveva avuto da piccolo? Speravo con tutto il cuore che almeno una volta dimenticasse di allacciare i bottoni della camicia in modo che potessi osservare una parte delle sue colline e i suoi acini d'uva. Idee perverse mi tormentavano e mi facevano covare rancore verso di lui. Sfruttavo ogni occasione, un errore nella lettura oppure nel dettato, per scagliarmi contro di lui e rimproverarlo come se volessi vendicarmi dell'autorità che esercitava su di me nei sogni notturni e in quelli a occhi aperti. Quando usciva, slanciato, tenendo sotto braccio la cartella con i libri, lasciava dietro di sé una scia di profumo che colmava il vuoto. Era come se Atiyya affondasse le unghie dentro di me nell'oscurità, mentre il muto silenzio giocherellava con quel profumo sospingendolo ovunque cosicché nel mio corpo si risvegliava l'ostinato desiderio, si infilava nel mio letto e faceva sì che io cercassi e mi avvinghiassi al suo corpo senza vergogna alcuna.

* * *

Quella mattina mi trovavo nell'appartamento di mia madre. Stavamo giocando a scacchi. A un certo punto suonarono alla porta. Mi alzai e andai ad aprire. Trovai Atiyya che sventolava il suo diploma elementare. Sul suo viso volteggiavano farfalle e uccelli che cinguettavano di gioia. Con tutta la voce che aveva, esclamò: «Sono stato promosso con voti molto alti!».

«Bravo, Atiyya! Festeggeremo».

Il suo viso brillava simile a quello di un bambino cui è stato regalato un gioco nuovo. La felicità che pervase il mio cuore assomigliava a quella della gazzella che cavalca e grida nel deserto. Mi voltai verso mia madre, che scorgendo la nostra gioia si era rabbuiata in viso, e le dissi: «Hai visto, mamma? Ti avevo detto che Atiyya è intelligente e bravo».

Ironica mi rispose: «Ma il tuo amore ha conseguito il dottorato? Guarda che ha preso la licenza elementare!».

Atiyya, con un tono altrettanto ironico, ribatté: «Se Dio vuole prenderò anche quello… se la mia signora Nadia me lo chiederà».

Mia madre digrignò i denti: «Certamente. Ti manca solo di diventare dottore!».

La rimproverai: «Mamma, smettila di provocarlo e congratulati con lui!».

«Mi farai morire… non capirò mai che cosa ci trovi».

Mi avvicinai, la circondai con il braccio, le baciai e accarezzai la testa: «Festeggerai con noi, ci preparerai i tuoi piatti migliori… le foglie di vite, pizze, taboulé e…».

M'interruppe: «Devo anche danzare e suonare la darbuka per lui?».

Atiyya scoppiò a ridere e, con fare scherzoso, la corresse: «Lei suona la darbuka e io ballo!».

Mia madre non gradì la battuta e, fulminandolo con lo sguardo, esclamò: «Vattene, scompari dalla mia vista!».

Per sfuggire nel più breve tempo possibile dalla sua furia, presi per mano Atiyya e ci dirigemmo verso la porta. Mentre uscivo le gridai: «Non togliere gli scacchi… tornerò per finire la partita».

Salii con Atiyya nel mio appartamento. Non appena entrammo, gli uccellini iniziarono a cinguettare come per congratularsi con lui. Indicando la sedia, gli dissi: «Accomodati, Atiyya».

Entrai nella mia stanza e tornai recando una scatola che avevo avvolto con una carta dorata. Mi fermai davanti a lui. Un sorriso gli illuminò il volto. Gli consegnai la scatola: «Prendi, Atiyya. Ero sicura che ce l'avresti fatta quindi ti avevo preparato un regalo».

La prese e iniziò a ispezionarla: «Che cos'è?»

«Un orologio».

Si gettò su di me con tutto il corpo. Mi abbracciò calorosamente, mi baciò sulle guance poi si allontanò sussurrando: «Perdonami, signora… la felicità mi ha fatto perdere il controllo».

Mi voltai dandogli le spalle per paura che potesse notare il mio tremito. Mi sentii avvampare. Distolsi l'attenzione sistemando la tovaglia e il vaso di fiori. Fingendo di essermi arrabbiata, lo rimproverai: «Non farlo più!».

Sentii i suoi passi pesanti mentre con il cuore triste se ne andava, richiudendo delicatamente la porta. Mi accovacciai sul divano, abbracciandomi le spalle e accarezzandomi le guance che lui aveva baciato. Chiusi gli occhi, mentre si diffondeva un silenzio dolce come un violino antico che avvolgeva la mia anima, che danzava riscaldandomi le guance. Sentii lampi che mi assediavano con raggi colorati riconducendomi ai miei sogni a occhi aperti. M'inebriavano accendendo il mio corpo, facendolo divampare per poi estinguerne il fuoco. Abbassai le palpebre e ritornai ai sogni ad occhi aperti.

* * *

L'alba si stava infiltrando tra le fessure delle tende, la luce mi risvegliò da un sogno molesto. Mi sentivo debole. Le braccia fiacche come se in sogno qualcosa le avesse paralizzate. Il collo e il petto sembravano nuotare nel sudore bollente, mentre un odore di terra bruciata aleggiava intorno a me. Mi stiracchiai con fatica. Andai in bagno e irrorai il mio corpo con una cascata di acqua calda. Uscii profumata di sapone. Mi diressi verso le gabbie silenziose degli uccellini che erano assopiti e tranquilli e non si erano ancora accorti che mi ero svegliata presto... Ah... se solo fossero stati con me nel sogno, in quell'istante sarebbero saltati increduli per il fatto che ero ancora in vita dopo avere vissuto un simile incubo.

Era la morte vera quella di cui avevo paura?

Buio pesto e un atroce silenzio in cui si era perso il mio corpo senza muoversi. Tuttavia sentivo l'eco di voci che si sovrapponevano infrangendo la quiete. Delle mani sollevavano il mio corpo nudo per deporlo su una tavola di legno. Ruscelli di acqua fredda iniziarono a irrorarlo. Venni sollevata un'altra volta. Venni distesa su un morbido lenzuolo. Mia madre gemeva mentre la sua mano riempiva le mie cavità con cotone intriso di canfora. Dopodiché iniziò ad avvolgermi nel sudario e a stringermi le lunghe bende intorno al corpo fino alla nuca. Strinse a lungo le mie mani piangendo e gridando. Mi lasciarono cadere in una buca stretta e umida, e iniziarono a ricoprirmi di terra. Prima che il mio viso scomparisse, si sentì l'urlo di Atiyya che, simile a un tuono, fece tremare tutto. Mi estrasse dalla buca. Mi prese tra le forti braccia e fuggì con me sino a scomparire dall'orizzonte. Un fascio di luce colpì i miei occhi. Quando li aprii, vidi che si trattava della luce che filtrava dalla fessura della tenda. In quell'istante mi alzai dalla morte per tornare alla vita.

Gli uccellini ripresero a cinguettare dopo che i raggi del sole ebbero infranto la verginità del luogo. Non sapevo quanto tempo fosse trascorso, se fossi ancora addormentata oppure libera di riprendere quel sogno orrendo. Dai miei capelli scendevano ancora gocce d'acqua e il mio corpo era coperto dall'accappatoio. Un desiderio incontrollabile mi spinse a vestirmi e a uscire per dirigermi verso il mare. Avevo voglia di gettarmi tra le sue braccia, purificarmi nel suo sale, eliminare ogni traccia di canfora e terra. Era come se il sapone non avesse compiuto il proprio dovere.

Quando rientrai, rinata, con il corpo scintillante per il sale e la gioia che lo ricoprivano, Atiyya mi venne incontro con un'espressione strana del viso e gli occhi che stavano per sbalzare dalle orbite e mi disse: «Tuo padre è stato male... tua madre ha ritenuto opportuno portarlo in ospedale».

Quel colpo mortale mi scaraventò da uno stato di gioia direttamente negli abissi della tristezza. Che cosa era successo a mio padre? Che cosa l'aveva colpito? Gli era forse giunta una folata della mia felicità e non l'aveva sopportata? Oppure qualcos'altro aveva ridotto il suo corpo al silenzio fino a provocargli un danno irrecuperabile? Mentre guidavo l'automobile a velocità folle ricordai un'immagine alla quale non pensavo da tempo. In quel momento era diventata nitida. Ripensai alla notte in cui io e mia madre stavamo guardando un film alla televisione e all'improvviso lei era corsa in bagno. Era scomparsa per un po' per poi tornare e precipitarsi in cucina. Le ero corsa dietro. Stava preparando una tisana. Le avevo chiesto spiegazioni e lei, con voce tremante, mi aveva comunicato che mio padre aveva vomitato tutta la cena.

«Dobbiamo portarlo da un medico?», le avevo domandato per capire quanto fosse grave la situazione.

«Non credo sia necessario. Deve avere preso un colpo di freddo».

Avevo lasciato mia madre in cucina per andare nella stanza di mio padre. Era sul letto, si lamentava ed era sudato.

«Papà... tesorino, che cosa ti senti?».

Aveva pigramente allungato la mano per accarezzarmi la guancia.

«Non preoccuparti è solo un po' di nausea... sarà il freddo».

Il giorno seguente mia madre aveva insistito affinché andasse all'ospedale per farsi controllare, ma si era rifiutato. Si era svegliato presto e sembrava attivo.

«Non vedi che sono sano come un pesce!».

Non era stata l'unica volta in cui mio padre era stato male, spesso gli era capitato di avere nausee, dolori al petto che poi erano passati, era ritornato come prima, era andato nel suo ufficio dal quale gestiva e amministrava la mia ingente ricchezza.

Ah, papà. Sembrava che fossi stata io ad avergli accollato quell'enorme responsabilità. Quante volte aveva provato a chiedermi di partecipare alla gestione del lavoro.

«Sono i tuoi soldi e devi avere tutto sotto controllo».

Ma io non me ne ero interessata.

«Mi basta studiare un po' e verificare i quaderni delle entrate e delle uscite».

Qualche mese prima si stava lamentando e mio fratello aveva insistito affinché gli lasciasse condividere la responsabilità del lavoro.

«La responsabilità è gravosa, papà?», gli avevo domandato.

«Per nulla! Ma non sono responsabile della mia vita. Se mi dovesse accadere qualcosa nessuno di voi saprebbe mandare avanti gli affari».

«Che il male stia alla larga dal tuo cuore», aveva esclamato mia madre tremante.

Tuttavia mio padre aveva insistito. Mio fratello si era voltato verso di me e mi aveva detto in tono ironico: «Quanto mi darai per le mie prestazioni?».

«Vuoi mercanteggiare con tua sorella?», aveva commentato irritato mio padre.

Mia madre e io parteggiavamo per mio fratello: «Dovrebbe lasciare il proprio lavoro per un impiego non retribuito?».

«Deve avere uno stipendio fisso. È un suo diritto», avevo specificato.

Lo stipendio di mio fratello non superava i cinquecento dinari, allora avevo chiesto a mio padre di dargliene mille. Mio padre non si era opposto. Aveva ripetuto la frase di sempre: «I soldi sono tuoi e sei libera di farne quel che vuoi».

Mio padre non aveva escluso nemmeno Atiyya che aveva iniziato ad accompagnarlo in ufficio. Quando mia madre si era opposta, lui aveva ribattuto: «Mia cara, Atiyya mi aiuta ad andare a riscuotere gli affitti, mi accompagna ovunque... parlare con i tassisti mi annoia!».

Quell'immagine mi ritornò alla mente, mentre guidavo a tutta velocità. Avevo la mente confusa ed ero avvolta dalla paura. Interrogativi cocenti attanagliavano il mio cuore: mio padre conosceva forse il motivo dei suoi affaticamenti e quindi aveva suddiviso i compiti tra mio fratello e Atiyya?

Mia madre sapeva che cosa aveva mio padre? Non credevo che un dettaglio così importante fosse sfuggito a lei, che se mio padre sospirava o si strozzava, impallidiva e gridava: «Che Dio faccia ammalare me, non te».

Mia madre che non distoglieva mai lo sguardo da mio padre, che temeva che un alito di vento lo sfiorasse oppure che il caldo del sole lo opprimesse, era la persona più vicina al suo corpo e al suo cuore. Come il sangue scorreva nelle sue vene, percepiva ogni suo fremito, fiutava ogni goccia di sudore che lo percorreva, non poteva non sapere se si trattava di una banalità oppure di una malattia. Mia madre aveva sicuramente deciso di non parlarmene per non raddoppiare il dolore già forte dovuto alla mia operazione.

Stavo per investire una gatta. Urtai contro un autocarro. Passai due volte con il semaforo rosso. Guidavo io, ma di fatto era la paura a guidarmi. Una domanda mi assillava: quale disgrazia mi sarebbe capitata quella mattina? Sarebbe stata una tristezza passeggera a varcare la soglia di casa nostra oppure una tristezza che vi si sarebbe insediata?

Mio padre avrebbe trascorso dieci giorni in osservazione dopodiché il medico gli avrebbe consentito di rientrare a casa. Ciononostante la gioia per il suo ritorno sarebbe stata avvolta dalle nebbie della preoccupazione. Mia madre viveva in un costante stato di paura. Lo capivo dal tremore della sua voce che aveva perso il suo suono squillante, dai movimenti più appesantiti, dalla lucentezza dei suoi occhi che se ne era andata chissà dove. Da quando si alzava a quando andava a dormire invocava Dio affinché continuasse a proteggerci con il suo affetto. Era come se si fosse paralizzata in balia di un futuro ignoto. Temeva che tutto potesse scomparire in un colpo solo.

La pausa estiva mi aiutò a restare al suo fianco. Cercavo di esserle vicina nella sopportazione del dolore e nella gestione della casa nella quale non provava più piacere alcuno. Trascorreva tutto il tempo prendendosi cura di mio padre, se ne stava china su di lui, lo coccolava e gli ricordava quando doveva prendere una medicina. Ciononostante gli trasmetteva la propria ansia. Per questa ragione lui amava uscire di casa, mi chiedeva di portarlo a fare una passeggiata sul mare, facendo andare su tutte le furie mia madre che urlava: «No. Non uscirà. Ho paura che prenda freddo».

La supplicavo: «Mamma, non puoi assillarlo e fargli pesare la malattia».

«Temo per la sua salute».

«Tutti noi temiamo per la sua salute, siamo stati concordi con la tua decisione di non mandarlo più al lavoro, ma una passeggiatina gli farà sentire che la vita non si è ancora fermata».

Mio padre aveva ridotto la sua presenza in ufficio e aveva affidato la responsabilità a mio fratello che lo informava regolarmente e gli portava i documenti da firmare oppure da visionare, così come Atiyya svolgeva, con molto impegno, i compiti che gli erano stati affidati. Anche lui, come noi, era preoccupato per papà.

Una notte bussò alla porta del mio appartamento. Era molto tardi. Mi stupì che si fosse presentato a quell'ora e immaginai che avesse intuito qualcosa dei miei sogni. In quel periodo non lo convocavo spesso, forse era venuto per ricordarmi che esisteva ancora, oppure il diavoletto dentro di lui l'aveva inviato affinché trasformasse il sogno in realtà. Stavo in guardia… temevo… e con tono risoluto chiesi: «Tutto bene, Atiyya?».

Non attese che lo invitassi a entrare – cosa che non avrei fatto – ma si fece avanti e andò a sedersi sul primo divano a disposizione, con il viso gravato dalla tristezza. Non parlava, quindi lo spronai: «Che cosa c'è, Atiyya… a quest'ora?».

Biascicò qualcosa poi iniziò a parlare a stento: «Non voglio terminare gli studi e non voglio sposarmi».

Mi colse alla sprovvista. Immaginavo fosse venuto a lamentarsi per rammentarmi la promessa che gli avevo fatto.

«Ma eravamo d'accordo che ti avrei sposato dopo il conseguimento della licenza elementare, a patto che avessi concluso gli studi dopo il matrimonio!».

Dopodiché mi corressi e con vera rabbia gli chiesi: «Ti sembra questo il momento di parlare dei tuoi studi e del matrimonio? Non vedi i problemi che abbiamo con papà?».

Chinò il capo e, con le lacrime negli occhi, rispose: «Per questo sono qui. Non voglio abbandonarlo, lo voglio aiutare nel lavoro».

Era sul punto di scoppiare a piangere. Mi meravigliò. Dov'era mia madre? Se solo avesse sentito queste parole! Avrebbe capito che non mentivo sulla sua fedeltà. Grazie a Dio non lo avevo abbandonato perché aveva servito il vecchio. Nonostante la mia gioia, ebbi uno scatto di rabbia: «Credi che mio padre non riesca proprio più fare nulla?».

Trasse un sospiro agitato e continuò a lamentarsi... Impiegai molto tempo per tranquillizzarlo e rasserenarlo. Poi se ne andò.

Quella notte ero preoccupata e molte domande mi assalivano: il senso di responsabilità di Atiyya nei confronti di mio padre era forse migliore del mio? Perché non mi assumevo parte di quella responsabilità? Perché continuavo a provare odio nei confronti della ricchezza ricevuta in eredità dal vecchio nonostante ne traessi vantaggio, senza fare lo sforzo che aveva fatto mio padre fino ad affaticare il proprio cuore e ad ammalarsi?

Il giorno seguente, mentre eravamo seduti a pranzo, comunicai a mio padre la decisione: «Abbandonerò l'insegnamento e verrò a lavorare con te in ufficio».

Tutti i visi s'illuminarono di gioia, soprattutto quello di mia madre che domandò ironica a mio padre: «Quanto le darai di stipendio?».

Mio padre rispose come suo solito: «I soldi sono suoi. Lei è quella che dà ed è quella che prende».

Nonostante la preoccupazione per mio padre e la sensazione di tristezza nei confronti di mia madre, non riuscivo ad allontanare Atiyya dalla mente, in particolare ora che era fisicamente ancora più vicino a me. Non appena iniziai a recarmi regolarmente in ufficio, osservai da vicino tutti gli sforzi che compiva, la sua affidabilità, il modo gentile con cui riceveva i commercianti amici di mio padre oppure gli intermediari che erano a legati a lui tramite la compravendita. Anche mio fratello Faysal faceva molto affidamento su di lui quando si trattava di risolvere questioni complicate quali il versamento o il ritiro degli assegni, convincere gli intermediari a fidarsi ad acquistare appezzamenti la cui vendita ci era stata affidata. Ero felice della fiducia e dell'affetto che Faysal riversava su Atiyya, e la mia felicità raddoppiava quando parlava di lui davanti a mia madre e a mio padre, che confermava le parole di mio fratello. Mia madre invece si accigliava, morsicandosi le labbra per il nervosismo oppure lo criticava costringendo mio padre a rimproverarla: «Fino a quando continuerai a essere così astiosa nei suoi confronti?».

Lei corrugava la fronte e insisteva: «Fino al Giorno del giudizio».

Mio padre, colmo di rabbia, commentava: «Addirittura? Lo odi a tal punto? Lo sai che sei proprio senza cuore?».

Vinsi la vergogna verso mio padre e mi intromisi nella discussione: «Mia madre non dimenticherà mai quel che Atiyya mi ha fatto in passato».

Mio padre abbassò il capo per non mettermi in imbarazzo e si voltò verso la moglie. Le strinse la mano e disse: «Atiyya non ha violentato tua figlia. Era un servo e dove obbedire al padrone!».

Poiché non reagiva, mio padre continuò: «In ogni caso

tutto questo è passato. Atiyya adesso è con noi e in noi. E non si risparmia».

Mia madre mi guardò negli occhi come se volesse indagare a fondo nella mia mente per avere conferma dell'innocenza di Atiyya. Le sorrisi e la supplicai: «Ti prego, mamma... falla finita... tutti noi gli vogliamo bene e desideriamo che lo perdoni e gli voglia bene».

Sospirò profondamente e sembrava essere sul punto di piangere: «È più forte di me. Tutto quel che è accaduto è ancora davanti ai miei occhi. Non posso volergli bene».

«Non c'è potenza né forza se non in Dio», le disse mio padre che sembrava avere perso ogni speranza di convincerla.

Avevo la sensazione che mia madre si stesse infiammando, quindi non parlai, perché non volevo soffiare sul fuoco onde evitare che l'incendio divampasse fino a bruciare i rami dell'amore che riparavano Atiyya. Questo amore mi diede il coraggio di parlare apertamente con Faysal mentre ci trovavamo in ufficio.

«Che ne pensi di prendere un custode per l'immobile così sgraviamo Atiyya?».

Era stupito, e nella sua voce percepii un velo di rabbia.

«Si è lamentato con te? Oppure vuole solo un aumento?».

La sua risposta mi infastidì. Per tutti quei mesi, da quando avevo iniziato a lavorare in ufficio, non mi ero mai intromessa, non mi ero mai opposta a nulla e non avevo mai proposto nulla. Concordavo sempre con tutte le decisioni assunte da Faysal. Tuttavia, poiché percepivo che sarebbe stato irremovibile e non avrebbe soddisfatto il mio desiderio, provai il forte istinto di ricordargli che i soldi erano i miei e che io ero la proprietaria assoluta di tutto, e che quindi le mie decisioni andavano messe in atto volenti o nolenti. Caricai tutta la mia ostinazione nella voce. Gli impartii l'ordine perentorio facendogli chiaramente capire che non c'era nulla di cui discutere.

«Esenterai Atiyya dal suo lavoro qui a casa e gli preparerai un ufficio».

Mio fratello si rese conto che ero consapevole della mia autorità. Forse il fatto che non la esercitasi gli aveva fatto immaginare che fossi debole e ingenua e gli aveva permesso di rafforzare la sua, di autorità, ma ora era necessario che io riprendessi il posto che mi spettava e chiarissi che non avrei consentito a nessuno né di distruggerlo né di esautorarmi e che, anche quando gli chiedevo un parere, non significava che fosse lui a decidere, poiché questo compito spettava solo a me. Trattenne la rabbia e abbassò il tono di voce: «Ai tuoi ordini».

La forza cresceva dentro di me. Colmai ogni lacuna che m'impediva di seguire di persona le questioni relative alle mie finanze, che sarebbero quindi durate e avrebbero fruttato nonostante la malattia di mio padre. Era la mia occasione per stupire ulteriormente Faysal e per compiere un altro passo in avanti che avevo progettato da settimane: «Si è liberato l'appartamento al primo piano dell'immobile... non lo affitteremo più perché sarà l'abitazione di Atiyya».

Lui sorrise suo malgrado: «Sei generosa e Atiyya se lo merita».

Nonostante si fosse arreso ai miei ordini, il suo sguardo rivelava fastidio e disapprovazione. Ma non gli prestai attenzione. L'unica cosa che mi interessava e mi occupava la mente era migliorare le condizioni di Atiyya in ufficio e in casa. Desideravo che fosse sereno e tranquillo, fargli sentire che lo consideravo un essere umano, che non era più un servo canzonato dal vecchio che lo aveva sfruttato per aprire la porta dei suoi desideri. Da noi non era più un dipendente che percepiva uno stipendio perché era diventato parte della famiglia. Questo fatto mi aveva tormentata dal momento in cui Atiyya si era avvicinato a me nel lavoro, a casa, nei sogni notturni e in quelli a occhi aperti. Non mi faceva più piacere che fosse il custode, non sopportavo di vederlo indossare la lunga tunica da lavoro per spazzare e poi imbrattarsi di polvere, per trasportare i bidoni della spazzatura dei vari appartamenti. Non sopportavo più che la mia famiglia e gli inquilini dell'immobile lo oberassero di ordini. Per questo motivo iniziai a desiderare, a sua insaputa, che questa persona, che era sempre più vicina al mio cuore e che era padrona delle mie notti solitarie, migliorasse nell'aspetto, progredisse nel lavoro, avesse una dimora migliore e studiasse. Volevo che gli venissero riconosciuti meriti e libertà, che venisse premiato per il suo coraggio e perché era il compagno dei miei sogni.

* * *

Mia madre non gradì affatto la mia decisione riguardo l'appartamento, andò su tutte le furie e s'irrigidì nei miei confronti, mio padre non sembrò contrariato. Come al suo solito commentò: «I soldi sono tuoi e sei libera di farne quel che desideri».

Mia madre si voltò verso di lui e, con la voce carica di disapprovazione, borbottò: «La incoraggi sempre a sperperare il denaro».

Poi si rivolse a me e commentò: «Atiyya certo non pagherà l'affitto!».

Mi stava aizzando... non so come, ma in quell'istante persi il controllo e uscii decisamente dai gangheri: «Dimmi un po', ma tu, mio padre e mio fratello pagate forse qualcosa?».

Mio padre chinò il capo. Era come se lo avessi trafitto con una freccia. Mia madre non si placò, anzi, ribatté: «Ah... questa è l'ultima! Metti la tua famiglia e un servo sullo stesso piano».

Corsi verso mio padre per abbracciarlo. Scomparve in me ogni timore e pudore nei suoi confronti e gli dissi: «Scusami, papà. Non era mia intenzione umiliarvi. Ma mamma non vuole ammettere che Atiyya non è più un servo!».

Fu colpito dalla mia durezza, ma al contempo cercò di difendermi. Si voltò verso mia madre e le rammentò: «Non dimenticare che Nayef lo ha affrancato. Ora lavora e ha un impiego rispettabile e ha tutto il diritto di avere una casa rispettabile».

Mia madre non si risparmiò una battuta ironica: «Dio mio, lo portate su un palmo di mano… ma se diventasse il direttore generale dell'ufficio, sulla porta mettereste la targa "Abd figlio di Ubayd" ovvero "servo figlio di servo"?».

Mio padre si rese conto che quelle parole avrebbero potuto scatenare un putiferio, quindi diede un colpetto sulla spalla di mia madre e le sussurrò: «Falla finita. Abbiamo detto che è libera di fare quel che vuole. Se Dio vorrà gli potrà fare costruire persino un palazzo. Non sono affari tuoi».

Mia madre notò che mio padre era impallidito e che la sua voce si era indebolita. Temette per la sua salute. Quindi represse la collera, mi lanciò un'occhiata severa e, controvoglia, mi disse: «Fa' quel che vuoi…».

Ero convinta che non sarei mai riuscita a estirpare dal suo cuore l'odio che provava nei confronti di Atiyya, tuttavia cercai di dissiparne la rabbia, avvicinandomi a lei, baciandola sul capo e sussurrandole: «Te ne sono grata, mamma».

Uscii per dirigermi verso il mio appartamento, mentre ripetevo tra me e me: «Certo che farò quel che voglio!».

* * *

Mi occupai personalmente dell'arredamento della casa di Atiyya. Feci tinteggiare le pareti dello stesso colore di quelle del mio appartamento, lo riempii di vasi di fiori e voliere. Appesi quadri che raffiguravano mare e boschi. Feci in modo che il colore delle tende s'intonasse a quello dei divani. Sistemai una scrivania nell'angolo che si affacciava sul cortile. Allestii la cucina mettendo al centro un piccolo tavolo con solo due sedie. Mentre mi occupavo di tutto ciò, pensavo che non sarebbe rimasto solo. Quando acquistai il letto, lo scelsi ampio e a due piazze. Dopo avere disteso il copriletto lilla mi fermai a osservarlo, mentre la mia mente volava ai sogni con Atiyya. Chissà se mi avrebbe sognata anche lui. Volevo regalargli un luogo adatto a lui che però fosse delle dimensioni e dei colori che piacevano a me. Era come se, memore della promessa che gli avevo fatto, mi stessi occupando della mia casa e del mio letto.

Non diedi ad Atiyya l'opportunità di vedere l'appartamento prima che fosse ultimato. Volevo fargli una sorpresa. Entrai nel suo ufficio, mentre era preso ad analizzare le carte per inserirle nei vari fascicoli. Bussai sul tavolo e gli dissi: «Smetti di lavorare... vieni con me».

Girò la mano per guardare l'orologio, poi mi rispose: «Sono le dieci e mezza... Faysal ha bisogno di me».

Il suo senso del dovere mi colpì piacevolmente. Lo tranquillizzai: «Non ti preoccupare... ti do io il permesso».

Uscimmo. Mentre era seduto accanto a me sull'automobile, potevo percepire, dagli sguardi veloci che mi rivolgeva, che era curioso, ma si tratteneva. Nel frattempo io facevo come se nulla fosse e mi fingevo impegnata a superare le automobili davanti a me. Era impaziente. Quando mi fermai davanti all'immobile, mi domandò: «Perché siamo tornati a casa?»

«Non fare domande, vieni con me».

Non presi l'ascensore, salii le scale a piedi, mentre Atiyya mi seguiva. Percepivo che il suo cuore trepidava di curiosità. Aprii la porta dell'appartamento. Mi sedetti sul divano più vicino e iniziai a osservarlo mentre si muoveva da una parte all'altra pervaso dallo stupore. Mi si avvicinò e mi pose una domanda che non mi sarei mai aspettata: «Hai deciso di abbandonare il tuo appartamento e di trasferirti qui?».

Non riuscii a trattenermi, scoppiai a ridere e lo invitai ad accomodarsi.

Si sedette, con lo stupore che continuava a rivestirgli il viso. Gli rivelai la mia sorpresa: «Atiyya, questo appartamento è tuo».

Fece un balzo dalla paura. Iniziò a tremare, spalancò la bocca e strabuzzò gli occhi. Ero in ansia per lui, temevo che gli venisse un infarto.

«Atiyya, c'è un nuovo custode che si occuperà dell'immobile e abiterà nella tua stanza, e tu...».

Mi interruppe, allungò le braccia verso di me come se volesse supplicarmi.

«Mi hai licenziato? Ho commesso qualche errore?».

Lo tirai per le braccia e lo feci accomodare con la forza accanto a me.

«È un regalo, Atiyya, ora hai un lavoro rispettabile e devi abitare in una casa rispettabile», dissi prendendo a prestito le parole di mio padre.

«Ma...».

Si voltò a destra e a sinistra, poi allargando le braccia commentò: «È troppo per me. Come potrò vivere qui?».

Mi colse un'immensa tristezza. Era come se gli avessi offerto un inferno che lo avrebbe bruciato, non un paradiso in cui si sarebbe goduto la vita. Gli presi la mano fredda e tremante, gliela accarezzai con sincero affetto e gli sussurrai: «Nulla è troppo per te... devi goderti un po' di riposo».

Era incredulo. Le lacrime gli colmavano gli occhi, le labbra emettevano suoni inarticolati simili ai lamenti delle madri. Mi alzai lentamente per dirigermi alla porta, mi rincorse, mi afferrò le mani e si chinò a baciarle in segno di riconoscenza. Con la voce rotta dalle lacrime mi disse: «Padrona... non so come ringraziarti».

Tolsi la chiave del suo appartamento dal mio portachiavi. Gliela consegnai e uscii.

* * *

Ad Atiyya mancava solo l'automobile. Osai e ne parlai con Faysal.

«Voglio che Atiyya impari a guidare».

Non avevo ancora terminato la frase, quando Atiyya entrò con una pila di carte. Faysal colse l'occasione al balzo e gli comunicò: «Nadia desidera che tu impari a guidare».

Con incredibile ingenuità, Atiyya chiese: «Chi mi insegnerà? La signora Nadia?».

Mio fratello scoppiò in una grassa risata.

«Dio mio e come la pagherai?».

Lui prese sul serio la battuta ironica di Faysal e, senza battere ciglio, rispose: «Le darò tutto quel che possiedo… anzi, le darò la mia vita».

Il viso di Faysal si contrasse. Era come se Atiyya gli avesse dato uno schiaffo. Si trattenne e gli ordinò: «Domani andrai all'autoscuola, sceglierai l'orario che meglio si addice alle tue esigenze e ai tuoi orari di lavoro».

Dopo che Atiyya fu uscito, Faysal si voltò verso di me e quasi a rimproverarmi mi disse: «Mi sembra che tu abbia eccessive attenzioni nei suoi riguardi e che, come sostiene mamma, lui se ne stia approfittando».

Cercai di mantenere la calma.

«Atiyya è un semplice e non conosce le regole che l'etichetta impone».

«Dio mio… e che significa che ti darà la vita?»

«È segno di affetto e dedizione. Non dimenticare che gli ho dato un lavoro, l'ho fatto studiare, lo sposerò e…».

M'interruppe incollerito: «Basta… basta… ti sembra il caso di dargli anche la vita?».

Ero ammutolita. Faysal mi perforò la testa con lo sguardo tanto che temetti che potessero uscirne tutti i miei segreti e mettere a nudo i miei sogni a occhi aperti. Infransi il mio silenzio e dissi: «Quando avrà imparato a guidare ti eviterà molti giri».

* * *

L'affettuosa notte, con il suo silenzio, mi onorava con sogni abitati dai piaceri dei miei incontri con Atiyya. Da quando si era ammalato mio padre i piacevoli sogni erano diminuiti. Ero invece tormentata da incubi terrificanti che mi facevano svegliare di soprassalto, con la gola secca come se non avessi bevuto per settimane, per cui continuavo a trangugiare acqua senza però dissetarmi. Restavo quindi a letto con gli occhi sbarrati come un insetto calpestato. Ripensavo ai miei sogni, cercavo di interpretarli e di comprenderne la simbologia, e quando non riuscivo ad aggrapparmi ad alcun filo sottile che mi traesse in salvo e non mi facesse più provare né paura né pessimismo, allora ricorrevo alle parole che ripeteva sempre mia madre: «Se hai dei problemi, pensa a qualcosa di bello». Tuttavia pesanti residui restavano a giacere sul mio petto, e la mattina mi spingevano a correre da mia madre per liberarmi dal fardello delle ansie e delle paure. Per esempio, le raccontavo:

Ieri passeggiavo da sola in un giardino isolato, con gli alberi ingialliti e le piante rinsecchite. All'improvviso ho visto Aisha. Sono corsa verso di lei per abbracciarla, ma lei si è allontanata, ha sollevato la mano destra e ho notato che all'anulare portava un anello di fidanzamento che brillava in modo straordinario. Volevo toccarlo, ma lei in un batter d'occhio si è tolta l'anello e l'ha gettato via lontano da sé. Ho seguito l'anello con lo sguardo e l'ho visto cadere in una buca. All'improvviso sono comparsi dei corvi neri che portavano nel becco un'enorme pietra e che hanno fatto precipitare sull'anello.

Allora mia madre commentava: «Il sogno preannuncia un nuovo fidanzamento, dimenticherai tutte le tristezze del passato!».

«Che mi dici di quest'altro sogno, mamma? Ho visto uccelli vicinissimi al mio cuore esanimi in fondo alla gabbia».

«Vedrai tra qualche giorno una tua uccellina deporrà le uova».

«Che mi dici di questo sogno che mi ha terrorizzata? Ho visto che mi alzavo dal letto per aprire la finestra, non appena l'ho fatto è entrato un grande uccello nero che ha lasciato cadere dal becco una lettera arrotolata ed è fuggito via. Mi sono svegliata di soprassalto prima che potessi aprire la lettera».

Mia madre, ridendo, s'inventava un'interpretazione: «Questo è il professor Atiyya che ti consegna il diploma di dottorato».

Ammettevo senza vergogna di avere paura. Lei tentava di tranquillizzarmi e io cercavo di crederle per rilassarmi. Ma il pallore del suo viso e il tremore delle sue labbra trasmettevano il timore che aveva cercato di velare con la nervosa risata. Quando lo raccontai a Faysal confessandogli la mia preoccupazione, scoppiò a ridere e si prese gioco di me: «Ha forse un senso essere schiavi dei propri sogni? I tuoi sogni sono incubi per la fame. Tu non ceni mai la sera».

Ma gli incubi continuarono, accompagnati dal viso del vecchio Nayef e da quello di Jawad. Il primo mi frustava, il secondo mi minacciava. Era come se fossi sull'orlo di un precipizio.

* * *

Iman salì nel mio appartamento per poi accompagnarmi, come avevamo concordato, in pasticceria. Era il compleanno di mia madre e avevamo deciso di farle una piccola festa a sorpresa. Mi stava sollecitando affinché mi sbrigassi, mentre io, ebbra di gioia, ero in ritardo. Non trovavo la mia agendina, la cercai nella borsa dalla quale avevo tolto tutti i miei oggetti personali. La trovai e iniziai l'affannosa ricerca degli occhiali da sole. Iman cercò con me nei cassetti mentre sbuffava: «Prendine un altro paio… ma sbrigati!».

Insistetti a volere trovare quelli con la montatura rossa che si addiceva al colore della mia camicetta. Quando li trovai, mia cognata mi trascinò per il braccio alla porta, minacciandomi: «In fretta… esci prima di iniziare a cercare qualcos'altro!».

Mentre prendevo la chiave per chiudere l'appartamento dissi: «Voglio acquistare due torte: una al cioccolato come piace a mamma, l'altra alla vaniglia come piace a papà».

Siccome avevo ancora la chiave in mano, me la sottrasse, chiuse la porta ed esclamò: «Quando arriveremo al negozio sceglierai quelle che vuoi… uffa!».

Avevamo sceso solo qualche gradino, quando risuonò il grido lancinante di mia madre. Udimmo il rumore dei passi dei miei nipoti.

I loro visi bianchi come stracci ci accolsero. Piangevano e si disperavano.

«Il nonno… il nonno».

Ci precipitammo con la velocità di un fiume in piena e i nostri cuori furono colpiti da un macigno. Mio padre era disteso, immobile, sul pavimento della sala. Mia madre si strappava i capelli e continuava a gridare: «Che disgrazia! Che sciagura!... È morto il mio amore, è morta la mia vita!».

Gli abitanti dell'immobile accorsero numerosi. Atiyya urlava al telefono per cercare un'ambulanza, mentre continuava a chiedere a mio fratello se si riprendeva. Me ne stavo china sul corpo inerte di mio padre, mentre la tristezza gravava su di me, pesante come una roccia di montagna.

Quando arrivò il medico non c'era più nulla da fare. Appoggiò lo stetoscopio sul torace e ci annunciò dispiaciuto che papà era morto.

La felice mattinata aveva chiuso gli occhi, lasciando il posto alle tenebre. Papà se n'era andato, lasciando la casa simile a un corpo privo di battito cardiaco, facendo sprofondare mia madre negli abissi della tristezza e delle lacrime, lasciandomi sola ad affrontare un futuro misterioso.

Le mattine andarono e vennero e la luce del giorno continuò a scomparire dietro le cortine delle finestre. Mia madre se ne stava accovacciata, avvolta dal silenzio, ad affrontare un invecchiamento improvviso. Qualcosa la corrodeva dentro tanto da farla assomigliare a un grappolo di datteri che, cascato a terra, non poteva essere più mosso dal vento né rianimato da una goccia d'acqua. Dal suo viso era scomparsa la risata altisonante, dalle guance era svanita la lucentezza, aveva riposto gli abiti dai colori cangianti per abituarsi al nero cupo, aveva lasciato che i capelli bianchi avessero la meglio mentre in passato era solita tingerli affinché mio padre non se ne accorgesse, aveva smesso di cucinare i cibi che lui amava e in cui si era perfezionata. Iniziò a bere caffè e a fumare a dismisura mentre in passato l'aveva odiato e me l'aveva vietato, trascorreva le notti insonni, riusciva ad appisolarsi solo per poche ore durante le quali la sentivo russare come se fosse precipitata negli abissi del sonno ed ero felice perché aveva modo di riposarsi dai tormenti della veglia, dai pensieri e dal pianto. Tuttavia all'improvviso si risvegliava e gridava: «Ho visto in sogno tuo padre che mi chiamava e mi diceva di seguirlo».

Mia madre continuava a pensare alla morte e si augurava che arrivasse presto. Il suo unico sogno era quello di ricongiungersi a mio padre per continuare a vivere con lui nell'aldilà.

Trascorreva i giorni e le notti nell'afflizione. Condividevo con lei quel silenzio e quel dolore. Consumavamo sigarette, bevevamo litri di caffè che lei continuava a preparare nella vecchia caffettiera. Talvolta se ne stava a lungo in silenzio, un mutismo del quale non riuscivo a cogliere il significato. Tuttavia una notte, mentre eravamo a letto, iniziò a parlare tra sé e sé: «Mi aveva chiesto una tazza di tè, ero andata a prepararglielo e mentre avevo in mano il bollitore l'avevo sentito chiamarmi due volte... "Zaynab... Zaynab...". Gli ho risposto: "Ho sentito, vengo subito", ma lui ha continuato a urlare. Ho avuto paura. Mi è caduto di mano il bollitore e ho rovesciato il tè. Sono corsa da lui e l'ho trovato con una mano sul petto e l'altra distesa come se avesse voluto chiedere aiuto. L'ho trovato così come l'avete visto voi».

Stavo per scoppiare a piangere, quando riprese a raccontare: «Maledetto, Muhsin. Se solo fossi arrivata prima forse non saresti morto».

L'abbracciai, asciugandole le lacrime e consolandola: «Mamma, non fartene una colpa... il destino è in mano a Dio».

Le diedi un tranquillante e iniziai ad accarezzarle i capelli fino a che il sonno discese sulle sue palpebre. Iniziai a ripensare a quello che aveva detto e mi domandavo: "È davvero arrivata tardi oppure è stata l'età a portarselo via?".

Trascorse un mese e mezzo e la casa continuava a essere visitata da donne che venivano a fare le condoglianze. In loro compagnia mia madre usciva dal suo silenzio, ma evitava i discorsi che l'avrebbero portata a parlare della propria vita, dei bei tempi con mio padre, di alcuni dolci ricordi di Aleppo dove si recavano ogni estate. All'improvviso però iniziava a singhiozzare e a piangere a dirotto come se fosse morto in quell'istante.

* * *

Le mie giornate trascorrevano oscillando tra il dolore nell'appartamento di mia madre e la nostalgia della mia casa nella quale riuscivo a rifugiarmi solo alcune ore per controllare i miei uccellini e aprire le finestre per cambiare aria nelle stanze. Di tanto in tanto avevo nostalgia del mio letto, mi mancavano i sogni a occhi aperti abitati da Atiyya che vedevo solo raramente. Un giorno provai un prorompente desiderio di abbracciare la notte nella mia stanza, di cercare un po' di sollievo per la mia anima turbata dalla tristezza, un po' di godimento per il mio corpo che era da tempo a digiuno. Attesi che calasse il sonno sugli occhi di mia madre e iniziasse a russare profondamente, dopodiché aprii la porta e uscii. Salii le scale in punta di piedi e ansiosa, come se avessi un appuntamento con il mio amore.

Quando entrai, in casa aleggiava la fragranza dei profumi che custodiva. Un misto di terra calda e gesso bagnato con acqua salata, sospiri di un sole di cui avevo dimenticato il tramonto, un mare che con la bassa marea faceva venire allo scoperto gli scogli con i granchi morti. Tutto questo amalgama non riusciva a cancellare il profumo dei miei sogni mescolato a quello di Atiyya. Mi lambiva come una brezza fresca e mi spinse a dirigermi verso il mio letto per cercarlo. Quando mi infilai a letto, scoprii quanto era stretto e lo paragonai a quello che avevo acquistato per Atiyya. In quell'istante mi ricordai il consiglio di mia madre: «Prendi un letto matrimoniale, un domani ti sposerai».

Mi pentii di non averle prestato ascolto. Sentii che era troppo stretto per me e Atiyya, che non c'era spazio sufficiente per fare l'amore. Avrei voluto essere nel suo letto per rotolarmici sopra ricoperta solo del copriletto lilla. Purtroppo ero sola. Trattenni la fame e cercai di pazientare. Il silenzio aveva affilato i suoi pungiglioni e quando udii il cigolio della lancetta dell'orologio appeso alla parete, un rumore infernale che aumentava di volume – tic... tic...tic –, fu come se una molletta per capelli mi avesse pizzicato i nervi. Mi alzai verso l'orologio, tolsi la lancetta, la gettai in fondo all'armadio e tornai a letto. Chiusi gli occhi e il buio iniziò a condurmi dalla tristezza delle notti disgraziate alle alture dei sogni, nella cui serenità vagava Atiyya. Quando lo incontrai gli rivelai quel che provavo con entusiasmo e passione. I battiti del mio pigro cuore iniziarono ad aumentare simili a tamburi che suonavano a un ritmo crescente. I boschi del mio corpo silenzioso iniziarono a intonare una melodia dolce come un frutto maturo. Tutto era pronto per accoglierlo. Ed ecco Atiyya che si avvicinava. Davanti a me il suo ampio torace simile a un paradiso che mi attirava verso le sue sorgenti e le sue nubi. Ero lo stesso torace che avevo osservato nell'incubo in cui il vecchio lo aveva chiamato per frustarmi: un petto con pochi peli e due seni rigonfi con grandi capezzoli simili ad acini di uva nera. Mi gettai su di lui per aderire a quel paradiso unico nel suo genere le cui braccia erano simili a due remi affettuosi che mi avvolgevano e stringevano forte la mia testa tanto da farmi sentire il battito del suo cuore che assomigliava al frangersi delle onde in un giorno di tempesta. Ero come un'uccellina che sbatteva le ali per raggiungere i rami del suo albero preferito. Trassi un profondo sospiro, piansi di gioia, mentre le sue labbra raccoglievano le mie lacrime e il mio respiro affannoso che sembrava un flauto stanco di suonare. Non ci separammo fino al momento in cui ci dirigemmo verso il letto sul quale scendemmo come due cascate scroscianti. Mi abbandonai a un piacevole rilassamento. I miei lunghi capelli ondeggiavano sulle sue braccia, le sue labbra ricoprivano le mie labbra, il mio corpo riscaldava il suo corpo, mentre io, percorsa dai brividi, mi addentravo nei meandri del piacere per poi staccarmi da lui come una foglia di menta schiacciata che emana tutto il suo succo.

* * *

Quale motivo segreto mi faceva amare Atiyya? Era forse l'irruenza del mio cuore che era stato lacerato dall'atroce esperienza con Jawad? Era forse il destino che Dio ci aveva riservato e che noi dovevamo solo percorrere? Era il desiderio sfrenato di un corpo che aveva vissuto privazione e astinenza? Ora ero totalmente consapevole delle mie azioni, ero adulta, tuttavia ero la vedova alla quale la nostra società perversa consente solo di sposare un vedovo oppure un uomo separato oppure uno sposato che vuole una seconda moglie per il proprio godimento. Tutti i miei pretendenti erano arrivati oberati da un passato, con figli che avrebbero odiato la nuova moglie del padre. Per questo motivo non aspiravo al matrimonio né pensavo a quella che viene definita la "vita coniugale" e viene considerata una vita felice, mentre invece è un riempitivo voluto dagli spiritelli maligni.

Mia madre, che aveva concluso il periodo di lutto e si era rialzata dalle ceneri della sua tristezza, aveva iniziato a uscire e a visitare le case che da tempo non frequentava. Di conseguenza erano ricominciate le richieste delle donne che combinavano i matrimoni. Mi assillava: «Devi sposarti... devi essere felice».

Rifiutavo sempre, talvolta con educazione, talaltra con rabbia, a volte con un rifiuto secco e brusco che la mandava in escandescenze. Faysal la spalleggiava, mentre Iman, che provava compassione per la suocera, mi supplicava: «Per lo meno acconsenti a incontrare il pretendente e a farne la conoscenza».

«Iman, rifiuto per principio l'idea di un matrimonio combinato in questa maniera».

«E come vorresti che avvenisse?»

«Con l'amore... voglio essere amata e sposare l'uomo che amo».

Iman indagò il mio viso con dolci sguardi come se avesse voluto chiedermi se ero innamorata. A un certo punto mi era passato per la mente di liberarmi della mia finta corazza e di confessarle che amavo Atiyya. Tuttavia mi ero resa conto che non avrebbe mantenuto il segreto, che avrebbe diffuso la notizia ai quattro venti e che, travolta dallo stupore, sarebbe corsa a spifferare tutto a mia madre e a Faysal. Così facendo sarei rimasta da sola in balia delle tempeste, dei loro cuori tiranni che non avrebbero provato pietà né per me né per Atiyya, che avrei trasportato, suo malgrado, nella tormenta. Scalza, avrei camminato sulle sabbie roventi e sui tizzoni. Nella mia immensa foga, sentivo però qualcosa di simile a un chiodo che mi perforava la scatola cranica e mi confondeva. Mi ero resa conto che si trattava di un impulso legato all'amore, era il "serpente della paura" che si arrampicava come un verme affamato per divorare i nervi degli innamorati. Un verme in marcia che mi ancorava all'esperienza con Jawad, mi riportava la sua immagine come a volermi avvertire di una nuova disgrazia. Nonostante l'avvertimento del verme mi ero ostinata a seguire i miei sentimenti come se avessi voluto aggrapparmi a un filo di paglia. Avevo lasciato che il mio cuore seguisse il suo corso sebbene fossi convinta che sarei andata incontro a difficoltà e delusione. Erano trascorsi gli anni ed ero riuscita finalmente a dimenticare Jawad.

Non mi bastava più incontrare Atiyya al lavoro, né nel mio appartamento trovando ogni scusa possibile e immaginabile, né nei sogni a occhi aperti con i quali mi rotolavo in un letto che trasudava solo silenzio. Avevo iniziato a osare a invitarlo a pranzo o cena in ristorantini distanti da occhi inopportuni, a fare passeggiate per lo più in riva al mare che suscitava in me i sentimenti più dolci. Stendevamo un asciugamano, ci sedevamo e abbracciavamo gli specchi d'acqua azzurra per poi camminare scalzi sulla sabbia umida.

Un giorno, incuriosita vedendo Atiyya assorto nei suoi pensieri, gli domandai: «Atiyya, ti piace il mare?».

Senza voltarsi rispose: «Molto… soprattutto perché piace a te».

La sua risposta mi rese felice, fu come se il mio cuore fosse stato irrorato di profumo. Le sue parole mi confermavano che provava nei miei confronti gli stessi sentimenti che provavo per lui. Continuai con le mie domande: «Sai nuotare?».

Si girò per guardarmi negli occhi. Sul suo viso si dipinse un sorriso ironico e triste al contempo.

«Il signor Nayef non mi dato l'opportunità di imparare nulla».

Gli indicai il mare e gli dissi: «È facile… imparerai adesso».

Scoppiò a ridere.

«Ho paura».

«Perché mai hai paura?», gli chiesi meravigliata.

«Quando guardo il mare mi vengono in mente i miei sogni. Sogno sempre di annegare e che nessuno allunga la mano per aiutarmi».

«Nemmeno io?»

«Nemmeno tu».

Pronunciò questa frase dispiaciuto e con un filo di biasimo, poi continuò: «Se fossi tu ad annegare, farei l'impossibile per salvarti. Ma tu sai nuotare».

Venni trafitta da un senso di inadeguatezza e rimorso. Pensai:

"Povero Atiyya. Tu sei colui che in un sogno si è precipitato per estrarmi dalla tomba, che è volato da me per liberarmi dalla bende e dal sudario. Mentre nei tuoi sogni ti deludo. Non ti curare dei sogni, Atiyya, non ti deluderò mai nella realtà nemmeno se fossi circondata dal filo spinato, dai cani poliziotto o dal fuoco. Ti aiuterei… aiuterei il mio cuore".

Perseverai nel tentativo di avvicinarmi ad Atiyya. Avevo fatto cadere le cortine di ferro e avevo fatto in modo che l'aria circolasse in direzione del compagno dei miei sogni. Una sera, la mia passione per lui evase dal mio cuore perché si era ribellata ai sogni a occhi aperti. Raggiunsi furtivamente il suo appartamento, bussai alla porta e, quando mi vide,

Atiyya fece un balzo di gioia e mi rivolse uno sguardo che s'interrogava incuriosito circa il motivo del mia venuta. Non avevo pensato di inventare una scusa adeguata. Ero come in preda a un incantesimo e rispondevo solo ai comandi dello stregone, quindi non mi aspettavo che lui mi facesse una domanda. Ed ecco balenare la risposta, veloce come un fulmine. Mi sentivo a disagio e avevo la sensazione che lui se ne fosse accorto.

«Sono venuta a controllare se ti occupi della pulizia del tuo appartamento».

Mi invitò a entrare e ad accomodarmi. Si affrettò in cucina e tornò portandomi un bicchiere di succo di frutta. Iniziai ad aggirarmi per la casa, controllai tutti gli angoli e con grande stupore constatai quanto fosse tutto pulito e in ordine. Il mio cuore iniziò a battere velocemente, mentre mi avvicinavo alla camera da letto. Stavo per indietreggiare, ma lui mi precedette e aprì la porta. Non appena entrai, venni investita dal profumo che sentivo nei miei sogni. Mi aveva rubato i sogni oppure glieli avevo rivelati io? Mi misi a osservare l'ampio letto, desiderosa di rotolarmici con Atiyya per trasformare il sogno in realtà. Le mie fantasie mi avrebbero fatto dimenticare la sua presenza, se non fosse stato per un suo colpo di tosse che mi fece risvegliare e decidere di fuggire in sala lasciando che i miei sogni si rotolassero sul letto da soli.

Ci sedemmo sul divano. Dopo un attimo ruppi il silenzio con una domanda a sorpresa: «Non ti senti solo, Atiyya?».

Annuì più volte prima di rispondere: «Certo che mi sento solo… ma che posso fare?»

«Basta… ti troverò la sposa che ti avevo promesso».

«No… non voglio sposarmi», ribatté.

Il mio cuore sussultò dalla gioia. Ero curiosa di conoscerne il motivo.

«Perché? Non lo desideri?».

Voltò la testa per non incrociare il mio sguardo.

«Perché credo di essere esigente come te e quindi sarà difficile che trovi la donna per me».

Siccome non commentavo, si girò verso di me, rivolgendomi sguardi strani mentre il mio viso stava avvampando. Avrei voluto carpire il suo segreto. Erano sguardi d'amore o solo di stupore nei confronti di una bella donna che aveva rinunciato a combattere e gli rivolgeva sguardi gentili per invitarlo a sedersi con lei? Tuttavia mi privò dell'occasione, balzò in piedi e, nella speranza che io accettassi, mi chiese: «Preparo una cena leggera?».

Mi resi conto che avrebbe voluto fuggire. Lo aiutai a sentirsi a proprio agio. Mi alzai e lo accompagnai in cucina. Lo osservai mentre preparava i piatti e li decorava con foglie di prezzemolo e pomodori tagliati a forma di rosa. Suscitò la mia curiosità e gli domandai: «Dove hai imparato queste cose?».

Il mio stupore gli fece piacere e mi spiegò: «In televisione. Mi piace guardare i programmi di cucina».

Ci accomodammo. Era la stessa tavola che avevo voluto per due persone. Era preparata con piatti appetitosi, due tazze di tè alla menta. Era la tavola di uno dei miei sogni. Avevo sempre sperato di avere l'occasione di cenare con lui. Forse anche lui l'aveva sognato e per questo non aveva mai voluto un'altra donna. Il cibo era delizioso. Mentre stavo per finire, cercò di servirmi altro cibo, ma glielo impedii.

«Fermo… sei come mia madre che vuole farmi scoppiare!».

Tornammo in sala. Ci sedemmo sullo stesso divano di prima. Se ne stava in silenzio. Lo osservai per alcuni istanti. Avevo la sensazione che la sua mente fosse altrove. Dopodiché infransi il silenzio: «A che cosa pensi, Atiyya?».

Come se volesse togliersi un sassolino dalla scarpa, sbottò: «Penso a te…».

Mi stupì la sua audacia. Ero felice e mi aggrappai alle ali del mio cuore per paura che la gioia mi sfuggisse di mano. La lingua mi si era paralizzata. Lo seguivo con la coda dell'occhio e lo vedevo mordersi il labbro inferiore come se fosse preoccupato. Era teso e terrorizzato all'idea di abbattere un muro vietato perché temeva che quel che celava potesse scomparire. Provavo compassione per lui, gli strinsi la mano destra il cui sudore si riversava sulla mia mano fredda. Sentii il battito del suo cuore accelerare, i suoi respiri farsi sempre più affannosi come se avesse corso una maratona. Ero incantata. Ero curiosa e volevo sapere la verità riguardo ai suoi sentimenti nei miei confronti. Con gli occhi abbassati sussurrai: «In che modo mi stai pensando?»

«Si… gno… ra… mia, i… io…».

Sollevai lo sguardo per guardarlo in viso, lo osservai… era lo stesso viso di sempre, stessa carnagione, stessi lineamenti, ma al contempo c'era qualcosa di diverso, simile a una nuvola di cristallo che lasciava filtrare la luce. Era l'amore che brillava nel cielo del suo viso. Mi avvicinai maggiormente fino ad aderire al suo corpo, con la mano ancora stretta alla sua che tremava sempre più. In preda alla passione amorosa, lo spronai: «Dimmi, Atiyya… non avere paura».

Sollevò il braccio sinistro per appoggiarlo sullo schienale del divano dietro di me. Sentivo le punte delle dita sfiorarmi i capelli con prudenza, come se il suo gesto non fosse intenzionale. La sua mano custodita nella mia era scivolata fino a raggiungere il mio braccio. Il suo mento si era delicatamente appoggiato sulla mia testa. Il fuoco divampava dentro di me. Non sopportavo più che trattenesse i propri desideri e il proprio desiderio! Quanto al mio desiderio… era eccitato dal suo odore che diffondeva la fragranza del pane appena sfornato inebriandomi e risvegliando tutti i miei sogni.

Lentamente appoggiai il capo sull'alveare del suo torace percorso da migliaia di api. Gli sussurrai: «Unisciti a me, Atiyya».

Era come se non aspettasse altro. Come se fosse uno studente relegato per punizione in un'aula per anni, non appena sentì il campanello suonare fuggì via in cerca del calore della libertà. Mi strinse a sé con la violenza dell'amore folle. Iniziò a baciarmi i capelli e la mano nella sua. Nel mio corpo divampò l'incendio proprio come nei sogni con lui. Dimenticai chi fossi. Misi da parte tutti gli ostacoli. Con le labbra detersi il sudore che bagnava il suo collo. Lo liberai dalla paura e dall'esitazione. Sollevai il volto per guardarlo. Il calore del suo viso sciolse il ghiaccio, e la distanza che ci divideva diminuì... diminuì... fino a che l'unica cosa che separava le nostre labbra fu l'umidità che le rivestiva.

* * *

Ero impazzita?

Forse avevo perso il senno così come accadeva nei miei sogni a occhi aperti? Avevo infranto ogni barriera, avevo fatto compiere un passo ad Atiyya, che aveva sempre rispettato i limiti e le distanze, e l'avevo gettato nel mio vasto oceano? Aveva lottato con le onde del mare in tempesta fino ad approdare sull'isola vietata... e io lo avevo aiutato gettandogli il salvagente.

Mi rannicchiai sul divano e venni circondata da decine di tempeste di sabbia... dal fuoco... dalla neve... dalle spine... dalle grida perforanti che fendevano ogni mia singola cellula. Dopodiché un silenzio assordante scalfito solo dal respiro affannoso di Atiyya simile al sibilo di un vento imprigionato. Io invece trattenevo i respiri e controllavo il suo viso sconvolto mentre si morsicava le labbra con forza come se volesse punirle per il reato che avevano commesso. I rigagnoli delle lacrime brillavano mentre gli solcavano le guance. Mi resi conto che Atiyya era preoccupato. Dolore e paura bruciavano la sua anima. Ero la sua padrona, colei che gli dava da vivere, la stella distante che brillava nel settimo cielo. Mi chinai su lui per abbattere la quiete dell'oscurità che lo avvolgeva e fare quel che non avrei neppure osato sognare. Mi aveva colpita quel rimorso lancinante che urlava dentro di lui e faceva vacillare la sua autostima. Continuava a essere il servo ricurvo sotto il peso della schiavitù dal momento in cui i suoi genitori erano entrati al servizio di Nayef. Tutto ciò lo aveva temprato come se fosse fatto di ferro.

Sentivo il fardello dell'oscurità e del dolore di cui ero stata causa nel momento in cui gli avevo rivelato i miei sentimenti e gli avevo fatto rivelare i suoi. Tutto era avvenuto con una modalità che lo avrebbe tormentato quando si sarebbe ripreso dai brividi e dalla nebbia. Dovevo assolutamente tranquillizzarlo e restituirgli la forza che gli avevo sottratto e la sicurezza di cui l'avevo privato. Sussurrai il suo nome.

«Atiyya…».

Non rispose. Si teneva il capo tra le mani e lasciò che i singhiozzi fendessero il silenzio del luogo. La mia mente era confusa e incapace di escogitare un modo che potesse liberarlo da ciò che lo angosciava. Ciononostante il mio cuore, che senza dubbio provava simpatia per lui, mi ripeteva che non dovevo lasciarlo in preda al dolore. Dovevo fargli capire che non ero né risentita né adirata, che conoscevo bene i suoi sentimenti e che aveva tutti i diritti di esprimerli. Mi avvicinai. Il suo corpo fece un balzo che mi avrebbe fatta cadere se non mi fossi aggrappata al suo braccio. Rafforzai il tono e dissi: «Atiyya, calmati e ascoltami».

Lui liberò la testa dalla presa delle mani e cercò con voce tremante di raccogliere le parole sparse nella sua mente agitata: «Pa… padrona… io non…».

Esclamai adirata: «In questo momento non sono la tua padrona… hai capito? Non esistono più barriere tra noi».

Nascose il viso nel mio seno e trasse un sospiro di gioia frammista ad amarezza, mentre passavo le dita tra i suoi folti capelli e respiravo a pieni polmoni gli effluvi di un nuovo sogno.

* * *

L'amore si diffuse come l'etere attraverso le spesse pareti. Non fu necessario che ne parlassi con Iman perché il suo profumo raggiunse ben presto l'olfatto di mia madre e mio fratello. Iniziarono a punzecchiarmi come aghi simili a quello per l'insulina, per poi lanciarmi occhiate di cui non comprendevo subito il significato ma che di sicuro sottintendevano commenti sarcastici. Mi stavano maledicendo oppure stavano aspettando il momento opportuno per scagliarsi contro di me?

Il chiarimento giunse in modo casuale.

L'ascensore era guasto. Quella sera ero appena uscita dall'appartamento di Atiyya che mi aveva preparato i suoi manicaretti, e mi stavo dirigendo furtivamente verso casa, quando incontrai mio fratello che stava salendo le scale. Entrambi restammo fermi dove ci trovavamo. Lui sembrava un leone che ruggiva, mentre io sembravo un topo caduto nella trappola. Mi mossi simulando un passo sicuro, ma Faysal mi sbarrò la strada e mi prese per il braccio stringendolo così forte che le sue unghie si conficcarono nella mia carne. Mi trascinò per qualche gradino fino a raggiungere il mio appartamento dopodiché iniziò a provocarmi con le sue domande, incurante del fatto che stessi ancora ansimando per avere salito di corsa le scale.

«Che cosa stavi facendo da lui a quest'ora?».

La mia astuzia mi venne in soccorso.

«Gli ho portato delle carte che deve compilare entro domani».

«A tarda notte? Non potevi aspettare domani mattina?»

«Domani non andrò in ufficio».

Facevo fatica a evitare i fumi della sua rabbia. Non appena aprii la porta mi scaraventò sul primo divano ed esclamò: «Adesso voglio sapere la verità».

«Quale verità?».

Mi prese la guancia tra le dita e mi domandò: «Che cosa c'è tra te e Atiyya?».

Stringeva talmente forte che la mia guancia stava prendendo fuoco.

«Nulla».

«Bugiarda... credi che io e tua madre siamo stupidi? Ti sei spinta troppo oltre. La situazione è insostenibile», ululò.

Stavo per scoppiare. Non sopportavo più la pressione, mi sentivo soffocare. Decisi di vuotare il sacco e di togliermi quel peso: «Io e Atiyya ci amiamo e ci sposeremo!».

Fu come un fulmine a ciel sereno, come se una spada gli avesse mozzato la testa facendola schizzare via. Si scagliò contro di me come una belva affamata che non sa da che parte iniziare a divorare la sua preda. Il mio viso, il mio petto, tutte le mie estremità tremavano sotto le sue percosse. Il dolore a ogni colpo era tale da assicurare che dalla mia bocca non uscisse alcun grido. Tuttavia, nonostante mi avesse bloccata nei movimenti, decisi che non mi avrebbe piegata. Ribadii la mia posizione: «Non hai alcun diritto di picchiarmi né di minacciare il mio cuore».

Sembrava un folle e tuonò: «Un dolore affligge il tuo cuore... ma non hai trovato nessuno oltre ad Atiyya?».

Mi ribellai e tuonai più forte di lui: «Sono libera».

Mi afferrò per i capelli, sollevandomi il viso deluso, raccolse la saliva e lanciò uno sputo grande quanto un proiettile e ripugnante quanto un occhio che schizza fuori dalle orbite. Prima di voltarmi le spalle e andarsene, pronunciò un'unica parola: «Peccatrice!».

La stanza era ammantata dall'odore di un tremendo incendio. Il fumo iniziava a diffondere le sue nere nubi intorno a me. Era come se stessi galleggiando all'interno di una sfera stretta, soffocante e circondata da una barriera tagliente come frammenti di vetro. Avevo la sensazione che se fossi rimasta ferma sarei morta, ma al contempo che se avessi provato a uscire mi sarei ferita. Gli interrogativi che vagavano per la mia mente assomigliavano a lime di fuoco che la perforavano ovunque facendone uscire polvere e pulviscolo che andavano ad alimentare la tormenta di fumo. Ero come un cieco che si ferma su un terreno che non conosce. Non sapevo dove si trovasse il baratro senza fondo che dovevo evitare. Non sapevo dove fosse l'uscita di sicurezza per trarmi in salvo. Non si intravedeva nemmeno il barlume di una candela rimasta orfana a indicarmi la strada.

* * *

Mi gettai sul letto galleggiando nel mio fuoco. Nuda, ricoperta solo dalle ceneri dell'incendio e dall'odore della mia pelle bruciata. Cercavo freschi rami su cui appollaiarmi e tra le cui foglie rilassarmi. Forse il loro fruscio mi avrebbe liberata dalla fuliggine e avrebbe sanato le mie cicatrici. Tuttavia la stanchezza non mi consentiva nemmeno di riportare alla memoria il viso di Atiyya per riprendermi dalla disperazione e dalle fitte che mi trafiggevano la testa.

Erano forse i segni premonitori del terremoto le cui forti scosse avrebbero portato via il grido d'amore che l'aveva scatenato? C'era qualcosa nel mio intimo che mi attaccava a cornate e mi sospingeva per lasciarmi in balia delle domande: sarei riuscita a resistere alla tormenta? Avrei avuto la forza per raddrizzare l'arco di una situazione pesante che credeva nelle differenze tra le persone e tra i ceti sociali e che mi chiudeva dietro le sbarre delle tradizioni e dei principi religiosi? Oppure l'arco si sarebbe spezzato e sarei ripiombata nei sogni a occhi aperti nei quali Atiyya diventava il mio padrone e il mio amore, nei quali mi rannicchiavo sul suo petto come una coniglietta infreddolita bisognosa di calore, protezione e piacere. Avevo dimenticato l'odio che avevo provato per la sua carnagione scura la notte in cui mi aveva assalita. Ora amavo e desideravo il suo corpo. Era come se l'amore emancipasse l'anima dalla schiavitù, liberasse i corpi dal colore della loro pelle per creare nuovi colori solo per le persone che amiamo e con cui ci fondiamo in un abbraccio di amore. Che cosa sarebbe accaduto? Sarei riuscita a cambiare i colori del presente e a spezzarne le sbarre per volare da lui come una farfalla libera? Sentivo che qualcosa d'ignoto e misterioso era in agguato per spalancare le fauci e divorarmi in un solo boccone. Presi un sonnifero e cercai di fuggire alle elucubrazioni e alle previsioni sul domani che preannunciava un'altra tempesta, quella di mia madre.

Nonostante quello del campanello fosse uno squillo timido, ero convinta che fosse mia madre, venuta a combattere la sua guerra con me. Invece fui sorpresa al vedere Atiyya visibilmente preoccupato e reduce da una notte insonne. Chiusi la porta a chiave. Lo abbracciai con tutto il trasporto che avevo e piansi sul suo petto. Mi strinsi a lui con tutto il mio dolore e i miei sospiri, mentre lui con una mano mi accarezzava i capelli e con l'altra mi massaggiava la schiena con un affetto che non avevo mai provato nemmeno con mia madre. Lo strinsi ancora più forte, sentii che il suo corpo era debole come se fosse stato stritolato da un macigno. La sua energia era svanita. Non riuscii a capire quale fosse il motivo di questo deperimento e abbattimento improvviso fino quando non mi disse: «Ieri sera dopo che sei uscita è piombato a casa mia tuo fratello».

Il mio corpo era in preda all'agitazione. Atiyya si accorse che stavo per crollare. Mi prese tra le braccia e mi portò sul divano. Si sedette davanti a me. Notai i lividi sparsi sul suo viso. La curiosità fece capolino e mi affrettai a chiedergli: «Che cosa ti ha fatto?»

«Mi ha ordinato di abbandonare l'appartamento e di non ricomparire in ufficio».

«Hai acconsentito e ti sei piegato al suo volere?».

Abbassò lo sguardo.

«Mi dispiace, Nadia. Non potevo non ricordargli che solo la mia padrona poteva decidere queste cose».

«Bravo, Atiyya. Se ne sarà andato via deluso e sconfitto».

«No… ha gridato che l'avevo provocato, mi ha dato del vile, poi ha alzato la mano e me l'ha scaraventata sulla guancia. Alla fine è uscito e, con tono minaccioso, mi ha detto che ce la saremmo vista io, te e lui!».

Provai un forte senso di rancore nei confronti di mio fratello. Osservai il viso tumefatto di Atiyya. Che cosa potevo fare per difenderlo e sottrarlo alla loro malvagità? Dovevo chiedergli di dimenticarmi? Stavo per scoppiare in una supplica accorata: «Allontanami dal tuo cuore, Atiyya, prima che il fuoco ti divori… allontanati da me. Stai alla larga dalla morbida sabbia e dal calore, sono un terreno minato. Non appena lo calpesterai salterai in aria. La città intera diventerà un nuovo tsunami che trascinerà via te e me… spargerà il tuo e il mio sangue».

Tuttavia all'improvviso la supplica si dissolse e presi la ferma decisione che non avrei lasciato che Atiyya fosse una facile preda per le persone che godevano nel nuocere agli altri. Avrei difeso lui e il mio amore fino all'ultimo respiro.

Atiyya mi risvegliò dai pensieri in cui ero assorta: «Ieri non ho dormito. Ho immaginato che fosse venuto prima da te e avesse scoperto tutto».

Non mi vergognai… e gli confessai: «Mi ha picchiata, mi ha dato un pugno sul viso quando gli ho detto che ci amavamo e… che ci saremmo sposati».

Atiyya si stupì. Strabuzzò gli occhi che stavano per uscirgli dalle orbite. Non avevamo mai discusso insieme questo progetto. Immaginavo che ne sarebbe stato felice… che sarebbe balzato in piedi baciandomi, ringraziandomi… invece restò immobile, trasecolato, sperduto nei meandri dello stupore… lo scossi e gli domandai: «Che c'è, Atiyya?».

Si alzò. Ebbi la sensazione che la sua statura fosse aumentata così come il volume della sua voce stizzita: «Non permetterò mai che tu rovini la tua famiglia per colpa mia!».

Non mi diede la possibilità di replicare. Corse alla porta e fuggì come chi fugge da un incendio.

* * *

Prima di pranzo affrontai la furia di mia madre con una furia ancora più violenta. Avevo aspettato che lei bussasse alla mia porta. Poiché non si era presentata, scesi al suo appartamento. Non bussai con il mio solito tocco che le piaceva tanto e, quando aprì, lei non mi rivolse il saluto. Si sedette con il viso cupo e scagliò subito il primo razzo: «Salve, signora amante del nostro servo!».

Non risposi. La lasciai fare. Cercava di provocare la discussione per poi farmi sbottare.

«Chi te lo ha fatto fare? Vergognati!».

Cercai di mantenere la calma. Decisi di risponderle con tutta calma: «Dell'amore non ci si vergogna».

«Il tuo è un amore insensato. Una ragazza di buona famiglia che perde la testa per un servo. E lui è avido di denaro!», esclamò.

Non sopportavo quelle accuse. Ricomparve l'odioso passato in cui mi sentivo la gola occlusa da una spessa schiuma mescolata a sabbia. Sbottai: «Atiyya non è avido di denaro. Tu sei avida di denaro. Hai forse dimenticato che mi hai imposto di sposare Nayef? Hai dimenticato di avermi detto che un domani sarebbe morto e io avrei ereditato? Hai dimenticato il giorno in cui ho gettato a terra i gioielli e ti sei buttata a capofitto con gli occhi sgranati a raccogliere quel tesoro? E questo appartamento? E le grandi Mercedes che hai insistito che io acquistassi per mio padre e mio fratello? E i regali di cui ho colmato te e le persone cui avevi deciso di fare un omaggio? Per lo meno Atiyya non chiede mai, sono io a dargli quel che desidero».

Ero andata su tutte le furie superando i limiti della correttezza e dell'educazione. Mi sembrava un'estranea, lontana dal mio cuore e dalla mia mente.

Quando smisi di parlare, immaginavo che lei avrebbe proseguito la sua battaglia e si sarebbe scagliata contro di me, afferrandomi stretta per il collo, invece rimase ferma al suo posto come se fosse stata investita da un catino di acqua bollente. Mi fissava incredula. Nubi oscure vagavano sul suo viso segnato dallo stupore. I tizzoni ardenti della tristezza abitavano i suoi occhi. Il senso di umiliazione la perseguitava. Si alzò a fatica come se stesse sollevando un corpo di pietra. Entrò nella sua stanza e chiuse la porta. Era come se il mondo intero mi avesse chiuso la porta in faccia e mi avesse ricoperta di polvere nera.

Mi rifugiai nel mio appartamento. M'infilai a letto. Scoppiai in un pianto cocente. Il sudore sgorgava a fiotti come sangue. Le mie estremità si erano tanto irrigidite che erano sul punto di spezzarsi. Ero inorridita da me stessa e mi odiavo.

Mi sentivo meschina e debole come un topo intrappolato nel filo spinato. Era come se nella mia mente fosse allineata una fila di sedie, su ciascuna delle quali si era accomodata una domanda: che cosa avevo fatto a mia madre? Come avevo potuto umiliarla a tal punto? Come avevo potuto trafiggere la sua dignità con le mie lance infuocate? Infine, come avevo potuto lasciarla da sola con il dolore dell'onore calpestato?

La stanza mi opprimeva. Le sue spesse pareti si muovevano verso di me, privandomi dell'aria, mentre il silenzio risuonava con un lamento funebre e mi trascinava verso una caverna che non aveva alcuna via di fuga. Ero tormentata, mi lavai il viso, decisi di correre da mia madre per inginocchiarmi ai suoi piedi e chiederle perdono.

Aprii la porta e mi stupii di vedere il viso di Iman. Ritornai indietro conscia di dovere affrontare, seppur esausta, un'ennesima battaglia. Mi accorsi che i suoi occhi erano gonfi e ancora umidi di lacrime. Mi assalì come una furia: «Che cosa hai fatto a tua madre?».

Nonostante fossi consapevole delle mie atrocità, feci di tutto per mantenere il punto e la mia posizione: «Mia madre non vuole capirmi».

«Chi potrebbe mai capire la tua follia? Quando Faysal me lo ha riferito, non riuscivo a credere alle mie orecchie».

«Credere che cosa? Mi ha forse vista uscire dal suo appartamento nuda?»

«Che Dio mi protegga... Non puoi negare che sia strano...».

«Che cosa c'è di strano se entro nel suo appartamento?».

Il suo viso si corrucciò.

«Tu sei la sua padrona. Tu ordini e lui sale da te per eseguire gli ordini».

«Che differenza c'è? Lì siamo soli e qui pure. Il diavolo non sceglie il posto dove agire nemmeno se ci fosse una terza persona», commentai ironica.

Prima che potesse aprire le labbra per dire chissà cosa, la minacciai: «Ascoltami, Iman. Sono affari miei e non permetterò a nessuno di intromettersi».

Affrontò la mia rabbia con altrettanta rabbia: «Non sono solo affari tuoi. Non hai diritto di rovesciarci addosso il mondo intero. Sei impazzita a volerti sposare con un servo? È inaccettabile!».

«Non posso ribellarmi a me stessa!».

Agitandomi le mani davanti al viso, esclamò: «Ci sono usi e tradizioni che vanno rispettati. Che cosa dirà la gente?».

Questa era la domanda che li tormentava, era come una lancia di fuoco che si scagliava contro di noi e che noi dovevamo evitare. Discutevano sempre di usanze e tradizioni che avevano assunto con il latte materno delle loro società arretrate. Di cui si erano nutrite generazioni e generazioni che le avevano passate in eredità ai propri figli. Non mi sarei sottomessa a questa eredità tiranna. Il mondo avrebbe potuto urlare e lacerarsi, ma io avrei vissuto senza privarmi di nulla perché la gente non può giudicare la mia vita.

Mi voltai verso Iman e le dissi: «Ascoltami, sia chiaro: non arretrerò di un passo nella mia decisione... fate quel che volete!».

Troncai il discorso. Iman se ne andò sconfitta. Avvertii il brusio dei pensieri che le ronzavano in testa, mentre usciva di casa.

* * *

Non immaginavo che mia madre sarebbe venuta da me. Credevo di essere una stella che ormai era uscita dal suo cielo. Invece fu il cielo a venire nella sua imponenza. Comparve avvilita e umiliata, per quel che le avevo detto e di cui mi ero pentita e vergognata. Non esitai. Mi gettai sul suo petto sul quale versai le lacrime del mio rimorso. Mi accarezzò dolcemente la schiena. Dai suoi occhi sgorgavano lacrime simili a gocce di sangue. Pianse più di quanto avesse fatto il giorno della morte di mio padre. Il rimorso ardeva in me come carbone in una vecchia caldaia. Non riuscivo a estinguerlo. Al contrario bruciava sempre più e mi consumava. Non appena la voce uscì dalle profondità del suo cuore, mi resi conto che non era venuta per aggredirmi.

«Ascoltami, Nadia... quando è morto tuo padre è stata la

volontà divina a volerlo. Oggi sento che ti devo abbandonare alla tua testardaggine. Sai a chi assomigli? Assomigli a chi si vuole gettare dalla cima della montagna e alla fine si spacca la testa. Temo che ti rovini per qualcosa che non vale la pena».

Sciolsi il nodo che mi legava la gola.

«Mamma si tratta della mia vita e del mio futuro. Sai bene quanto ho sofferto».

Mia madre, ricorrendo a tutta la sua pazienza, sospirò: «Soffrirai di più se sbatterai la testa. Figlia mia, sono tua madre... voglio il tuo bene. Anche se tu sei convinta che ti ho fatto soffrire, sono sempre tua madre. Ti aiuterà la misericordia di tuo padre, non spezzare i rami della tua vita, non spezzarmi il cuore. Non riuscirei a sopportare il tuo matrimonio con Atiyya. Sarebbe più facile morire. Mi suiciderei».

Mi strinsi a lei... mi aggrappai come una gatta che teme di scivolare. La baciai e la supplicai: «Mamma, lo amo e lo desidero».

Mi accarezzò la testa.

«Figlia mia, l'amore è come la zappa. Non colpisce la terra una volta sola. Una volta dicevi di amare Jawad e poi l'hai dimenticato. Un giorno dimenticherai anche Atiyya. La zappa continua a colpire la terra fino a quando non sarà pronta a ricevere il seme fertile».

Da dove aveva preso mia madre questa filosofia e queste metafore? Erano nate dalla disperazione che abitava il suo cuore oppure erano frutto della logica di una madre che temeva a tal punto per la figlia da considerare la morte un piacere? Ero paralizzata. Mitigai tutto il fuoco che ardeva dentro di me, mi gettai sul suo petto e sussurrai: «Perdonami, mamma... ti ho fatta soffrire».

Mia madre non si trattenne.

«Sono io che ti ho fatta soffrire. Quando ci ho ripensato mi sono detta che non c'è alcuna utilità nella sofferenza. Ti ho dato un consiglio, ma tu sei libera. Segui il consiglio oppure buttalo via. Però rifletti bene prima di buttare via la tua e nostra vita».

* * *

Mia madre uscì, lasciandomi in preda ai pensieri e a me stessa. Da un lato il mio cuore scalpitava d'amore e non voleva che io mi rinchiudessi in un recinto per paura che arrivasse il lupo. Dall'altro la società in cui vivevo avrebbe sparlato di me e mi avrebbe condannata alla ghigliottina. Vagavo nella mia indecisione. Non volevo che la mia anima prosciugasse i torrenti della speranza, non volevo che i torrenti della mia decisione travolgessero i loro cuori e il cuore di una città che non perdonava, perché "il padrone è il padrone e il servo è il servo" e in cui nessuno avrebbe compreso che tutti noi, quando amiamo, diventiamo schiavi.

Avevo estremo bisogno di Atiyya che immaginavo fosse disperato, indeciso su quale fosse la via d'uscita più opportuna per evitare il male proveniente dalla mia famiglia e dalla società. Alzai la cornetta del telefono e gli chiesi di venire in soccorso della mia anima.

Quando entrò, sentii soffiare un vento che mi allontanava da lui; quando si avvicinò, sentii che il vento lo stava allontanando da me. Ciononostante riuscimmo abilmente ad avere la meglio sul vento e ci abbracciammo… ci avvolgemmo con i nostri corpi… e ci spostammo sul divano dal quale mia madre aveva elargito i suoi consigli. Era turbato, la sua mente vagava e non riusciva a fermarsi, la tristezza lacerava il suo cuore così come perforava il mio. Il silenzio tra noi smise di ululare.

«Che cosa faremo, Atiyya?».

Immaginavo fosse stato il momento in cui Atiyya sarebbe uscito dalla caverna della sua schiavitù per sguainare la spada per difendere i nostri cuori. Invece la spada della sua lingua, uscendo dal suo fodero, ferì il mio udito.

«Non dobbiamo combattere contro la tua famiglia».

La sua spada inferse un altro colpo, quello mortale, quando disse: «Sono più forti di noi».

La paura mi scosse tutta.

«Ti vuoi liberare di me, Atiyya? Tu che sei il sovrano del mio cuore».

Il suo viso trasudava umiliazione. Atiyya spezzò ogni particella del mio cuore sussurrando: «Se fossi il sovrano del tuo cuore non sarei solo un servo ai loro occhi».

«Non mi importano i loro occhi... mi importa vincere per il nostro amore e per la nostra vita».

Era come se gli stessi rifilando una filosofia traditrice perché di fatto lui viveva l'amara realtà con una mente superiore alla mia.

«Se solo potessi riuscirci tu... io non ce la faccio. Ai loro occhi sono solo un vile, un meschino. Un cane che morde la mano di chi l'ha protetto, nutrito e istruito».

«Non arrenderti e non tirare i remi in barca».

«Viviamo in una società che non perdona».

Lo sentivo impotente, deciso a rifugiarsi nella caverna della schiavitù e a sventolare bandiera bianca. Come avrei potuto fare in modo che levasse la spada e mi liberasse del tutto da loro? Dov'era il suo amore?

Scoppiai a piangere: «Tu non mi ami».

Corse verso di me, appoggiò la testa sulle mie ginocchia e mi supplicò: «Ti prego, non dire queste cose. Sai bene quanto ti adori».

Lo afferrai per i capelli, gli alzai il capo e vomitai tutta la mia rabbia: «Allora perché ti vuoi liberare di me?»

«Cerca di capirmi... ti causerò solo infelicità, tua madre...».

Smise di parlare. Lo guardai con insistenza. Avrei voluto

sondare i fondali del suo cuore, mentre i dubbi mi assalivano: mia madre aveva forse fatto irruzione anche nel suo appartamento, offendo la sua dignità e graffiando con gli artigli delle parole i suoi sogni? Mia madre, che non voleva che il padrone di sua figlia fosse una persona di cui sua figlia era stata la padrona, forse l'aveva fatto. Non aveva potuto affrontare e rivaleggiare con la mia ostinatezza e la mia forza, allora aveva infierito su di lui. L'aveva convinto ad allontanarsi da me, forse per questo era venuta a trovarmi ed era serena: aveva già finito di cucinare il suo piatto con mio fratello. Avevano smesso di occuparsi di me per attaccare Atiyya. Volevo la certezza, quindi inasprii la voce ed esclamai: «Allora è stata mia madre?».

Annuì... se l'era presa con lui. Mi liberai dal suo abbraccio e mi alzai dal divano, come il cannone pronto a sparare.

«Sei un codardo... un disertore che fugge dal campo di battaglia per lasciarmi in mano loro, preda delle loro spade affilate. Se davvero mi adorassi come sostieni non ti libereresti della "tua dea"».

Non replicò. Si limitò a subire la mia furia con gli occhi sgranati, che volteggiavano nelle orbite come se stessero guardando al loro domani abitato dalle lacrime e privato del sorriso. I miei fucili tacquero. Provavo compassione per lui. Ero stata cattiva. Non avevo la forza di vedermelo davanti affranto e con le ali spezzate. Chinai il capo sul suo petto come un cane fedele e iniziai a strofinarmi su di lui, mentre il mio cuore gridava e protestava: «Perché Dio ti ha creato servo e ha creato me padrona? Dimmi se esiste un luogo illuminato da un sole giusto che sorge sul padrone e sul servo senza separarli e opprimerli. Ah, Atiyya... ti prego non immolarmi!».

Trassi un sospiro tra le lacrime, mentre la sua mano arava i miei capelli come se volesse arare la terra intera per seminare una felicità che non lasciasse più spazio alla malvagità e ai pensieri marci.

L'unico modo che ci restava per sgravarci era salpare, almeno un istante, per godere un momento d'amore che ci facesse raggiungere il nostro paradiso. Ci gettammo sul tappeto. Atiyya iniziò a leccarmi le lacrime, le sue labbra cercarono e trovarono riposo sulle mie. Lasciai che il mio corpo godesse della libertà di appiccare e fare divampare il fuoco, volevo che fondesse quel cappio di ferro che continuava a trattenerlo. Desideravo che mi violentasse, che mi lacerasse come quella prima notte. Tuttavia al momento decisivo mantenne la calma e si fermò. Lo affrontai con occhi colmi di paura e circospezione. La sua anima si era svuotata di tutti i sogni ed era crollata.

* * *

Mi ero rinchiusa nel mio appartamento avvolta dalla tristezza, isolandomi dai visi nemici della mia famiglia. Precipitai in un desolato silenzio e in un'oscurità nella quale vedevo solo il volto familiare di Atiyya con la sua carnagione scura. Spuntava come un sole dalle ali tarpate. Trascorrevamo ore a parlare… lo caricavo di ribellione, di energia, lo imploravo con il mio amore, lo supplicavo di non lasciarmi in pasto a chi mi voleva sacrificare e scuoiare. Poiché Atiyya con ostinazione continuava ad arrendersi, io diventavo ancora più ostinata ed esclamavo: «Mi opporrò e resisterò fino all'ultimo respiro».

Le ore di silenzio schiamazzavano per via del galoppo dei miei pensieri. I sogni notturni erano campi di battaglia in cui veniva brandito ogni genere di arma e dove venivo assalita da demoni cattivi e serpenti. Me ne stavo in disparte da tutto e tutti tranne che dal mio cuore, dove viveva Atiyya. Combattevo per difendere lui e me. Cercavo sentieri per fuggire e approdare su una spiaggia dove non fossi soffocata. Continuavo a imbattermi in strade cieche, strette, tortuose e deserte, percorse solo dal sibilo del vento. Notai una finestra isolata. Infransi il vetro e vidi i volti di vecchie amiche che vivevano in condizioni oscure e che non sapevo che fine avessero fatto. Spuntò fuori il viso di Safà. Mi ricordai quanto rumore aveva scatenato la sua decisione di infrangere le regole e le immobili tradizioni della nostra società nel momento in cui aveva seguito il proprio cuore per sposare il suo autista. Decisi di cercarla per sapere che ne era della sua vita. Era ancora orgogliosa di avere seguito il suo cuore? Si era costruita una famiglia felice? Quel che mi incuriosiva maggiormente era capire se le differenze tra lei e il marito fossero scomparse oppure se continuasse ad aggirarsi su di loro lo spettro del padrone e del servo.

La mattina chiamai una vecchia compagna di scuola, mi feci dare il numero e l'indirizzo di Safà e andai a trovarla. Mi colpirono le piccole dimensioni dell'appartamento in cui viveva e i suoi quattro figli, che indossavano vestitini economici. Avevo immaginato di ritrovare quella Safà elegante e slanciata che sprizzava gioia e ottimismo da tutti i pori. Mi ero sbagliata. Davanti a me comparve una donna grassa, il cui viso aveva perso tutto lo splendore. La giustificai pensando che si fosse dedicata totalmente alla casa e ai figli, trascurando se stessa.

Bevemmo un succo di frutta. Ad un certo punto, iniziò a esprimere stupore nei miei confronti.

«Sei sempre bella e in forma come un tempo».

Stavo per risponderle, ma continuò: «Di sicuro non ti sei più sposata dopo la morte del vecchio».

Mi aveva consegnato la chiave per arrivare al mio scopo.

«Secondo te il mio aspetto sarebbe cambiato se mi fossi risposata?».

Scoppiò in una grassa risata.

«Solo il tuo aspetto? Sarebbero cambiati la tua anima, i tuoi sogni e tutta la tua vita!».

«Dio mio... mi fai venire paura del matrimonio».

Si fece seria. Alzò l'indice come per ammonirmi.

«Non tutti i matrimoni sono uguali».

«Che cosa intendi?»

«Intendo che alcuni matrimoni avvengono contro la volontà della famiglia e contro le tradizioni conservatrici della società».

«Ma se c'è l'amore, nulla importa. Tu vivi sempre con l'uomo che hai amato e per il quale hai sfidato il mondo intero».

Apparve contrariata e commentò: «Principessa... l'amore senza soldi non dura... scopriamo questa triste verità solo quando abbiamo già sbattuto la testa!».

«Safà, non mi sarei mai aspettata di sentire da te queste parole... sei infelice della tua vita?».

Trasse un profondo sospiro e tutta la disperazione del mondo si concentrò nella sua voce.

«E che infelicità!».

Lasciai che mi narrasse tutti i particolari, mentre la mia mente non riusciva a crederle.

«È una disgrazia quando il servo diventa padrone. Si vendicherà fin dalla prima notte. Immagina che, invece che sussurrarmi parole d'amore, mi morsicò il lobo dell'orecchio e bisbigliò: "Dimmi 'mio padrone... mio principe..'", dopodiché iniziò a impartirmi ordini da eseguire seduta stante. Ero io a strisciare per obbedirgli. Una volta mi ha lanciato in viso la chiave dell'automobile e mi ha ordinato di pulirla. Quando mi sono lamentata, si è preso gioco di me dicendomi: "Quante volte me l'hai tirata in faccia tu?" E poi tante altre forme di rappresaglia. Ogni sera prima di dormire mi obbliga a inchinarmi ai suoi piedi per massaggiarglieli. Ho notato sguardi che gridano vendetta nei miei confronti. Mi considera una donna remissiva che non sa opporre resistenza. Nadia, non mi vergogno con te. Una notte, in un raro momento di armonia tra noi, travolta dalla passione l'ho ricoperto con il mio corpo. Ebbene, è andato su tutte le furie, mi ha cacciata via e con tono sprezzante mi ha urlato: "Io sono il padrone e sono quello che sta sopra, tu sei quella che deve stare sotto". Per non parlare di ciò che ha fatto dei miei soldi. Ora possiedo solo quel che mi concede in elemosina. Mi ha obbligata a dargli una delega sul mio patrimonio, ha venduto tutto ciò che possedevo qui per acquistare al suo villaggio alcuni immobili e una villa per la sua famiglia nella quale vivo come un'estranea e un'ospite. Questa umiliazione è diventata anche umiliazione dell'anima e oltraggio della mia dignità. Non puoi immaginare quali livelli possano raggiungere il suo egoismo e la sua alterigia. Non appena ne ha l'occasione, imperversa con la propria scelleratezza. Spero che la vita ti eviti un uomo di cui prima tu sia stata la padrona».

«Che cosa ti costringe a restare con lui?»

«Solo due motivi, uno più triste e amaro dell'altro. In primo luogo, i figli che mi spaccano la testa. Quando diventerai madre, capirai quanti sacrifici richiedono e quanta pazienza devi avere con loro. In secondo luogo, la paura della malignità della famiglia e della società, poiché la mia famiglia non ha dimenticato l'oltraggio cui l'ho sottoposta e non aspetta altro che il momento della sconfitta per godere delle mie lacrime. Il mio fallimento verrà usato da loro come esempio per tutte quelle donne che vogliono uscire dal selciato delle usanze e delle tradizioni».

Era triste. Il mio cuore era a pezzi. La sua umiliazione aveva aperto tutte le cicatrici della mia anima. Come se stessi parlando a me stessa, le sussurrai: «Credevo ti fossi meritata la vittoria e te la stessi godendo».

«Siamo così... assaporiamo la nostra vittoria... ma ci rendiamo conto della sua caducità solo quando siamo precipitate nel baratro. Le storie sono tante. Di chi vuoi che ti racconti? Ti ricordi di Bahiyya?».

Corrugai la fronte e poi esclamai: «Certo, quella bella ragazza che, ai tempi dell'università, invidiavamo tanto per le attenzioni che le riservavano i professori?»

«Anche lei è stata sfortunata e ne vive le conseguenze. Ha sposato un libanese che non apparteneva al suo gruppo religioso, che le ha impedito di fare visita alla sua famiglia. Le ha vietato persino di guardare il canale kuwaitiano alla televisione. Mi ha scritto un'unica lettera di dieci pagine in cui mi ha raccontato tutte le sue sofferenze e le umiliazioni. Riesci a immaginarlo? La ragazza che non indossava mai vestiti da meno di trecento dinari, ora acquista abiti di seconda mano. Ha affidato tutte le ricchezze al suo padrone che ora indossa solo marche costose. Ti ricordi di Amal, la cristiana? Si è opposta alla sua famiglia e ha sposato un kuwaitiano che le ha fatto patire le pene dell'inferno. L'ha sposata e non appena lei si è ribellata, l'ha ripudiata e le impedisce persino di vedere i figli. Gli uomini sono tutti malvagi, sono tutti "figli di un cane"».

La contraddissi: «Ogni regola ha delle eccezioni».

«Le eccezioni sono rare. Salma, ad esempio, vive ancora felice con il marito palestinese. Se solo vedessi come la rispetta, la protegge, teme che anche solo un uccellino la possa sfiorare. La sua famiglia che si era opposta al matrimonio, ora gli vuole bene e lo porta in palmo di mano».

* * *

Uscii da casa sua sommersa dalla paura e dalla preoccupazione. Possibile che Atiyya potesse essere come quegli uomini di cui avevo sentito parlare? Possibile che l'amore potesse trasformarsi in vendetta? Che si potesse passare dai sentimenti più dolci alla dignità calpestata? Da dove proveniva quell'energia? Da un potere occulto oppure dai cuori che fingono di provare sentimenti per poi umiliare gli altri?

Dall'intelligenza perversa dell'uomo oppure dall'ignoranza delle donne che esagerano a mostrare i propri sentimenti al punto tale da venire umiliate? Non esistono donne forti in grado di trovare un equilibrio tra sentimenti e dignità?

Sebbene ciò che avevo udito mi avesse addolorata, decisi di non lasciarmi influenzare. Ogni essere umano ha esperienze che gli sono proprie, quindi avevo il diritto di gettarmi a capofitto nella mia esperienza e di viverla. Qualunque fosse stato l'esito della mia scelta, ne sarei stata io l'unica responsabile e artefice. Non avrei lasciato che i dubbi, suscitati dalle narrazioni di Safà, scalfissero la fiducia che riponevo in Atiyya di cui conoscevo bene la fedeltà e la sincerità.

Portai avanti la mia decisione di combattere e ribellarmi fino all'ultimo respiro. Ciononostante una domanda si dibatteva nella mia mente come un uragano e mi perseguitava: Atiyya avrebbe combattuto al mio fianco oppure si sarebbe piegato agli ordini della mia famiglia? Non mi aveva rivelato i dettagli circa i mezzi che la mia famiglia aveva utilizzato con lui, ma mi aveva semplicemente comunicato la sua posizione dicendomi: «Non dobbiamo combattere la tua famiglia». Tuttavia ero sicura che non avessero fatto ricorso al bastone perché lui non era un arabo qualsiasi che avrebbe potuto essere espulso, non era un *bidun*, ovvero un apolide appartenente alle tribù che vivono nel deserto del Kuwait, che poteva essere mandato in prigione seppur innocente. Atiyya era un kuwaitiano, anche se per loro restava sempre un "servo figlio di servo". Di sicuro avevano fatto ricorso al tasto della sua nobiltà d'animo e della rispettabilità affinché non li esponesse alle malelingue confidando nella sua bontà, nella sua magnanimità e nel suo amore per me. Ero certa che mia madre avesse pianto, l'avesse supplicato e persino avesse dimenticato la propria alterigia, baciandogli le mani, nella speranza che mi facesse cambiare idea.

"Ah, Atiyya... posso forse credere che prenderai le parti

della mia famiglia? Che ricomporrai i cocci dei loro cuori per frantumare il mio?”.

Quando entrai nell’ascensore ero indecisa, il mio corpo tremava, la mia mente non riusciva a decidere quale pulsante premere. Dovevo schiacciare il numero uno oppure il sei? Dovevo bussare alla sua porta per liberarmi di tutte le storie che mi aveva raccontato Safà oppure aprire quella di casa mia e gettarmi sul letto con tutti i miei fardelli per riposarmi e parlare con Atiyya solo in un secondo momento? Il mio cuore era congestionato dalle lacrime e dal dolore che aveva accumulato, vagava tra la letizia del passato con le notti e i giorni in cui avevamo vissuto il piacere dell’amore e il presente che diffondeva le tenebre sull’orizzonte preannunciando un’alluvione impetuosa che avrebbe travolto tutti i nostri sogni.

Mi ritrovai con il dito appoggiato sul numero uno che premetti affinché l’ascensore mi conducesse all’appartamento di Atiyya. Ero subissata dalle preoccupazioni, ma al contempo traboccavo d’amore per lui. Un solo istante tra le braccia di Atiyya era in grado di rimuovere l’atroce peso degli zoccoli della paura che danzavano sul mio corpo come fosse un cadavere.

Aprì la porta, quando mi vide sussultò e corrugò il viso. Come se esitasse ad aprire, mise fuori la testa. Con lo sguardo infelice e infastidita gli domandai: «Non vuoi che entri?».

Cercò di evitare di rispondere scusandosi: «L’appartamento è tutto in disordine… stavo pulendo».

Avevo la netta sensazione che stesse mentendo, diedi una spinta a lui e una alla porta ed entrai. L’appartamento era pulito e in ordine. L’unica cosa diversa dal solito erano le numerose valigie disposte sul pavimento. Quella vista mi tramortì come se fossi stata colpita da un fulmine.

«Che cos’è tutto questo, Atiyya?».

Indugiò prima di rispondere: «Quello che vedi… ho deciso di andarmene».

In preda alla disperazione, urlai: «Dove?»

«La terra di Dio è immensa».

Come se avessi avuto davanti agli occhi la mia tomba, esclamai: «Una terra senza di me sarà immensa, ma sarà la tomba del tuo cuore e dei tuoi sogni».

Mi scagliai su di lui con le urla e le lacrime che lo supplicavano, cercai di convincerlo, lo implorai di non prendere decisioni affrettate e di non sottomettersi al volere altrui. Mi aspettavo che avrebbe acconsentito e mi avrebbe dato una risposta in grado di sanare il mio dolore. Al contrario, debole e rassegnato sussurrò: «Devo proteggere me e te... devo andarmene».

«Verrò via con te. Lasceremo il paese e la mia famiglia per essere accolti da città ospitali».

Si allontanò da me e scoppiò in un pianto scrosciante che non riuscivo a sopportare. Aderii alla sua schiena, lo abbracciai, sospirai, mi lamentai dal profondo del cuore e gridai: «Abbi pietà di me... abbi pietà di me...».

Si voltò. Lo sentii singhiozzare, mentre cercava di calmarmi: «Tu abbi pietà di me... Ti sto lasciando per non metterti nei guai».

Tra un gemito e l'altro, balbettai: «Non sacrificare il mio cuore... non distruggermi... non... non... non...».

Mi liberai dalla sua presa. Folate di vento mi sospinsero verso le valigie accatastate. Iniziai ad aprirle, a estrarne il contenuto spargendolo in ogni direzione, gridando, gemendo, buttandomi una volta sul suo petto, un'altra ai suoi piedi come una fragile farfalla circondata dal fuoco che cercava di fuggire.

Atiyya sembrava un dio sconcertato che cercava di raccogliere i miei frammenti, di restituire alle mie ali i loro meravigliosi colori e alla mia anima la vita. Sollevò il mio corpo sfinito e mi portò in camera. Mi distese sul letto e scomparve. Mi sembrava di dormire su cuscini fatti con l'erba del paradiso. Ah, come avrei voluto rotolarmi su quel letto dal copriletto lilla che avevo scelto io.

Ritornò portando con sé una bottiglia d'acqua. Me ne fece bere un sorso, poi se ne versò un po' sulla mano e mi bagnò il viso che era rigato dalle lacrime. Si sedette vicino a me sul pavimento, mi appoggiò la testa sul braccio disteso mentre con la mano mi accarezzava il viso esangue. Mi lasciò smaltire i sedimenti delle mie afflizioni, poi si avvicinò con le labbra per inumidire l'aridità delle mie, tracciandovi le mappe della sua tristezza e della sua passione. Non pronunciò né una parola né una promessa, nemmeno effimera quanto una bolla di sapone, che mi facesse intuire che avesse cambiato idea.

Eravamo avvolti da un silenzio arido come il deserto cocente tra le cui dune le nostre gole si erano seccate e le nostre anime inaridite. Nel mio fuoco ardente aspettavo che pronunciasse una sola parola: "Resterò", ma lui, quando riprese padronanza di sé, disse: «Adesso sali nel tuo appartamento e la mattina porterà consiglio».

Mi stava forse dando qualche speranza affinché mi tranquillizzassi per poi approfittare della mia distrazione e fuggire prima della "mattina che porta consiglio"?

Volevo che mi facesse sperare: «Domani comunicherò a mia madre e a mio fratello la mia decisione. Non accetterò che ti caccino, Atiyya».

Non commentò. Era come se la sua lingua avesse perso gusto a parlare. Mi ripresi, mi diressi alla porta, calpestando tutte le cose che avevo disperso in ogni dove e che avrei voluto gettasse in una tomba. Prima di aprire la porta introdussi le labbra tra le sue e assaporai la saliva amara nonostante il profumo di dentifricio che emanava dai suoi denti. Gli sussurrai all'orecchio: «Ti lascio ai tuoi pensieri».

Quando aprii la porta, ebbi la sensazione che fosse debole e che non avesse nemmeno la forza per sollevare un dito.

Ciononostante sgattaiolai fuori come un verme che sbuca dalle crepe di una vecchia dimora.

* * *

Il profumo di Atiyya non mi abbandonava. Ogni cellula del mio sangue ne era intrisa. Nel mio appartamento, il suo profumo si era depositato su ogni piastrella e su ogni divano. Era appeso a ogni lampada e su ogni quadro, sui rami delle piante e sulle gabbie degli uccelli. Andava e veniva come una marea. Mi accompagnava persino a letto, sui cui cuscini si era impresso il suo viso. Cercai di appigliarmi a un filo di speranza per rinfrancare il mio cuore detergendo le gocce della sua sofferenza.

Mi gettai sul letto, mentre i tuoni del mio corpo scatenarono un freddo insostenibile che nemmeno le coperte riuscivano ad attenuare. Mi raggomitolai alla ricerca di una fonte di calore che scacciasse quel gelo. Forse l'avrei trovata se fossi riuscita a entrare nel paradiso del sonno. Purtroppo gli ingranaggi rumorosi del mio cervello in lotta con la furia dei pensieri spegnevano qualsiasi fiamma alla quale osassi avvicinarmi.

Tra la polvere delle mie incessanti elucubrazioni un'unica domanda mi restava appiccicata alla mente: Atiyya avrebbe rinnegato il mio amore e mi avrebbe lasciata? Questo interrogativo folle mi tormentava, quindi decisi che quella notte non l'avrei lasciato solo. Non avrei potuto sopportare che facesse quel che temevo. Avrei detestato quella notte se avesse coperto i suoi passi e l'avesse aiutato a fuggire. Alzai la cornetta del telefono. La sua voce mi giunse come l'eco lontana di una persona che veniva frustata. Con un tono che voleva essere perentorio gli dissi: «Sali immediatamente… altrimenti mi suiciderò».

Si precipitò come un fulmine. Non gli diedi tempo di sedersi, lo abbracciai e lo portai in camera mia. Sul letto che aveva assistito ai miei sogni a occhi aperti mi scagliai su di lui. Ci coricammo e i nostri corpi aderirono l'uno all'altro, riscaldandosi a vicenda. A entrambi sembrò che si fossero dischiuse le porte della Notte del destino, in cui fu rivelato il Corano, per realizzare il nostro desiderio di non separarci mai.

In quel momento lui era sul mio letto e tra le mie braccia, non era fantasia, bensì realtà in carne e ossa. Stavo vivendo con lui quei piaceri d'amore che ero solita provare nei miei sogni a occhi aperti. Le sue dita sembravano un aratro d'argento che solcava la terra del mio corpo. Le sue mani accarezzavano il mio petto. I suoi denti mordicchiavano i capezzoli che mi sembrava crescessero e fossero sul punto di scoppiare. Lanciavo grida di dolore e piacere. Cercai di provocarlo in ogni modo per convincerlo ad avvicinarsi a quella fessura che lui stesso aveva sfondato per la prima volta nel palazzo del vecchio. Forse se avesse piantato il suo seme nel mio utero, sarebbe arrivato quel "dato di fatto" che avrebbe convinto la mia famiglia crudele e avrebbe instillato un po' di calore nei loro cuori. Tuttavia lui mantenne le distanze come la volta precedente. Ero curiosa di conoscerne il motivo: era forse perseguitato dallo spettro del vecchio che temeva sbucasse fuori per punirlo con la frusta? Oppure voleva che rimanessi pura come la purezza del suo amore?

Rilassammo i nostri corpi per riposare. La mia testa sepolta nel suo torace. Mentre le sue dita si infilavano dolcemente tra i miei capelli, il sonno discese sulle mie palpebre. Non so per quanto tempo mi appisolai prima di essere svegliata da baci che mi percorrevano le guance come piccoli ruscelli. Si era alzato e si era vestito. Preoccupata, gli domandai: «Dove stai andando?»

«Ti lascio dormire».

«Non ti lascerò andare. Trascorrerai la notte da me», insistetti.

Si sedette sul bordo del letto e, con la voce più dolce di cui era capace, mi disse: «Ascoltami, Nadia... è possibile che io mi opponga alla tua famiglia e che resti, che combatta contro il mondo intero, ma...».

Balbettò facendo uscire dalla sua bocca parole che mi ustionarono come un tizzone ardente: «Non posso sposarti».

Ferita, meravigliata e con voce soffocata dalle lacrime, gli domandai: «Pensi davvero quel che stai dicendo, Atiyya? Mi rifiuti nonostante tutto questo amore?»

«Ti prego non dubitare del mio amore. Io vorrei... sarebbe un grande onore, ma ho i miei motivi».

«Ho diritto di saperli!».

Scosse il capo più volte.

«È difficile... è difficile».

Pronunciò queste parole con tono infastidito nella speranza di farmi desistere, ma gli feci una finta promessa affinché confessasse: «Prometto che... se mi riveli il motivo, ti lascerò andare via».

Si picchiò sulla testa e il suo corpo sobbalzò, come se avesse il morbo di Parkinson.

«Quella notte nel palazzo è stata orrenda».

«Ma l'ho dimenticata, Atiyya, e ti ho perdonato», esclamai.

Si schiarì la voce e sputò la saliva.

«Tu hai dimenticato, ma io non posso né dimenticare né perdonarmi. Avrai notato che ogni volta in cui mi avvicino a te...».

Cercai di giustificarlo e consolarlo: «Forse con il matrimonio passerà...».

«Ti prego, non mi tormentare. Me ne andrò via altrimenti sarò io a suicidarmi».

Smise di parlare lasciandomi nuotare nel silenzio. I miei occhi galleggiavano su un mare di calde lacrime. Le mie estremità erano rilassate come se fossi sotto l'effetto di un'anestesia.

Lo osservai attentamente. Assomigliava a un'enorme quercia che nascondeva tra i suoi rami e le sue foglie migliaia di uccelli e nel cui tronco scorreva la linfa. Lui mi proteggeva e mi dissetava. Come potevo separarmi da lui? Non potevo distaccarmi da un uomo come Atiyya. Lo guardai negli occhi colmi di lacrime che celavano mille parole che si ostinavano a non voler uscire. Ciononostante le sentivo cadere su di me come i baci e la pioggia.

Si chinò verso di me soverchiato dalla tristezza. Adagiò delicatamente sul mio corpo la fredda coperta, come se temesse di scalfirmi, dopodiché riversò su di me baci dolci come il nettare che avevano il sapore degli ultimi. Quando si alzò per uscire, sentii il rumore dei suoi passi sul pavimento. Era come se si stessero muovendo verso una tomba. Il profumo che io adoravo era scomparso per lasciare il posto a un caldo torrente che ardeva e si diffondeva nel mio torace come l'etere. Mi alzai, lo rincorsi. Lo strinsi nel vano tentativo di convincerlo a restare, ma Atiyya procedette con me fino alla porta. Non appena girò il pomello, le voci dormienti degli uccellini si risvegliarono. Il loro cinguettio era rumoroso, triste e sinistro, assomigliava al mio cuore che chiedeva aiuto, supplicava che il nostro sole non si spegnesse e non privasse della luce i nostri cuori. Lo afferrai per il colletto e, con voce incerta per la debolezza, lo supplicai: «Ti prego, amore mio, non lasciarmi, resta con me anche se non mi sposerai. Non posso sopportare di separarmi da te, Atiyya».

Singhiozzavo. Lui divorò le mie labbra, mentre le sue lacrime mi inondavano il volto. Mi sussurrò dolcemente all'orecchio: «Ah, amore mio… se solo potessi».

Si liberò con difficoltà dalle mie braccia e fuggì, scendendo le scale a piedi e lasciando che il mio cuore trangugiasse il proprio dolore, che la mia anima distrutta e lacerata lo rincorresse sussurrando: "Ah, Atiyya… Quanto mi hai resa felice nonostante quel che ho sofferto. Ora sei il padrone libero che ha preso la propria decisione con il coraggio del condottiero, mentre io – la serva, la debole – mi nascondo nella mia prigione in attesa che qualcuno mi consegni il certificato che mi affranca dalla schiavitù".

Scritto tra il 2004 e il 2005 tra il Kuwait e Sanaa

Indice

Paperbacks
sezione Gli Insuperabili
Pubblicazione settimanale, 23 agosto 2012
Direttore responsabile: Raffaello Avanzini
Registrazione del Tribunale di Roma n. 16024 del 27 agosto 1975
Realizzazione a cura di Librofficina, Roma
Stampato per conto della Newton Compton editori s.r.l., Roma
presso Puntoweb s.r.l., Ariccia (Roma)

Gli Insuperabili

1. Melissa Hill, *Un regalo da Tiffany*
2. Francesco Fioretti, *Il libro segreto di Dante*
3. Andrea Frediani, *Marathon*
4. Francesca Bertuzzi, *Il carnefice*
5. David Gibbins, *Il vangelo proibito*
6. Antonio Salas, *L'infiltrato*
7. Roberta Gately, *Le ragazze di Kabul*
8. Fiona Neill, *Il profumo del tè e dell'amore*
9. Lisa Beth Kovetz, *Le avventure erotiche di una ragazza perbene*
10. Federica Bosco, *Innamorata di un angelo*
11. Anna Jansson, *Il sacrificio*
12. Lorenza Ghinelli, *Il Divoratore*
13. Simon Scarrow, *Roma alla conquista del mondo*
14. David Gibbins, *Il sigillo maledetto dei Templari*
15. Jane Corry, *Il segreto della collana di perle*
16. Jon Trace, *La profezia vaticana*
17. Juliet Grey, *Il diario proibito di Maria Antonietta*
18. John Underwood, *Il libro segreto di Shakespeare*
19. Chris Paling, *Il pittore che visse due volte*
20. Laila al-Uthman, *Il messaggio segreto delle farfalle*
21. Simon Scarrow, *La legione*
22. Fabio Delizzos, *La cattedrale dell'Anticristo*